神と王

謀り(たばか)の玉座

JN092035

文春文庫

神と王

謀りの玉座

浅葉なつ

文藝春秋

目次

主な登場人物

斯城琉劔　しき・りゅうけん

［22歳］

広大な領地を持つ大国・斯城の王。人々が恐れ敬う聖眼（ひじりのめ）を持つが「神殺し」と噂される。スメラを探すため日樹とともに各地に赴く。別名「風天（ふうてん）」。

斯城飛揚　しき・ひよう

［32歳］

琉劔の叔母。斯城国の副宰相。天文学、語学、財政学ほかを修める才女だが、あらゆるモノを解体・研究する「壊し屋」。人間より虫に興味を持っている。

日樹 ひつき ［21歳］

植物や『種』の深い知識を持ち、手首で羽衣と呼ばれる『種』を飼いならす杜人。梯子の闇戸出身。

慈空 じくう ［22歳］

沈寧に滅ぼされた祖国・弓可留国の宝珠「弓の心臓」「羅の文書」を守り、そこに記されている「世界のはじまり」の解読を進めている。

瑞雲 ずいうん ［24歳］

行商集団「不知魚人」の出身だが今は籍を置いていない。陸群を率いる妹・志麻に頭が上がらないが、古今東西の武器に精通する強靭な肉体と美貌の持ち主。

丈牟西（じょう・むさい）［43歳］
水の女神・丹内仙女（にないせんにょ）を篤く信仰する小国・丈国の2代目王。

細（ささめ）［30歳］
行き倒れていたところを日樹の祖母に拾われ、以降梯子の闇戸で暮らす。薬草に詳しい。

三実（みっさね）
日樹の祖母。梯子の闇戸の柱石（ちゅうせき）（長）。夫の幹郷（もとさと）とともに、優秀な種術師。干魚の鰭が好物。

用語解説

杜人（とじん）
世界に三か所あるという、御柱（おんばしら）のある森・闇戸（くらと）に住む人々。都市部に比べ「文明の劣った種族」とされている。

不知魚人（いさなびと）
世界中を渡り歩く行商集団。国籍を持たず、陸と海の群がある。甲羅を持つ巨大生物・不知魚（いさな）を飼いならしている。

スメラの伝説
命を生む正神（まことのかみ）スメラが、人々をいつか『新世界』に連れて行く、と闇戸で言い伝えられてきた。

神と王の世界

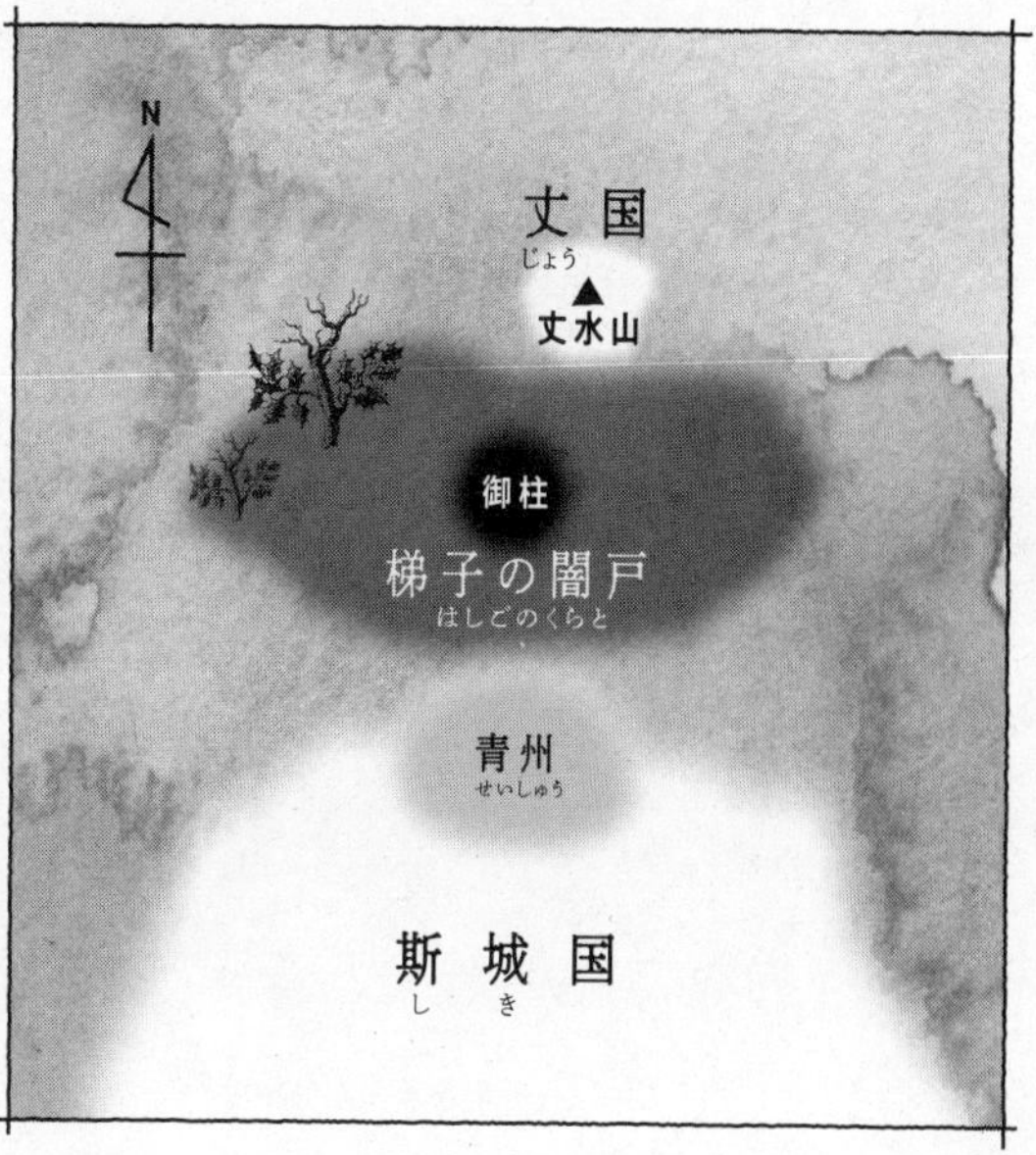

N

文国
じょう

文水山

御柱

梯子の闇戸
はしごのくらと

青州
せいしゅう

斯城国
し き

序章

夜の帳に追われ、夕陽は朱赤の裾を引きながら西の山端へ逃れた。

同時に扉と窓を閉め切った御鳥殿の中では、硝子の覆いを外した灯火器に、神官の手から小さな火が入る。

それは神事の嚆矢となり、この場にいる誰もが息を殺す合図となった。

わずかな空気の揺らぎひとつ、ふと動かした指先がおこす微風の一端すら、ここでは許されない。

果たして今宵、この浄闇の中
女神が王に指名するのはどちらの者か――。

清められた神託の間では、壮年の男と若い女が、それぞれ決意を込めて目を閉じ、その時を待っている。神官は今まさにその二人へ、女神『丹内仙女（にないせんにょ）』の意を受けた羽根を降らそうとしていた。その羽根を浴び、頭や肩に一枚でも留まれば、それが神に選ばれた証となる。

集まった見届人達は目を見開き、女神の採択を見逃すまいと、拳を握り、肩を強張らせる。

誰にも覆（くつがえ）すことのできない神勅（しんちょく）が、今降（くだ）されようとしていた。

一章　女神の国

一、

かつて丈水山(じょうすいさん)に住んだと言われている丹内仙女(にないせんにょ)の信仰は、丈水山周辺の少数部族に広く浸透している。中でも千芭(せんば)族と黄芭(おうば)族が、山をぐるりと囲むように土地を支配しており、十年前には二つの部族が合わさって丈国(じょうこく)という国を創った。

この世には、大国と呼ばれるにはそれなりの条件があるが、国を興(おこ)すことはそれほど困難ではない。例えば百人にも満たない部族が領土を区切って、今日からここは我らの国だと言い出せば国になる。群雄割拠(ぐんゆうかっきょ)のこの世では、そのように国が生まれ、乗っ取られ、吸収され、水面を漂う泡のように形を変えていくのが常だ。南にある十六州の大国斯城(しき)に比べ、たった四州の小さな丈国が、建国から十年という月日を無事に過ごせたことは、奇跡にも近いことだった。

「ったく、なんだってどこもかしこも連携ができてねぇんだ」

明日から始まる建国十年を祝う三日間の祭の準備は、着々と進んでいる。本番は二日目の昼に行われる『祝賀の儀』で、その夜に開かれる晩餐会は、各国から招かれた国賓が一堂に会する華やかなものになるはずだ。

すでに町の大通りには天幕が並び、その一角を貸し与えられ、商売の許可を得た者たちが、卓を持ち込んで売り場を整えている。雑貨や干物を売る店は、早くも店頭に商品を並べ始めていた。店の見栄えを良くするために、女たちが卓に布をかけて飾ったり、値段を書いた板に色を塗ったりしている。その傍では、暇を持て余した子どもたちが、梱包に使われていた粗末な縄を繋ぎ合わせて、縄跳びに興じていた。

そんな光景を横目に見つつ、民部の下級役人は毒づきながら足早に歩いていく。周りに翻る旗や幡には、水の女神である丹内仙女が描かれている。近頃斯城国が生産に力を入れている蚕糸のように艶やかな長い髪と、長い裾の白い上衣。ただし手首までを覆う袖は丈が短く、庶民が着る袍のように腕に添った細い作りになっており、それゆえ民に寄り添ってくれる女神だと言われている。同じ柄を木札に描いて、記念品として売る予定の店もあるようだった。本来は薬の神でもあるのだが、丈国では水天としての認識が強い。

「こんな大規模な祭やって、一体どこに見せつけたいんだか」

西にある通称『白水敷』という広場にやってくると、今まさに大量の天幕が張られようとしているところだった。予定ではすでに終わっていなくてはいけない時間なのだが、各所の担当者がことごとく勝手に動いていて、統制が取れていない。

「そこの天幕はもっと右だ！　地面に印があるだろ、そこからはみ出さないようにしろ！」

役人は持っていた図面を確認して、声を張り上げる。そして通りかかった物品の担当者を捕まえた。

「刺青用の材料はどうなってる？」

「今、久洙の棘を山から運んでいるところで……。あれは鮮度が落ちると脆くなりますから」

「間に合うんだろうな？　古雫の実は？」

「あれは搬入済みですが、去年の余りと混ざってしまって――」

「それくらいはいいだろう。とにかく間に合わせろ」

この国では、十五歳になると成人の証として刺青を入れる風習がある。男は耳の横から顎にかけて、女は両手の甲に、それぞれ流水を模した文様を入れる。本来は一番寒くなる織物候に、それぞれの町や村で行われる儀式だが、今年は建国十年の祭に合わせて王都でやると決まった。

「ああもう、なんでこんなにうまくいかねぇんだ」

ぼやいて、役人は短く息をつく。材料の調達に加え、彫り手の確保や、地方から王都に移動するための案内など、祭の開催が決まった一年前からやることは山のようにあった。それなのにこうも順調に進まないのは、この決定に不服な者がちらほらといるからだろう。

『『入れ墨の儀』は、織物候と決まっておる！　今の時期になどやるものではない！』

案の定、通りかかった年寄りに食って掛かられて、役人はうんざりと頭を掻いた。今日はこれで何度目だろうか。

「あのなぁばあさん、俺が担当者になってから、その台詞何回聞いたと思ってんだ」

「今からでも中止にせい！　まだ暑さの残るこの時期に墨を入れるなど、前代未聞じゃ！」

「俺だって、祭の日にこんな面倒臭いことまでやることないと思うよ」

「この刺青は、丹内仙女様の御子になった証の文様じゃ！　決まりごとをおろそかにすれば、今に仙女様からの罰が下るぞ！」

老婆の鬼気迫る言葉に、役人は一瞬息を詰める。この国で丹内仙女の名前を出されて、怯まない者の方が珍しい。

「ば、罰とか言うなよ。俺だって指示されてやってるだけだ」

役人は周囲を気にしながら、声量を落として口にする。

「しょうがないだろ、御上がお決めになったんだ。神をも恐れぬ冷王牟西様が、お決めになったんだよ！」

現場でこき使われるだけの下っ端に、異論など唱えられるはずもない。

「明日にはあの大国、斯城からの国賓もご到着になる。今更中止なんてできるわけないだろ」

すでに他国からも招かれた王族や要人が続々と集まっており、同僚はそちらのもてなしのために朝から忙しく走り回っている。斯城国からは王ではなく副宰相が来るということだが、王の叔母ということもあって、王宮にはすでにただならぬ緊張感が漂っていた。

「おお恐ろしい！　あの神殺しの国から人を招くなど……！」

老婆は大袈裟に身を竦めて、小刻みに震えてみせる。斯城王の代替わりの際に、国教が廃止されたことは丈国でも有名な話だ。

「そうは言っても、あの大国を無視するわけにはいかねぇんだよ。斯城にとっちゃ、丈国なんか赤ん坊みたいなもんだ。その気になりゃすぐにでも捻り潰せる」

老婆をあしらい、役人は深々と息を吐いた。近くの強国と良い関係を築いておくことは、小国が生きながらえていく秘訣でもある。

「副宰相で王の叔母か……。一体どんな御人なんだろうな……」

ぼやいて、役人は再び自分の仕事へと思考を切り替えた。

人生には負けられない戦いというものがある。

そんな決意を込めて、飛揚は新調したばかりの眼鏡を押し上げ、真剣な面持ちで目の前に座る甥――斯城国琉劔王を見つめていた。

生まれつき癖の強い赤毛を無造作にひとつに括り、薬品の染みが付いた袍を適当に着る。それが齢三十二になっても格好に頓着しない飛揚の日常姿だった。黙っていれば二十代に見られるほど若々しい顔ではあるが、頬に薄い雀斑があり、甥に比べれば目鼻立ちの美貌も劣る。おまけに眼鏡も手放せない。しかし本人は、微塵も外見など気にしてはいない。そもそも美醜に関する執着がないのだ。美醜どころか、「整える」などの行為にも興味がないので、憤怒した女官に強制的に部屋を掃除されたこともある。幼い頃から運動は全く駄目で、未だに鹿には一人で乗れず、先日は黒鹿に振り落とされて腰を痛めたばかりだ。

そんな飛揚が、甥である琉劔の帰還を心の底から待ち望んでいたのには、理由がある。

丈国から、建国十年を記念した式典への招待状が届いたのだ。

一カ月ほど前、図らずも沈寧国源嶺王の最期を見届けた後、琉劔は諸々の後始末を終えた後で斯城国へ帰国した。王が国を空けていたことを悟られないため、梨羽謝の率いる軍とは日をずらして入国し、ごく普通の旅人を装って帰還したと聞いている。

飛揚としては、その帰国直後の甥を捕まえ、招待状についての話をしたいところだったのだが、自分の望む大義のためには、もう少し大人しくしておくべきだと判断した。

「丈国というと……、闇戸の北にあるあそこか」

ごく親しい者しか招き入れない王の居室で、ようやく宰相から招待状の件を聞いた琉劔は、やや疲れた様子で椅子の綿入れに身体を預けた。

王が不在の間、彼の代わりに仕事をしていたのは飛揚たちだが、王の決裁を待っていた案件も多くある。そのすべてを、ここ三日ほどで片付けにかかっているのだ。それは疲れもするだろうなと、飛揚は目の前の茶が冷めるのを待ちながら思った。事務仕事は、自分も得意ではない。ついでに熱い飲み物も苦手だ。

「確かまだ若い国じゃなかったか？」

即位の際、先代王が使っていた部屋は広すぎるからと、王太子だった弟が使っていた部屋──元をただせばそこは、五歳まで琉劔が使っていた部屋でもあるのだが──を自室に決めた彼は、装飾を好まず、卓や椅子を選び、彼の瞳の色とよく似た蒼を基調とした色彩で部屋をまとめている。もっとも、卓や椅子を選び、壁の色を変え、こまごまとした寝具や綿入れなどを揃えたのは女官たちだ。そうでなければ、一見質素に思えても、目を凝らせば日金糸での細やかな刺繍があったり、上質な蚕糸を染めたものが使われていたり、そういう高級品を琉劔自身が選ぶことはできない。何しろ本人には、美的感覚が見事に欠落しているのだ。それは、美醜に頓着しない飛揚とはまた少し違うものだ。十五年間神の依り代である祝子を務めてきた弊害でもあるのだが、本人に自分を良く見せようとか、着飾ろうとかいう欲がないことも原因のひとつだろう。そうでなければ、王宮内でも髑髏柄の上衣を引っかけて歩き回っていない。

「千芭族と黄芭族が作った若い国でございます。建国の際は我が国の暦や制度を参考にしており、先代王の應円様の時代には人材の交流もございました」

應円は飛揚の兄であり、琉劔の父親だ。二百年続く斯城国の歴史の中でも、美貌の賢帝と呼ばれ、民に人気を誇った王だった。

「あちらの国では、丈水山に住んだと言われる水と薬の神、丹内仙女を崇めており、国内の重要事項は全てその神にお伺いを立てるのだとか。王を選ぶときも『神託の儀』によって決まるので、丈国の王は、神に選ばれた王、なのだそうでございます」

説明する宰相、宿弘文の言葉に、扉近くに控えていた彼の息子である根衣が、同意するように頷いた。小臣という身分の彼は、幼い頃から飛揚の遊び相手兼世話役として付き従っている。もっとも傍から見れば、遊び相手というより遊ばれ相手であることは否めない。真面目で頭はいいのだが、融通が利かないところが玉に瑕だ。

「神に選ばれた、ね」

琉劔は気だるそうに頰杖を突く。そんな枕詞が付く時点で、彼にとっては胡散臭いものに他ならないのだ。

「しかしその王の評判は、さほど良くはないと記憶しているが？」

二年前、琉劔が斯城の玉座についてすぐ、南にある二国と戦が始まったため、琉劔自身は丈王との面識はない。御国譲についての祝辞はあったが、表敬訪問などについては琉劔の方が断っている状態だ。そもそも彼が、あまり自国にいないというのも原因のひとつではある。

「ええ、国力自体は上がっているようですが、牟西王は冷徹非道との噂です。冷王などとも呼ばれているとか。古い伝統よりも効率化を重視するようで、保守派からは嫌われております」

弘文はあっさりと認め、手元にあった招待状を琉劔に見えるよう差し出した。

「建国十年を節目に、新たに交流を図りたいのでしょう。すぐ南には得体のしれない闇戸、そのさらに南に大国斯城があるのは、あちらからすれば心地よいものではないでしょうから」

先代王の時代から宰相を務めている弘文は、必要以上に琉劔に謙ることはない。彼が玉座についた時に、今まで通りでいいと命じたからだ。

「琉劔、丈国は小国とはいえ、丈水山から流れ出る豊富な水のおかげで、麦などの穀物の栽培においてはうちに引けを取らない。今後の食料確保の面においても、これまで以上の国交を持っていて損はないと思うが？」

冷めた茶で口を潤し、飛揚は二人の会話の間にさりげなく滑り込む。

丈国から招待状を持った使者が来たと聞いた時から、ずっと楽しみにしていたのだ。ここは何が何でも、琉劔に「行く」と言わせねばならない。いや、琉劔本人でなくてもいいのだ。とにかく斯城国から丈国へ代表を送るという名目があればいい。そうすれば自分が行く大義名分ができる。何しろ好き勝手出来た公主時代と違い、さすがに副宰相が気軽に他国へ行くのは褒められたことではない。それくらいの分別は飛揚にもある。

「……確かに、飛揚が言うことはわかるが……」

琉劔が渋く口にする。彼にとっては、わざわざ斯城王が足を運ぶほど興味を引くものも、重要に思える要素もないのだろう。正直なところそれは飛揚も同じなのだが、丈国に行けるのならこの際神も王もどうでもいい。

琉劔の様子を見ながら、弘文が口を開く。

「主上がお戻りになる前に返事をする必要がありましたので、一応出席するとは伝えておりますが、お考え次第では欠席にすることも可能ですし、王の名代を遣わすことも――」

「出席でいいだろう」

弘文の言葉を遮るように、飛揚は身を乗り出した。

「祭は一カ月後だ。今更覆しては、先方にも迷惑になる。いくら我が斯城国が大国と言えど、傲慢に思われるのは得策ではない」

いつになく生真面目な顔をして、先方への迷惑などという、飛揚が人生の中で百五十二番目くらいに気にしそうな単語を口にしたのを聞いて、控えていた根衣が何やら勘づいた目をした。同時に、琉劔も綿入れからふと背中を離す。

「……飛揚、もしかして――」

「しかし！　代替わりした斯城王が、わざわざ格下の小国へ行くというのも権威を損なう」

琉劔の言葉を遮り、飛揚はあらかじめ考えてあった言い分を朗々と続けた。

「ここは宰相の弘文が適任ではあるが、丈国への道のりは、闇戸を突っ切っても最短で五日はかかる。迂回するなら十日。荷鹿車を連れていくならもっと見積もった方がいいだろう。そんな長旅を、五十五歳を過ぎた年寄りにさせるというのも酷な話だ」

飛揚は悠然と微笑んで腕を組む。

「仕方がないな、私が行こう！」

飛揚に目を向けていた三人の間に、しばし生ぬるい沈黙が漂った。

「……やっぱり行きたかったのか……」

十歳年下の甥が、やれやれと息を吐いた。予感が的中したらしい根衣も渋い顔をする。弘文に至っては目頭を揉んでため息をついているが、真っ向から反対してこないのなら説得してみる価値はありそうだ。

「知っているか琉劔、獣の糞を玉のようにして集めて餌にする虫がいるんだ。しかも地域によってその種類に違いがある」

飛揚の虫好きは、宮仕えの者なら誰でも知っていると言っても過言ではない。公主時代には身分を隠し、虫籠を持って国中を歩きまわった。今回丈国の建国十年に合わせて開かれる祭は、様々な国から珍しい物品や食べ物を取り寄せ、華やかに執り行われると聞いている。商人の道である大街道が通る斯城には遠く及ばないにしても、その三日間ばかりは、若国の王都はいろいろな人と物で溢れかえるだろう。荷を運んでくる鹿の数もずっと増えるはずだ。そして鹿が増えるということは、当然糞も増えるということだ。

「斯城の王都で見かけた糞虫は黒いが、南に行くほど灰色がかっていくんだ。北にある丈国の糞虫は、どんな色をしていると思う!?」

「それを探しに行きたいのか」

「安心しろ、虫探しは王宮に入る前に終わらせる」

「安心する要素が見当たらない」

叔母に言い返して、琉劔が脱力するように肩を落とした。

どうやら自分が、世間一般で言うところの普通という範疇に当てはまらない人間だと飛揚が気付いたのは、三歳の時だ。興味を持ったものは解体・研究する癖があり、一時期は自室の床が分解された家具や、一枚一枚丁寧に頁をはがされた本、それにちぎれた虫の足や頭で埋め尽くされ、周囲からは「壊し屋」と呼ばれていた。ちなみに現在に至るまで、眼鏡も二十三回壊している。しかもそこに無尽蔵の行動力があり、甲虫の一種を見たいがために、四歳にして一人で山越えをしようとして、虫と心中する気かと、母親にひどく怒られたことを覚えている。とにかくその頃から、人間より虫に興味があったのだ。

人間は国が違ってもそれほど姿は変わらないが、虫は種が違えば形も大きさも変わってくる。羽のあるなし、足の数、体の硬さ、色や模様。それに魅せられて採集を繰り返し、気づけば自室に大量の標本が出来上がった。未だ縁談のひとつもまとまらないのはそれが原因だろう。しかし飛揚からしてみれば、こちらの趣味を理解できない伴侶など必要ない。今ではその趣味を生かして蚕の養殖を始め、斯城国の織物技術はさらに発展し、生糸を輸出することで国にも貢献しているので、周囲も公然と批判できなくなってきている。

「……十三歳の頃には地理、歴史、天文学、語学において免状を渡されている賢女だというのに……、なぜこうも虫ばかり追う人間になってしまったんでしょう……」

飛揚を幼い頃から見てきた根衣が、深々と息をつく。彼からしてみれば、少々美的感覚が変わっている琉劔など可愛いものだろう。その叔母の方が、生まれつきの筋金入りなのだ。

息子のあとを引き継ぐように、弘文もぼやく。

「今や行政学、財政学も学び、老師方からは、その才能をもってすれば、たとえどの国に行ったとしても要職に就くことは容易いとまで言われた御方であるのに……」

「なんだ弘文、私を褒めても何も出ないぞ。緑光虫が欲しいのか？」

「いりません！　虫はもう結構！」

「安心しろ、あれ以来引き出しでは何も飼ってない」

「当たり前です！」

五年ほど前、採取してきた王蛾(おうが)の幼虫を卓の引き出しの中で飼育していたのだが、違う虫集めに夢中になっている間に、いつの間にか蛹(さなぎ)を経て羽化(うか)していた。王蛾は成虫になると、羽を広げれば人の顔ほどの大きさになる。何も知らない母親——当時の王太后がそこを開けた途端、狭いところで羽化したことが原因か、羽の折れ曲がった奇形の巨大な蛾が飛び出してきたので、大騒ぎになった。母親は失神し、女官は泣き叫び、近衛兵は鱗粉(りんぷん)を浴びてわめきながら剣を振り回し、弘文が駆けつけた時には阿鼻叫喚(あびきょうかん)の惨憺(さんたん)たる有り様だったと聞く。

「これでもあの件は反省しているんだ。私も悪かったさ……」

飛揚はふと足元に目を落とす。その時、履いてきた靴が左右で違う種類だと今更気が付いた。同じものを履いたはずなのだが、と神妙な顔をしている飛揚に、弘文が幾分気まずく咳払いをする。

「……反省なさっているのなら、結構でございますが——」

「ああ、あの子には本当に悪いことをしたと思ってる。私がちゃんと育ててやれば、まともな蛾になって空を飛べただろうに」

「……蛾に、悪かったと？　人ではなく？」

「さすがにお母様が倒れた時は、まずいと思ったけど？」

しかし飛揚からしてみれば、当時二十七歳だった娘の自室に勝手に入って、机の引き出しを開ける方も充分どうかしていると思うのだ。しかも娘がこういう趣味を持っていると、嫌というほど知っていたはずなのに。

「……丈国のことだが」

噛み合わない二人の会話を聞いていた琉劔が、こめかみに青筋を立てた弘文が口を開く前に咳払いする。

「飛揚が行きたいなら任せていい」

「いいのか⁉」

「ただ虫採りはほどほどにしてくれ。一応国賓扱いだ。式典と宴席には名代としてきちんと出席して欲しい」

琉劔は招待状を手に取って、飛揚に差し出す。それを見て、弘文が不安げな顔をした。

「主上、よろしいのですか？」

「斯城国の副宰相、しかも王の叔母となれば、名代を務め、国賓として迎えられるにふさわしいだろう。ただ、一人では行かせない。根衣をつける」

「わ、私ですか⁉」

名指しされた根衣が、弾かれたように背筋を伸ばした。

「畏れながら主上、私では飛揚様の抑えにはならないかと……」

「それでも単独で行動するよりはましだ。飛揚、丈国にいる間は、絶対に根衣から離れるなよ？」

念を押され、飛揚は適当に頷いた。今更根衣という手綱をつけられたところで、手綱ごと引きずっていくまでだ。しかも根衣なら、引きずり慣れている。

「それから、闇戸までは俺も同行する。実は日樹の祖父母に会わせたい奴がいるんだ。近々そいつを呼び寄せるつもりだった」

いつも王宮に入り浸っている日樹は、久々に闇戸へ里帰りしている。丈国の行き帰りに立ち寄ってもいいが、根衣は杜人嫌いなのできっと嫌がるだろう。

「飛揚が戻るまで、俺は青州に滞在する。どうせ病狂の木草の分布を調べようと思っていたところだ。あそこなら闇戸も丈国も近い。何かあってもすぐ駆け付けられる」

それでいいな？　と、琉劔が根衣の父でもある弘文に目を向ける。

「……御意」

大きなため息のあとで、弘文が了承の拝をした。

一カ月後、祭の初日に、飛揚を乗せた客車付の鹿車と、諸々の荷物や祝いの品を運ぶ荷鹿車が十台、護衛としてつけられた小部隊の兵、それに身の回りの世話をする侍従や下男下女を含め、総勢百名以上の人間が、丈国王都『回嶺』の門をくぐった。見物にやってきた人々は、大国の兵が身に着ける最新の鎧や、艶やかな毛に盛り上がったたくましい尻を持つ黒鹿、それに要人が乗っている豪奢に飾り付けられた鹿車に釘付けになり、

初めて触れる斯城国の一端に感嘆の息を漏らした。黒鹿に使われている鹿具や、装飾品のひとつをとってみても、その色形から明らかに質の良い高級品だとわかるのだ。

さすが斯城だ。あれが大国の一団か。美しさが群を抜いている。さぞかし立派な御方がやってきたんだろう。集まった人々が口々にそう言うのを、飛揚は群衆の後ろで聞いていた。王都に着く直前で鹿車を降り、適当な女官を鹿車に乗せて影武者に仕立て、自分は徒歩で王都へ入った。適度に汚れた袍を身に纏い、使い込んだ背嚢を背負って、癖の強い赤毛は無造作にひとつに結ぶ。これで人混みに紛れてしまえば、誰も斯城国副宰相だとは思わないだろう。

「よし、これで時間が稼げるな。行くぞ、根衣」

斯城国の一団が王宮へ向かっていくのを見送り、飛揚は砂埃で汚れた眼鏡を袍の裾で拭って、早速歩き出す。その後ろを、もはやすべてをあきらめた顔で根衣がついていく。

「……だから言ったのですよ父上……主上……私では手綱になりませんと……」

何やらぼやいているが、飛揚からしてみれば、意地でもこちらを一人にさせまいとする根衣の根性は称賛に値する。あわよくば撒こうと思っていたが、地の果てまで追ってきそうなので、このままにしておくのがいいだろう。それよりも今は、糞虫集めのための人手が欲しい。どうせ明日の昼に行われる『祝賀の儀』まではまだまだ時間がある。なんなら国賓としての本番は、その後の晩餐会だ。今日陽が落ちるまでは、虫探しに時間を費やしても許されるだろう。

人と物が行き来する大街道のほぼ中間地点に位置し、街のそこかしこで珍しい陶器や織物、動物や香料などが見られる斯城国の王都に比べれば、こちらは同じ王都でも随分慎ましい。そもそも丈国(じょうこく)自体が四州しかない小国で、国土のほとんどは人の住まない丈(じょう)水山(すいさん)だ。おまけに建国からまだ十年となれば仕方のないことだろう。それでも今回の祭には随分力が入っていると見え、異国から呼び寄せた大道芸を見せる一団や、見慣れぬ楽器を奏でる楽師などもおり、この地域でよく食べられる公羊(バルマ)の肉を使った伝統料理に加え、南方の国で有名な辛味のある肉菜汁や、蜜のかかった焼き菓子などの屋台が出ている。狭い通りは人々で溢れ、すれ違う者は皆一様に、この賑わいを楽しんでいるようだった。

「しかしまいったな、ここまで人が多いのは予想外だ」

少々侮(あなど)りすぎたかと、飛揚は周囲を見回す。至る所に翻る旗や、建てられた幡(ばん)には、すべて丹内仙女(にないせんにょ)が描かれている。建国十周年を迎えられたのは、ひとえにこの女神のおかげだということだろう。

「飛揚様、あまり勝手に動かれませんよう。この人の多さでは、何かあってもすぐに対処できません」

今更勝手に動くなとは面白いことを言うなと、飛揚は汗を拭う根衣に目を向けた。人々の熱気と、まだ残暑の厳しい豊穣候(ほうじょうのこう)の気温が相まって、立っているだけでも汗が噴き出してくる。随分北に来たので涼しかろうと思っていたのだが、今年の夏の暑さは未だ尾を引いていた。

「根衣、お前この町を見て、何かおかしいと思わないか？」

唐突に問われ、根衣は慌てて周囲を見回した。

「何か……おかしいですか？」

「えらく神を崇めるものばかりだなと思ってな。王を称えるものがどこにもない」

それは自分が、曲がりなりにも王族だからこそ気になるのだろうか。かつての斯城国も、聖女蓉華天を祀る寺院の力が強い国だったが、ここまで露骨なことはなかった。

「牟西王は人気がないということですから……。情が薄く、神をも恐れない冷徹な王だと聞いています。何しろ初勅で、神への拝所を何カ所か潰したという話ですし……。そのせいでかなり反感を買って、強固な反対派もいると聞いています」

根衣の話を聞きながら、そういえば弘文が同じような話をしていたなと、飛揚は思い出す。国を維持していくことは、決して神頼みだけでどうにかなるものではない。そこには必ず有能な為政者が必要だ。この国の民は、そこに目を向けていないのだろうか。

思考の中に沈みそうになって、飛揚は気分を切り替えるように顔を上げた。そうだ、今は他国のことなどどうでもいい。糞虫を探すために自分はここへ来たのだ。

「根衣、どこかに荷を運んだ鹿を繋いでいるところがあるはずだ。そこを探せ」

もはや国賓として招かれたことなど忘れ、飛揚は使命に燃えるように指示を出す。

「探せと言われましても……。この状況でどうやって」

「勘だ。勘を使え。一人十匹が目標だが、お前は慣れてないから五匹でもいい。最悪三匹だ。それが達成できないなら国には帰れないと思え。糞虫の捕獲は、私の丈国訪問における最重要事項だ」

「無茶を言わないでください！」

どうにか人の間を縫って歩きながら、飛揚は王都の西側にある広場へと出た。集会や祭祀場なども兼ねる場所なのか、ここだけは白い化粧石が敷かれており、周囲とはやや違った雰囲気になっている。そしてそこに立ついくつもの簡易の天幕を目にして、飛揚は思わず足を止めた。どの天幕にもずらりと行列ができているのだが、そこに並んでいるのはいずれも若い、同じ年頃と思われる十代の少年少女だ。それ以上の大人も、それ以下の子どももいない。それに、天幕からは食欲をそそる香りも音も聞こえない。一体何のために彼らは並んでいるのか。

「あれはおそらく、刺青の列でしょう」

飛揚の視線を追って、根衣が頬に垂れてくる汗を拭う。

「この国では、十五歳になると皆、成人の印のための刺青を入れるんですよ。男性ならちょうどああいう感じに」

根衣が指す方に目を向けると、ちょうど耳から顎にかけて、流水を表すような渦巻の文様を彫った男が歩いていくところだった。

「女性は同じ文様を手の甲に入れるようです。本来は冬の儀式なので、毎年一番冷え込む織物候に『入れ墨の儀』が行われるのですが、今年は建国十年の祭に合わせて一斉に墨を入れるのだとか」

事前に調べていたのか、根衣は淀みなく説明する。飛揚はもう一度周辺を歩く人々に目を走らせた。先ほどまでまったく視界に入っていなかったが、確かに大人の男性には頬に、女性は手の甲に青黒い墨が入っている。確かこの国の神である丹内仙女は、水と薬の女神だ。流水紋はそれに倣ってのことだろう。腕に家ごとの文様を彫る波陀族をはじめ、自らの体に刺青を入れる者たちは、それほど珍しいわけではない。

「墨には古雫の実の汁を使うそうです。それを久洙の樹の棘につけて、皮膚に細かく傷をつけていくのだとか。鎮静には伝統的に伏葉を一晩水に浸したものを使っていて――」

説明を続ける根衣を置き去りにして、飛揚は天幕のひとつに歩み寄り、中で行われている施術を覗き込む。ちょうど少年が墨を入れてもらっているところで、簡易の椅子に座って行われていた。小ぶりな平皿に、潰した青黒い古雫の実。傍には、蓋の開いた壺の中に伏葉が入っているのが見える。針となる久洙の棘は、事前に樹から切り取られて、笊の中に盛られていた。それを伏葉で拭いながら施術は行われる。

「……本来は冬に行うと言ったか？」

飛揚の問いに、後を追ってきた根衣が頷く。

「はい。でも冬の寒い時期に刺青なんて、考えただけで痛さが倍増しそうですよね」

飛揚はもう一度天幕の中に目を向け、再び歩き出した。

「飛揚様、お待ちください！」

置いていかれそうになった根衣が、小走りで後をついてくる。腕を組んだまま歩いていた飛揚は、進行方向に誰かが立ちはだかっているのに気づいて足を止めた。男性が二人、女性が一人。その三人組が、意志を持ってはっきりとこちらを見つめている。

「――斯城国副宰相、斯城飛揚様とお見受けいたします」

一番年配の男が、一歩進み出て低く口にした。張りのない皮膚は小鼻の脇から口元へ皺を刻み、瞼の脂肪でやや重苦しく見える一重の目には、魚鱗のようなぬらりとした光がある。唇は血色が薄く乾いており、顔色が悪くさえ見えた。

追いついた根衣が、咄嗟に飛揚を庇って前に出る。その様子に、彼らは敵意がないことを示すように軽く両手を開き、武器を持っていないことを示した。

「ご安心ください。危害を加えるつもりは毛頭ございません。ただ少しだけ、我らの話を聞いていただけないでしょうか」

「無礼者！　主上の叔母上である御人に、このような場所でかような申し出、叶えられると思ったか！」

さすがに忠義を見せて、根衣が腰の剣に手をかけた。文官ではあるが、武術も嗜むのが宿家だ。しかしこの場で騒ぎを起こすのは、できるだけ避けたい。

「え、円規さん……やっぱりやめましょうよ」

根衣の気迫に動揺したのか、若い男が前に立つ男に呼びかける。

「何を言う、ここまで来ておいて！」

「でも、やっぱり斯城国はいくらなんでも……」

中年の女性も、若い男に同意する。

「なんだ、聞いて欲しい話があるんじゃなかったのか？」

やや挑発するように、飛揚は問いかけた。

「飛揚様！」

「わかってる。さすがにここで騒ぎを起こしては、琉劔の顔がつぶれる」

根衣に囁いて、飛揚は居並ぶ三人を一人ずつ眺めた。武器は携帯しておらず、ごく普通の町人と変わらないように見える。飛揚が一歩前に出ると、三人の間に緊張が走るのがわかった。世間知らずというよりも、斯城国副宰相に声をかけるという行為がどういうことなのか、わかっていてあえて実行したのだろう。

「多大なご慈悲を感謝いたします。用件はただひとつ。どうか斯城国に、我らの後ろ盾になってほしいのです」

若い男の制止を振り切って、円規がやや早口に告げた。

「後ろ盾？」

飛揚は眉を顰める。

「お前たちはどういう集まりだ？　目的は？」

「飛揚様、耳を貸してはなりません！」

「我らは千芭族有志。牟西王へ異を唱える『白奈の者』――」

「あなたたち何をしているの!?」

声が重なり、飛揚はこちらへ駆け寄ってくる若い女性に目を留めた。

「くそ、安南か！」

女性の姿を認めるや、三人は素早く身を翻して人ごみの中に消えた。その後ろ姿を目で追い、飛揚は思案して顎をさする。丈国は神を同じくするふたつの部族が合わさって作られた国。そのふたつの部族というのが確か、千芭族と黄芭族だったはずだ。

「ごめんなさいね、どうせ妙な勧誘をされたんでしょう？　忘れてくれていいわ」

駆け寄ってきた安南と呼ばれていた女性は、飛揚と同年代だろうと思われた。長い髪を結い上げており、そこに月金色の鳥を模した簪を差している。切れ長の目が落ち着いた印象を与え、手の甲の刺青が白い肌によく映えていた。よくよく見れば、その辺りを歩いている人々とは少し違う、垂領で袖丈のある白の装束を着ている。

「勧誘と言えば勧誘だったが、随分思い切った勧誘だったたな」

飛揚は目の前の彼女を、興味深く眺める。この鳥を模したような装束は、おそらく宮仕えの神官だろう。確かこの国では、白い鳥を神の使いとしていたはずだ。

「千芭族と黄芭族は未だに揉めているのか。斯城を後ろ盾に使おうとは、相当焦っているると見える」

その言葉に、安南は明らかに顔色を変えた。斯城からの国賓が王都に入ったことは、すでに町中の人間が知っている。さらに根衣が、自らの剣の柄にある日金細工をちらりと見せた。そこに咲くのは、斯城国を表す八蓉の花。

「平伏はしなくていいよ」

まさに地面に伏せようとした安南を、飛揚は素早く止める。

「その代わり事情を訊いてもいいかな、羽人殿。――ああそれから、鹿の糞がたくさんあるところを教えてくれ」

にっこりと微笑んで言う飛揚の真意を測りかねるように、安南は息を詰めてその場に立ち尽くしていた。

丈国で神の遣いとされている白い鳥は、白奈鳥という名前だ。全身が白い羽で覆われており、嘴と足は黒く、一部の個体には羽に灰色の筋模様が入ることがある。丈水山に多く生息し、国内でも郊外へ行けば見ることができるが、時折町中を飛ぶこともあって、その姿を見た者には幸運が授けられると言われている。

しかしその神秘的な姿に反して鳴き声は大きく、特に警戒時の声は空を切り裂くようにすら聞こえるらしい。そのあたりも、神の遣いと言われる所以なのかもしれなかった。

「我が丈国では……いえ、丈国になる以前から、千芭族でも黄芭族でも、一族に関する重要な物事の決定には、神の判断を仰いできました。神の遣いである白奈鳥の羽根を降らし、その羽根が載った者を是とする方法です。私はその『神託の儀』において、羽根を降らす羽人の役を代々仰せつかっております」

安南が飛揚たちを案内したのは、王宮のすぐ傍にある厩舎だった。ここでは王族をはじめ役人が使う黒鹿が飼育されており、糞は一カ所にまとめて堆肥に利用しているという。

獣臭と糞の臭いが交じり合ったその堆肥場の一角で、目当ての糞虫を見つけた飛揚は、背嚢から蓋に空気穴をあけた捕獲用の小瓶を取り出し、赤鹿の腸から作った薄い手袋をはめて、早速採集をはじめた。

「神官であることはわかったとしても、まさか初見で、羽人だと見抜かれるとは思いませんでした……」

「ああ見えて我が副宰相は、とても聡明な御方ですので」

しゃがみ込んで糞虫を摘まんでいる飛揚を背中で隠し、根衣がどうにか取り繕う。

「この度も丈国訪問にあたり、生涯の研究とされている虫の採集も目的のひとつとされておりまして――」

「見ろ、根衣！　ここにうじゃうじゃいる！　色は黒と白の斑だ！　採り放題だぞ！」

「とっとと終わらせてください！」

根衣は相変わらず苦労性だな、と飛揚は思う。事実を事実でないように説明すれば、苦しくなるだけだというのに。最初からうちの副宰相は虫が大好きだと言っておけば何も問題ないと思うのだが。そんなことを考えながら、飛揚は鹿の糞を丸めて運んでいる糞虫を摘まみ、糞玉と一緒に瓶に入れた。これを眺めているだけで、おそらく一日潰せるだろう。

綻ぶ頬を隠しもせず、熱心に糞虫を集めていた飛揚は、足首の辺りに違和感を覚えて目を向けた。袴の裾から伸びた肌の上を、麦粒ほどの小さな赤い虫が這っている。

「……紅蟎虫か？」

指先で摘まんで、飛揚はしげしげと眺めた。人や獣の血を吸う虫で、吸血後はさらに体が紅く染まるのでこの名がついたと言われている。しかし生息地は水辺の草むらで、このような町の中にいることは珍しい。黒鹿に引っ付いてきたのだろうかと周囲の地面に目を走らせた飛揚は、厩舎の方にかけて転々と赤い虫がいることに気付いた。柱や板壁、草の陰などにもその姿がある。生息地を通った黒鹿が運んできた、と考えるには、少々数が多い気がした。

「……近くで洪水でもあったかな？」

生息地が流され、虫たちが町中に移動してくるのはよくある話だ。卵が流されてきて、通常の生息地ではない場所で大繁殖することもある。

「まあいい。せっかくだから君ももらっていこう」

飛揚は紅蟎虫を小瓶の中に収める。このような小さい虫より、大きな甲虫の方が好みではあるのだが、吸血種というところが気に入った。うまくすれば、自分の血でも育てられるのだろうか、などと想像が膨らむ。

「あの……先ほどのことですが」

うっとりと捕獲した虫を眺めている飛揚の背中に、安南が恐る恐る呼びかける。

「どうか、すべてお忘れいただけませんでしょうか。御無礼は平にお詫び申し上げます」

膝に額がついてしまうのではないか、と思うほど深く頭を下げて、安南は訴えた。

飛揚は糞虫と紅蟎虫を入れたいくつかの瓶の蓋を締め、手袋を剝ぎながら立ち上がる。

「忘れなきゃいけないほど、斯城には知られたくなかったことなのかな？　言っとくけど、私は怒っているわけではないよ」

他国の事情に、あまり首を突っ込みたくはない。しかし斯城国や闇戸の近くでいざこざが起こるのも避けたい。できれば丈国には、平和に鎮まっていて欲しいのだが。

「もしかして、君も千芭族の生まれなのかな？　さっきのは同族、だったりして？　つまり千芭族の中でも、意見の違う者が出てきているとか？」

飛揚の問いに、安南が絶句して息を呑んだ。

図星か、と飛揚は腕を組む。しかし一体何を仲間内で揉めているのか。斯城に後ろ盾になってほしいなど、生易しい事情ではない気がする。

「……お恥ずかしい話ですが、我が千芭族の中に、昔から牟西王を認めぬという一派がいるのです。その者たちが、今主上が計画している川違えの件で、自分たちの主張を通すために、大きな力の庇護を得ようと暴走してしまいました」

そう言うと、安南は今度こそ地面に平伏する。

「我が一族の者が、とんだ御無礼をいたしました。どうぞお許しくださいませ！」

ためらいなく砂にまみれる安南を見下ろし、飛揚は根衣と目を合わせる。大事にするつもりはないし、そもそも安南に責任はない。

「平伏はしなくていいと言っただろ。服が汚れるよ」

飛揚は安南の腕をとって、体を起こさせる。自分の服が糞まみれになるのは一向にかまわないのだが、せっかくの白の装束が汚れるのは、なんだかもったいない。

「牟西王だって、徒に川を動かそうってわけじゃないだろう？　川違えは国にとって、一、二を争う重要な事業だ。何を揉めることがある？」

川違えとは、たびたび氾濫を起こす川の流れを人為的に変え、水害を減らすためのものだ。一度洪水が起きてしまえば、一週間水が引かないことも珍しくなく、その度に人家はもちろんのこと、田畑は壊滅的な打撃を受け、飢饉にすら繋がってしまう。よって川違えや堤の建設などの治水工事は、国が発展するためには欠かせないものだ。

「それに牟西王は、君たちの神が『神託の儀』とやらで決めたんだろう？　しかも八年も前に。今更それに異を唱えるとは、ちょっと遅すぎやしないか？　まして神に背くようなものじゃないか」

飛揚に引き起こされて、安南は顔を伏せたまま立ち上がる。

「神に背く……。そうですね……。本当に、その通りです……」

深く息を吐いて、安南は絞り出すように声にした。

「やはりあの時、止めておくべきだったんです……」

ふと視線を感じた気がして、飛揚は安南の肩越しに、厩舎の屋根へ目を向ける。

そこにはこちらを見下ろすように、一羽の白奈鳥(はくなどり)が羽を休めていた。

二、

紗幕(しゃまく)がかかったような景色は、いつも同じだ。

その向こうに見えている人は、黒い短髪で白く長い裾の上衣を着ているということくらいしか判別できず、どういう目鼻立ちをしているのかまではわからない。それでもなぜか、男性なのだろうということはなんとなく理解できた。理解できた、というよりも、知っていた、という感覚の方が正しい。

彼はこちらに背を向けて、誰かと話し込んでいる。切れ切れに聞こえてくるのは、冗談交じりで何かを要求するような軽口だった。時折試すように、手に持った四角い箱から何かを噴射して、その香りを嗅(か)いでは感想を述べる。

ああ、香霧の種類を選んでいるんだ、となぜだかわかった。

仕事中に吸うのなら、彼は甘い香りよりも、爽快感のある香りの方が好きなのだ。その方が頭がよく働くという。

やがて話がまとまったのか、彼がこちらに歩いてくる。その姿が近くなるたびに、まるで旧友に会うような懐かしい気分になった。

――そう。そうだ。

僕は君のことを知っている。

その、不思議な瞳の色のことも。

ゆっくりと意識が浮上するように目を覚ました慈空は、自身の寝台にはありえない、豊かな房の付いた豪奢な天蓋を目にしてぼんやりと瞬きをする。一昨日ここに着いてから、朝を迎えるのは二度目だというのに、この景色にはまだ慣れない。もっとも昨日までは移動の疲れで少し熱を出していたので、与えられた部屋をじっくりと堪能することもできなかった。

「……また、あの夢を見たな」

ぽつりとつぶやいて、寝台脇の卓に置いた石と本に目を向ける。

弓可留国に伝わる宝珠、『弓の心臓』と『羅の文書』。

『種（たね）』が硬化したものだと教えられた『弓の心臓』には、今でもしっかりと生きた『種』が浮き出ている。日樹（ひつき）曰く、あの不思議な夢は『種』が見せるものということらしいが、なぜ自分が見られるのかはよくわからない。その謎も、この旅で知ることができるのだろうか。

「お目覚めでございますか？」

「あ、は、はい！」

計ったように扉を叩く音がして、慈空は慌てて返事をする。

人生とは、本当に何が起こるかわからないものだ。

国と家を失くし、天涯孤独になった自分が、こうして女官に世話を焼かれる日が来るなど――。

琉劔（りゅうけん）がわざわざ国章入りの便箋（びんせん）で、慈空に直筆の手紙を寄こしたのは先月半ばのことだった。闇戸（くらと）にいる種術師（しゅじゅつし）が、『種の夢』を見られる慈空に会ってみたいと言うので、一度来てみないか、という内容だった。ようやく自宅の再建にも目途が立ち、子どもたちに読み書きを教えるという新しい仕事をはじめようとしていた矢先だったので、その前に思い切って訪ねることにした。なぜ自分が『種の夢』を見られたのかということにも興味があったし、『弓の心臓』と『羅の文書』の謎を解くきっかけになるなら、これ以上のありがたい話はなかった。

旅支度を整え、あらかじめ琉劔に言われていた通り、王都ではなく斯城国の北端にある青州に向かった慈空は、そこにある離宮に迎えられた。離宮とはいえ、かつての弓宮を凌ぐほどの大きさで、対になった塔の丸屋根に、惜しげもなく使われた貴重な青の化粧石が艶やかに陽光を照り返していた。琉劔曰く、これでも質素に作ったということだが、これが質素なら王宮は一体どんな華やかさなのだろうか。そしてそこで当然のように「主上」と呼ばれている彼を見て、慈空はようやく琉劔が斯城王であることを実感していた。

「主上が新しいご友人を連れてこられるのは、久しぶりです」

朝食の用意をしてくれた年配の女官は、良珂と名乗った。聞けば琉劔が幼い頃から世話をしていたという女官頭で、今回は琉劔から直々に、慈空に付くよう任されたという。

「ゆ、友人と言っていいのかどうか……」

丁寧に裏ごしされた豆汁を口に運びながら、一体自分たちの関係性は何かと慈空は考える。知り合いというにはもう少し深く、けれど友人と呼ぶにはまだ戸惑いがある。

「私、ふうて……じゃなかった、琉劔さんには借金がありますし……」

貸主と借主の関係というのが、実は一番わかりやすいのではないだろうか。

「主上は少し気難しいところがありますから、気に入らない方を離宮にお呼びになったり、まして金銭的援助をしたりはしませんよ」

良珂は足の付いた硝子の器に、赤鹿の乳を発酵させたものを匙ですくって盛り付ける。

乳固よりも柔らかなそれは、少し酸味があり、斯城でよく採れる甘い玉果と合わせて食べるのだと教えてもらった。

「日樹さんや瑞雲さんも、よく来られるんですか？」

「ええ、お二人ともここには専用のお部屋をお持ちですよ」

「やっぱり仲良しなんですねぇ」

「慈空様も、そのうちそうなるかもしれませんね」

「いえ、私なんて……。借金返すのが先です……」

琉劔は利子を要求せず、期限も切らず、ただ借りた額だけを返せと言っているが、正直その返済の目途はたっていない。今は完全に、厚意に甘えている状態だ。

「琉劔さんのこと、最初はもっと怖い人かと思っていました」

口数が多い方ではないので、今でも何を考えているのかよくわからないところはあるが、意外と情に厚い人なのだなと実感している。

「……あの、こんなこと訊いていいのかどうかわからないんですが……」

匙を置いて、慈空は良珂に目を向けた。

「あの噂は、本当なんでしょうか？　……琉劔さんが、先代王である父親と弟を……」

その先を、慈空は濁す。

現斯城王は、先代王である自らの父と、王位継承者であった弟を殺し、玉座についた。

それが、巷に流れている斯城王の噂だ。本人に確認する度胸がなく、今までずっと疑問に思っていた。

「慈空（じくう）様は、どうお思いですか？」

柔和な笑みをたたえたままの良珂（りょうか）に問い返され、慈空は喉の奥で唸（うな）る。

「……正直なところ、私にはわかりません」

沈寧国（じんねいこく）で見せた彼の苛烈な一面は、たとえ血の繋がった身内であっても、容赦なく斬ってしまいそうな危うさがあるのは確かだ。

「ただ、たとえそれが事実であったとしても、私には、彼がそう望んだようには思えないんです」

慈空の言葉に、良珂はその笑みを深くした。

「真実は、ご自分でお尋ねになった方がよろしいですよ。きっと慈空様になら、お答えくださると思います」

お茶を用意しますねと、良珂はその場を離れて準備を始める。

女官の立場で言えるのはそこまでということなのかもしれない。

「……それができれば、ここで訊いてないんですって……」

ぼやいて、慈空は豆汁の残りを口に運んだ。

「それにしてもさー、弓可留から斯城までの長旅の直後に闇戸に来るって、なかなか大変な旅だよね」

　朝食後、久しぶりに会った日樹は、相変わらず人懐こく笑って慈空との再会を喜んだ。今日の彼は、体に張り付くほど薄い黒の布地の上から、一見鎧とも見間違えそうな、よく鞣した柔らかい革で体を覆っている。ただ肘や膝などの駆動部分にはかかっておらず、見た目よりずっと動きやすそうに見えた。おそらくこれが、本来の杜人の装束なのだろう。

「熱は下がったんだから、もう問題ないだろ。闇戸へは予定通り出発する」

　そう言う琉劔は、重ねた衿で青色の濃淡を表す上品な垂領服を着ているが、羽織っている髑髏柄の上衣ですべてが台無しになっていた。服を用意した女官は歯噛みしているのか、それともすでに諦めているのか。

「俺の薬で熱下げたんだよ。慈空はひ弱なんだから、もうちょっと考えてあげないと」

「ひ弱……」

「ただの疲労からの微熱だろ」

「琉劔はもうちょっとさぁ、民草に優しくするべきだよ」

「充分優しいだろうが」

　ひ弱である自覚はあるので、慈空はあえて言い返さず、どこか懐かしくすら感じる二人の会話を聞いていた。

「ところで瑞雲さんはいないんですか?」

あの美丈夫にもそのうち会えるだろうと思っていたのだが、一向に姿が見えない。

「あいつなら、沈寧を離れる前にお頭が戻って来たんで、きっちり不知魚人の仕事させられてるはずだ。前回かなり力を借りたからな。……言っとくが、俺はちゃんと志麻に言われた分は支払ったぞ。あいつの労働はそれとは別次元の、家族間の奉仕活動みたいなもんだ」

琉劔がやや呆れ気味に口にする。

「家族間の奉仕活動……」

慈空は神妙につぶやく。不知魚人の中の決まりごとはよくわからないが、あの瑞雲でもお頭には逆らえないのかと思うと、その奉仕活動の強制力がなんとなくわかる気がした。

この世には、三つの闇戸があるという。

斯城国の北に位置する『梯子の闇戸』、遥か西に存在するという『縊れの闇戸』、そして南にあると言われている『うねりの闇戸』。中心には巨木御柱を有し、その形はそれぞれ違うという話だが、慈空が目にしたことがあるのは、『梯子の闇戸』の名前通り、天柱と横柱が組み合わさって梯子状になった御柱だけだ。
斯城国は十六の州を持つ大国だが、梯子の闇戸はその約四分の一の面積を持つ。四州あったとはいえ、そのひとつひとつが小さかった弓可留国など、余裕で収まってしまう大きさだ。しかし闇戸は土地のほとんどが山林で、さらにその全域が病狂の木草で覆われており、人が住むどころか、他国の者が領地として獲得しようとする気も失せる場所だ。未だに慈空には、闇戸に住んでいるという杜人の生活が全く想像できない。蛮族と呼ばれ、忌み嫌われている彼らは、ひどい差別を受けながらもひっそりと暮らしている印象だ。『縊れ』や『うねり』に住むという杜人たちも、外の人間からは同じような扱いを受けているのだろうか。

「はい、土老塗るからじっとして」

日樹から病狂除けの独特の臭みがある泥を頬に塗られ、慈空は拭い取りたい衝動をどうにか堪えた。

「……これ、どうしても塗らないとだめなんですか？　確か以前琉劔さんは、小袋に入れて持ってたような……」

「闇戸じゃなければそれでも大丈夫だけど、直接塗ってる方が効果が高いんだ。闇戸の木草、なめたらだめだよ。死にたくないでしょ？」

明るく言われて、慈空は口をつぐんだ。
闇戸がどんな森か想像もつかないが、弓可留にも山林はあり、自分も頻繁に出かけていたので、闇戸の中に入ったところで驚くほど違う景色というわけではないだろう。などと考えて、自分を鼓舞する。

しかし、杜人が飼い慣らしているという角鹿にまたがり、日樹と琉劔に挟まれる形でいざ闇戸の中に入った慈空は、つい先刻の余裕ぶった自分をひたすら後悔する羽目になった。

闇戸に入口などという親切なものは存在しないため、木々の隙間を縫って森の中に分け入るのだが、それだけですでに、品定めをされているような視線を木々から感じるのだ。日樹によれば、闇戸の外側にある木草はもれなく激しく病変しているという。近寄るだけで足を搦めとられ、闇戸の中に引きずり込まれることもあるというので、土老を塗っていなければ、早々に彼らの養分になってしまうだろう。

訓練された角鹿は、慈空を乗せて迷うことなく進んでいくが、徒歩であれば完全に立ち竦んでいたはずだ。重なり合う枝葉は陽の光を遮り、まるで暗闇の中に吸い込まれるような感覚だった。闇戸という名前に、深く納得してしまいそうになる。

「これが……梯子の闇戸……」

驚きのあまり言葉を失う、ということが本当にあるのだと、慈空は身をもって感じていた。

「いつもは羽衣で移動しちゃうから、この辺通るの久しぶりだなぁ」

慈空には到底判別できないような獣道を、日樹は角鹿に任せて進んでいく。黒鹿よりも太い角を持ち、毛が長くて体高が低く、脚が太い分、彼らは根の張り出した悪路でも重心を崩すことなく進んでいく。元々は荷物を運ばせたり、乳を採るために飼育しているらしい。赤鹿や黒鹿も飼っており、それぞれ違う用途で使用しているようだ。

　慈空は角鹿の上で額に滲む汗を拭いながら、改めて自分を呑み込んだ森の姿を見回した。入口の薄暗さを抜けると、頭上が少し開けて陽が入るようになるが、言いようのない緊張感はまだ消えない。おまけに弓可留では見かけなかった種類の植物ばかりで、幹に斑点のような模様があり、慈空の顔より大きな葉を茂らせる樹もあれば、白い幹から血のような赤い樹液を滴らせるものもある。足元には、毒々しい黒の渦巻き模様の草が生え、棘のある肉厚の葉を持つ草の一種は、慈空の背丈を優に超えていた。苔むした巨岩が姿を見せたかと思えば、その岩を抱くように木の根が張り付いている。大樹から垂れ下がった筆のような気根を避け、腐葉土を踏みしめながら歩いてなお、その先は木々に覆われて見えない。

「ひ、日樹さん、あそこにいるの何ですか？」

　風もないのに枝が揺れ、そこに黒い毛むくじゃらの塊を見つけて慈空は尋ねた。

「ああ、あれは黒毛。猿だよ、猿」

「猿!?」

　慈空はもう一度枝の上に目をやる。十匹ほどの群れで行動しているらしい彼らは、一心に枝の若芽を貪っていた。

「さ、猿って闇戸で生きられるんですか？　病変した植物に襲われたりとかは!?」

まさか彼らも、土老を塗っているとでもいうのだろうか。

「それがさぁ、病狂の木草に襲われるのって人間だけなんだよ。動物は襲われないんだ。未だにそれがなんでかはわかんないんだよね」

角鹿に揺られながら、日樹がのんびりと口にする。

「人間だけが……」

つぶやいて、慈空は密かに息をのんだ。この森の中で、おそらく人間だけが異質なのだ。よくよく注意して見てみれば、木の上では黄色い嘴の鳥が歌うように鳴き、草の間から兎が顔を出し、子どもを連れて隊列を組むように猪が走っていく。闇戸は死の森などではなく、ここには豊かな命が溢れているのだ。

湿った土の匂いと草木の香りも、弓可留の山で嗅いでいたものとは何かが違う。気候はそう変わらないはずだが、こちらの方が少し気温が高く、生き物の密度が濃い気配がした。肌で感じる空気の中に、何億という命が蠢いているような気さえする。

蛮族の住む地だと決めつけて、今まで知ろうともしなかった場所だ。

それが今こうして訪れて、見せつけられる未知に高揚が止まらなかった。

岩肌の上を流れ落ちる滝を見ながら休憩し、急な斜面をゆっくり上ったかと思えば、川に沿ってくだり、人間が何人手を繋げば一周できるだろうかという大樹をまわりこみ、茸を生やした倒木を越えてさらに奥へと進む。二度目の休憩場所となったところは、木と木の間隔がやや広くなり、斜面に沿った段丘崖の一部から清水が流れ出ていた。足元には、茎に黒い筋模様のある下草が一面に生えている。掌ほどの大きさの艶やかな葉には白い葉脈が浮き出ており、本来新芽が出るはずの茎の先端は、くるりと丸まっていた。

「日樹さん！　この草は何ていう名前ですか⁉」

清水で喉を潤しつつ、好奇心を抑えきれなくなった慈空は、持ってきた帳面に珍しい草花を手早く写生した。ここではかつて慈空が採集していた草比良も多くの種類を見かける。いくつか持ち帰ることはできないだろうか。

「それは蛇紋草だよ。このあたりは一番の群生地。茎のところに薬効があって、薬に使われるんだ。俺たちは普通に茹でて食べたりもするよ」

「こっちの樹にくっついてる平べったいやつは？」

「これは千棘比良で、縁に固いギザギザがあるから迂闊に触ると――」

「痛ぁっ！」

「そうなるんだよね」

血が滲んだ指を見ながら、慈空は無造作に眼鏡を押し上げる。少し触れただけだというのに、なんという切れ味だろうか。杜人が全身を覆う服や、革長靴、それに手袋を身に着けているのは、こういう事故を防ぐためでもあるのだろう。革長靴の爪先が二股に分かれているのは、角鹿の蹄を模しているのかもしれない。

日樹は慈空の傷口を確認すると、すぐ傍に生えていた羽状に広がった草の葉をちぎり、それをよく揉んで汁を出し、そのまま傷口の上に張り付けた。

「こうやって苦宵の葉で浄毒しておくと、傷口から『種』が入って悪さしないんだ。あと血止め」

「『種』が入るんですか？　ここから？」

「そう。『種』には二種類あって、ひとつは『種の石』に浮き出るような、目に見える『大種』。そして、俺たちの目では見えないくらいの小さい『小種』。傷口から入ったりするのは、小さい方。まあ、いつもはひっくるめて『種』って呼んじゃうけど。草比良に住んでる『種』は、実は違う種類だっていう話もあるんだけど、その辺よくわかってないんだよね」

「『大種』と『小種』……」

「『小種』は、『種覗き』っていう道具がないと見られないくらい小さいんだよ」

「それが体の中に入るとどうなるんですか？」

「傷口が腫れたり熱が出たりするよ。酷い時は死ぬこともある」

あっさりと恐ろしいことを言われて、慈空は苦宵の葉ごと念入りに傷口を押さえた。日樹の薬や、医学に関しての知識に疑いはない。爆棘に襲われたときも、沈寧の兵に拷問を受けた時も、治してくれたのはいずれも彼の薬だった。

「慈空、ちょっと来い」

どこから転がって来たのかと不思議になるほどの、大きな岩の上に上っていた琉劔が、そう言って手招きする。慈空は日樹に手伝ってもらいながら、苦心して岩の上に身体を引き上げた。なんというか、誰もが自分と同じくらいの身体能力を持っていると思わないでいただきたい。

「どうか、しましたか……」

慈空が息を切らしながら、日樹と一緒に隣へ並ぶと琉劔が涼しい顔で彼方を指さした。

「ここからよく見える」

木々が密集する森の中で、ちょうど開けた空間の向こうを目にして、慈空は息を呑む。薄緑色の巨大な壁が、前方に立ち塞がっている。樹木などより遥かに高く、その天辺は雲の上だ。斯城へと旅をする間もずっと景色の中に見えてはいたが、ここまで近くで見るとその巨大さに咄嗟に言葉が出てこない。

「……あれが、御柱」

弓可留からもその姿が見えていた――異形の巨木。

闇戸のほぼ中央に立つ御柱は、三角形に立つ三本の天柱の間を、あたかも梯子のように無数の横柱が繋いでいる。ただここからは、天柱が巨大すぎて、横柱は微かに確認できるくらいだ。全体像は、逆に距離を取らなければ見ることができない。

「ここから見えてるのは、参の天柱だよ。径が約四十二里って言われてるから、壁にしか見えないよね」

あるんだ」

「四十二里⁉」

慈空は思わず問い返す。

「しかもあれがあと二本あるよ。全部で三本。俺たちの集落は、それぞれの天柱の麓にあるんだ」

どこか誇らしげに、日樹は天と地を繋ぐ梯子を見つめる。

「俺たち杜人の崇める、神だよ」

日樹に言われて、慈空は腑に落ちる思いがした。

杜人として生まれていなくとも、間近で見れば自然とひれ伏したくなってしまう。その存在感だけで、身震いが起こるほどに。

「すごい……。こんなにも大きいものだったなんて……」

慈空は呆然とつぶやいて、しばらくの間そこから動くことができなかった。

休憩を挟みながら森の中を歩き、日樹の生まれ故郷である集落には、三日目の昼にようやくたどり着いた。途中、目印となる要所には寝泊まりできる詰所と呼ばれる小屋があらかじめ用意されており、薬草や茸などを採りに行く際に利用されているという。なにしろ闇戸が広すぎるため、いちいち集落に戻るのが不便なのだ。

切り開いた土地には畑が設けられ、芋や穀物を育てているのも目にした。外から物資を購入してくることもままあると言うが、基本的には自給自足の生活なのだろう。

「こうしてみると、本当に壁だな……」

慈空は改めて、参の天柱の根元に立って頭上を見上げた。

先日森の中で見た時よりも、さらに距離が近くなったここからでは、ただただ聳え立つ壁という以外に表現方法がない。弓可留では巨木だと聞いていたが、見る限り樹皮はなく、むしろそれを剝いた内皮のような質感だった。日樹によればこれこそが正真正銘生きている『種』らしいが、触れてみても石のように硬く、その手触りは『弓の心臓』とよく似ていた。

御柱の周囲には、木々はまばらにしか生えておらず、代わりに少し間隔を空けて杜人たちの暮らす家が建ち並んでいる。地面にまんべんなく敷かれた土老のせいか、病変した植物も目にしない。周辺では、子どもたちが泥遊びをし、女たちが木と木の間に張った綱に洗濯物を干し、男たちは仕留めた鳥や兎などの獲物を分けているところだった。それは弓可留でも見かけていたごく平和な日常で、自分が想像していた狂暴な闇戸とは、随分様子が違っている。

「兄ちゃんおかえり！」

日樹の姿を見つけて、よく似た顔の少年が嬉しそうに駆けてきた。その後ろから、妹らしい少女もやってくる。

「兄ちゃん、また外の人連れてきたの？」

「ばあちゃんに連れてこいって言われたんだよ」

そう言いながら、日樹は弟たちを連れてその辺りで一番大きな家へと向かう。

木材と石、それに木の葉や藁を組み合わせて作られた家は高床式になっており、入口は地面よりも高い場所にある。日樹が向かった家は、その入口がより高い場所にあり、板壁には透かし彫りのような細工があった。格子模様の大きな窓には、硝子こそないものの、左右ではなく上下に分かれて開くようになっており、上の扉は褐金の棒で屋根の裏側から吊るせるようになっている。あまり見たことのない作りだ。

「ばあちゃーん、じいちゃーん、連れてきたよー」

入口に続く階段を上り、日樹は叫ぶ。しかし返事がなく、扉代わりの布をめくって中を覗き込んだ。

「いないのかなぁ」

「日樹、お前今度は誰連れてきたんだよ」

空からその声が聞こえたかと思うと、慈空のすぐ近くに軽やかに着地したのは、日樹と同い年くらいの青年だった。右肩に、夕焼けを写し取ったような朱色の毛並みの、小型の猿を乗せていた。

「あ、季市」

「今度はどこのどいつだよ。また琉劔の身内か？」

季市と呼ばれた青年はやんちゃそうな笑みを浮かべ、馴れ馴れしく琉劔の肩に手をかけ、慈空の頭の先からつま先までを遠慮なく眺める。左手首には、日樹と同じく羽衣を飼うための蔦があった。

「残念ながらうちの血縁じゃない」

琉劔が慣れたように答える。

「じゃあ何？」

「三実さんと幹郷さんの客だ」

「へえ、あの二人がわざわざ外から呼ぶって相当じゃん」

季市がにやりと笑って、再度慈空に向き直る。

「俺は季市だ。日樹の父方の従弟。よろしくな」

「あ、わ、私は慈空です。お邪魔してます」

慈空は慌てて頭を下げる。杜人に対しての偏見は払拭したのだが、日樹の弟妹にしろ季市にしろ、相手がこちらをどう思っているのだろうか、という不安にも似たものが、微かに胸にあった。外の人間に対して、決していい感情は持っていないだろう。

「それよりばあちゃんとじいちゃんは？　いないんだけど」

日樹が尋ねると、季市もさあ？　と首を捻る。

「さっきまでいたと思ったけど？」

「三実さんなら、畑に行ったわよ。すぐ戻るって言ってたけど」

二人の会話に、歩いてきた一人の女性が口を挟んだ。

「幹さんはさっきふらっと出て行ったよ。近くにいると思う」

敷布らしい大きな布が入った籠を抱えて、彼女は周囲を見回す。他の杜人たちと違い、彼女は革の服ではなく、慈空がよく見かける垂領の服を着ていた。年は三十前後といったところだろうか。よく陽に焼けた肌に、茶色の髪を顎のあたりで切りそろえている。両手の革の手袋だけは、杜人と揃いのものだ。

「今日着くって呼猿に伝言預けたんだけどなぁ。……細は何してんの？」

日樹が不思議そうに話しかける。

「お手伝い。茸を届けたついでに、お茶に誘われたんだけど……」

「目を離した隙に、禿どもが泥だらけのまんま寝台にあがって大騒ぎになって、今いろんなもんの洗濯が終わったとこだ」

季市がうんざりした顔で報告する。肩の上で、朱色の猿が同意するように短く鳴いた。小さい子どもがいる家庭というのは、外であろうと闇戸であろうときっと変わらないのだろう。

「こんにちは、慈空くん。私は細よ」

屈託のない笑みを向けられて、慈空は再度頭を下げた。

「こ、こんにちは」

「日樹が外の人を連れてくるの、これで三人目ね」

細に言われて、慈空は日樹に目を向ける。

「私と……琉劔（りゅうけん）さんと……瑞雲（ずいうん）さん、ですか？」

「瑞雲は不知魚人（いさなびと）として入ったから、数には入れないかな」

指折り数えていた慈空は、最後の指を律儀に戻した。だとしたらあと一人は一体誰なのだろう。

「細ー、こっち持ってくれるー？　季市、あんたも手伝いなさい！」

女性陣から呼ばれて、細が返事をして駆けて行く。日樹の弟妹も、そちらの方へと走っていく。その後ろを、季市が露骨なため息を吐きながらついて行った。その後ろ姿を見送っていた慈空たちは、小柄な影が近づいてきたことに一瞬気付くのが遅れた。

「お前さんが弓可留（ゆっかる）の生き残りかいな」

不意に近くで声がしたかと思うと、慈空のすぐ傍に一人の老婆が立っていた。飴色に変色した革の服の上に、赤い鳥が描かれた上衣を羽織って、首からは小さな緑玉と青い鳥の羽根を交互に繋いだ首飾りを下げている。まとめた髪に差した簪は日金色で、飾りの部分に雲水の彫りがある凝（こ）ったものだ。皺だらけの顔に宿る眼差しは鋭く、慈空を値踏みするように眺める。

「あ、ばあちゃんどこ行ってたの」

「気の弱そうな顔やけど、頑固者の雰囲気やね。よう生き残ったもんや」

日樹の呼びかけを無視して、老婆は慈空の周りをぐるりと回ってヒヒヒ、と笑うと、ついでのように琉劔へ右手を差し出した。

「カリカリしたやつは？」

催促する掌に、琉劔は懐から取り出した包みを載せる。

「干した魚の鰭の何が美味いんだ？」

「子どもはわからんでええ味や」

にやりと笑って言うと、老婆はその包みを持って家の中に入っていく。そしてついでのように、「入りや」と慈空たちに声をかけた。

「あ、あれが、日樹さんのおばあ様……」

「うん、三実っていう名前なんだけど、皆だいたいばあちゃんとか、みっちゃんとかいろいろ呼んでて……」

「そんでわしが、もとちゃんじゃ」

嗄れた声が割り込んだかと思うと、いつの間にか琉劔の隣に、ぴったりと密着するほどの至近距離で見知らぬ老爺が立っていた。やはり革の服の上に、こちらは目が覚めるような黄色の蛙が描かれた上衣を羽織り、首飾りは赤玉と赤い羽根。白髪を頭頂でまとめ、そこに同じく日金色の簪を差している。

「ああ、この匂い、この匂いじゃ。斯城の王宮の匂い」

「何度も言うが、嗅ぐな」

首元を嗅がれた琉劔が、うんざりと忠告する。

「ええじゃろ、減るもんじゃなしに」

「俺じゃなくて慈空を嗅げよ」

「嫌じゃ。わしが嗅ぐもんはわしが決める！」

「いい加減にして」

日樹が琉劔から祖父を引きはがし、そのまま家の中へ強引に連れて行く。

「……ああいう、感じなんですね」

慈空は呆然とつぶやいた。二人とも癖が強すぎる。

「あれでも、二人とも梯子の闇戸の中では一番優秀な種術師だ。『種』のことについて、あの二人より詳しい者はいない。ちなみに、三実さんの方はこの闇戸の『柱石』、つまり長でもある」

襟を直して、琉劔がやれやれと息をつく。もしかして彼は、ここに来るたびにあの洗礼を受けているのだろうか。

「種術師っていうのは……？」

「ざっくりいうと、『種』の扱いを知っている人だ。あと、医者も兼ねてる。今は外に買い出しに行ってて留守だが、日樹の両親も種術師だ」

「ということは、日樹さんも種術師なんですか？」

「……いや、あいつは――」

慈空の問いに、一瞬だけ、琉劔が言葉を探すような間があった。

「おーい、入ってきていいよー」

琉劔の言葉にかぶさるように、日樹が二人を呼んだ。

「……行くぞ」

慈空を促して、琉劔が歩き始める。

老夫婦の家に扉はなく、分厚い織物を二、三枚重ねて垂らして、仕切りにしているようだった。中は薄暗く、目が慣れてくると、天井まで届く壁一面の薬棚があり、床には薬草などを潰すための薬研や、すり鉢などが置かれているのがわかった。入口のちょうど正面にあたる壁際には、二段になった卓があり、下段には果実や芋、穀物などの供物が並び、上段には綿入れを敷いた木箱の中に、『弓の心臓』とよく似た白い石が祀られていた。

「お前さん、『種の石』は持って来とるか?」

白い石に気を取られていた慈空に、三実が尋ねる。彼女は琉劔にもらった魚の鰭を干したものを、持ち運びのできる小さな炉で早速炙っていた。焼け具合は、幹郷が見張っている。

「あ、は、はい!」

自己紹介だとか、挨拶だとか、そういうものはあまり必要としないらしい。慈空は、体に巻き付けていた布を解き、そこに包んでいた『弓の心臓』を取り出した。弓可留に置いていくわけにもいかず、『羅の文書』も同じように持参している。

「これです」

慈空が『弓の心臓』を差し出すと、三実は硝子の嵌め込まれた拡大鏡で、『種』の部分をじっくり観察する。

「……確かに、生きとるな。これ、爪の先ほどもろうてええか？」

三実は慈空の了承を得ると、篦で『種』の一部を丁寧に削ぎ、小さな硝子片の上に塗り付けると、それを特殊な器具に設置する。

「あれが『種覗き』だよ。『小種』を、見るための道具」

台座に筒のようなものがついた器具を指して、日樹が説明する。

「ずっと昔からうちに伝わってて、初代は錆びない金属でできてたんだって。でも壊れちゃったから、構造を真似して一から作って、今使ってるのは四代目。じいちゃんが作ったんだよ。それでも、初代のやつに使われてる技術がよくわかんなくて、厳密に言うとちょっと違うものらしいけど」

孫の言葉が聞こえているのかいないのか、真剣な面持ちで鰭を炙っている幹郷に、慈空は目をやる。あんなに精巧そうなものを作れるというだけでもすごいが、大昔に存在したものが今の技術で作れないとは、一体どういうことなのか。

「……日樹の言う通り、三種の『大種』が混じっとるね。見事なもんや。今までこんなに活きのいい『種の石』は見たことがねぇわ。うちで祀ってあるんは、みんな死んどるけんな」

筒を覗き込んでいた三実が、ちらりと慈空に目を向ける。

「そんでお前さん、『種の夢』も見たんか？」

「は、はい。実はここに来る前、青州の離宮に泊めていただいた時にも、香霧の夢を……」

初めて見て以来、『弓の心臓』を近くに置いていると、高確率で見ることがある。

「あれはスメラが導くという『新世界』なんでしょうか……？　それに、なぜ私が『種の夢』を見るのか……」

慈空は手元の『羅の文書』に目を落とし、それを開いて三実に見せる。

「私の望みは、この古代弓可留文字で書かれた文書をすべて解読することです。弓可留の王族に伝わっていた『世界のはじまり』を記すものだと言われています」

生活を立て直すことに必死で、訳字典の作成にはまだ取り掛かれていない。自宅に残っている父の遺した資料だけで、どれくらい補えるだろうか。

「『世界のかけら』という名目で、生きている『種の石』が残っていることといい、『世界のはじまり』を記す『羅の文書』が残っていることといい、弓可留には闇戸にも伝わっていないスメラについての話が残っていた可能性が高い。何かわかることがあれば教えてくれ」

慈空に続いて、琉劔もそう口添えした。『羅の文書』の解読という点において、二人の目的は一致している。

「とは言うてもなぁ、文字のことはよおわからんぞな」

焼けた鮨を同じ炉の上で温めていた酒の中に入れて、幹郷が口にした。

「なんせ杜人は、口伝相伝じゃあ。文字を使うようになったんは、つい最近ぞい」

「え……そうなんですか⁉」

慈空は思わず日樹を振り返る。

「そうだねぇ、ちゃんと文字を書くようになったのって、俺の親世代からじゃないのかな。昔は名前に文字をあててなかったから、ばあちゃんやじいちゃんの名前は表記できなかったし、スメラもどういう字を書くかわかんない。俺も普段あんまり文字を使わないから、読むのはできても書くのは苦手なんだよね」

「じゃあ薬の作り方とか、『種』の種類とかは、全部口頭で伝えてるんですか⁉」

「昔はそうだったみたいだよ。さすがに今は、少しずつ書き残してるけど」

慈空はいよいよ言葉を失った。歴史学者だった自分にとって、文字で残さないことなど想像がつかない。しかも膨大な薬の知識すら口伝とは、杜人は一体どんな記憶力なのか。

「そういうわけなんでな、そっちの本についてはなんもわからんが、お前さんがなんで『種の夢』を見るのかについては、心当たりがなくはない」

香ばしい鮨の香りがついた酒を啜って、三実が続ける。

「お前さんがどう思うかは自由やが、昔、闇戸を出た一部の杜人が興したのが、弓可留やっちゅう話があるんよ」

あまりにもあっさりと告げられた話に、慈空は絶句した。

「本当？　そんな話聞いたことないけど？」

慈空の代わりに、日樹が訝しげに尋ねる。

「スメラの伝説とおんなじくらい、昔々のおとぎ話やからな。だからお前さんも、杜人と同じように『種の夢』を見るんかもしらん」

三実の説明に、慈空は息を呑んで日樹と目を合わせる。もちろん弓可留にはそのような話は伝わっていない。

「それって……つまり私が、杜人の血を引いている可能性があるってことですか……？」

口の中が乾いていた。自分が虐げて当然だと思っていた者の末裔かもしれないと聞かされて、にわかには信じられない上、妙に複雑な気分だった。

「可能性の話やで。それに、あんただけやのうて、弓可留人がってことや」

「でも確かに、今のとこ『種の夢』を見てるのって、うちの種術師と慈空くらいなんだよね。琉劔は見られなかったし」

日樹の言葉に、腕を組んだまま琉劔が無言で首肯した。

「『種の夢』を見るには、杜人の血と、それなりの感応力っちゅうか、『種』に好かれる才能がいるんよ。種術師やって、誰もが見れるわけやない」

三実の言葉を聞きながら、幹郷が同意するように頷く。

「慈空」

頭の中の整理が追い付かない慈空を、琉劔が呼ぶ。

「今の話を聞いて、ひとつ思い出したことがある。……確か弓可留の羽多留王は、御柱を眺めることを好んでいた。お前、覚えはないか？」

問われた瞬間、慈空の中に、兄のように慕った留久馬との記憶が蘇った。

そうだ、確か留久馬も、父王と一緒に御柱を見に行っている。加えて、今度は慈空も一緒に行こうと、誘われていたのだ。

「……あります。確か留久馬も、見に行っています」

「御柱信仰っちゅうてな。それが残っとるとこは、だいたい杜人と繋がっとんよ。伝説によれば、わしらは夜空で満ち欠けする星から、スメラと一緒にこの地へ来た古い民らしいもんでな」

「スメラと一緒に……？」

慈空は思わず繰り返す。

以前琉劔から、この世界のはじまりに現れたのはスメラだと聞いていたが、そこには杜人も随伴していたということなのだろうか。

「――かつて我々の先祖は、スメラと共に夜空で満ち欠けする星のひとつにあった。しかしあるときスメラは、選ばれた民を連れて星を出て、この世界へたどり着いた。スメラは御柱（おんばしら）を建てて命を生み、共にこの地へ降り立った杜（もり）の民へ御柱を託して眠りについた。永き時の果てに目覚めた時、スメラは人々を『新世界』へ連れて行くだろう……」

三実（みつさね）が、慣れたように伝説を諳（そら）んじる。

「杜人（とじん）にとって御柱は、スメラの忘れ形見や。大事に守り伝えていくっちゅう想いが、信仰に変わったとも言えるぞいな」

「で、でも、羽多留（わったる）王たちは御柱を眺めるのが好きだっただけで、別に信仰していたわけでは――」

反論しかけて、慈空（じくう）は言葉を切った。ただでさえ、杜人が住む闇戸（くらと）は忌み嫌われている。そこに聳（そび）える御柱もまた、普通の人には禍々（まがまが）しく映るものだ。それを、友好国への表敬訪問を兼ねていたとはいえ、わざわざ近くまで眺めに行くということ自体が異色なのだ。御柱に対して、あの父子が何か特別な感情を持っていたことは、否定しきれない。

「俺もそのことについて、羽多留王にいつか訊こうと思っていた。結局、そのまま会えなくなってしまったが……」

琉劔（りゅうけん）の言葉に、慈空は目を落とす。結局自分たちは推し量ることしかできない。御柱信仰については耳にしたこともないが、形骸（けいがい）化したものが弓可留（ゆっかる）の王族には残っていたという可能性もある。

「まあ僥倖（ぎょうこう）、僥倖よ。生きとる『種の石』と、杜人の末裔かもしれん人間に会えるとはな。長生きもするもんじゃろて」

　重苦しくなった空気を払うように、鰭酒を呑んだ幹郷(もとさと)がにっと笑った。一本抜けた前歯が目立つ。お前さんも食うか、と差し出された鰭を、琉劔がやんわりと断った。

「文字については、うちらやのうて、弓可留と同じくらい古い国を訪ねた方がええ。そっちの方がよう知っとるじゃろ」

　三実が『種覗き』を片付けながら口にする。

「うねりの闇戸や、縊れの闇戸に行っても無駄か？」

　琉劔の問いに、日樹(ひつき)が渋い顔で首を横に振る。

「だめだめ、あっちはそもそも外の文化を取り入れるの大嫌いだし、外の人間に協力するはずもないし」

「慈空の代わりにお前が行けば、何とかなるんじゃないか？　同じ杜人なら問題ないだろ」

　琉劔がやや不思議そうに尋ねる。

「いや、そもそも梯子の杜人が……特に俺が嫌われてんの。まあ、伝手(つて)がなくはないんだけど……」

　日樹が珍しく困った様子で頭を掻く。この世に三カ所あるという闇戸の詳細を、慈空はまだよくわかっていないが、杜人同士でも何か相容れぬ事情があるのだろうか。この人当たりの良さをそのまま人間にしたような日樹が嫌われているとなれば、相当のことだろう。

その後、三実から体に良いという苦いお茶を勧められ、会話の合間に慈空が四苦八苦しながら飲み終えて家を出ると、ちょうど細が隣家から帰るところだった。

「細、帰るの？」

「うん、今日中に干しておきたい薬草があって」

「あ、そうだ、今度見つけたらでいいから、魚鱗比良採っといて」

「わかった。いつもの量でいい？」

会話する日樹と細を眺めて、慈空はふと細の手首に目を留める。そこに羽衣を飼うための蔦は見当たらない。

「細さんは、羽衣を使わないんですか？」

慈空は尋ねる。杜人なら皆持っていると思っていたが、違うのだろうか。

「使わないというか、使えないの。羽衣は杜人の『家』に伝わるものだから、外から来た人間には与えられないのよ。呼猿なら飼ってもいいんだけど」

「コーダ？」

「季市が連れてた猿のことよ。飼い慣らすと、別の集落に伝言を届けてくれたり、果物の収穫や、簡単な手伝いもしてくれたりするの。私も最初見た時、こんなに懐くんだってびっくりしちゃった」

「……ということは、細さんは杜人じゃないんですか？」

日樹ともかなり親しい様子だったので、てっきりそうだと思い込んでいた。

「見たらだいたいわかるだろ。義衣（ぎい）だって着てねぇし」

驚く慈空の隣で、琉劔（りゅうけん）が呆れたように息をつく。ギイ、とはあの革の服を指すのだろうか。

「私はね、八年前に三実さんに拾われたのよ。それからずっとお世話になってるの。闇（くら）戸（と）の中に住むことも許してもらったし、土老も分けてもらえて、薬の作り方まで教えてもらった。皆には本当に感謝してる。もちろん、簡単なことばかりじゃなかったけど、今はここが私の第二の故郷なの」

微笑んで言う彼女の言葉に、嘘も遠慮も見当たらず、慈空は素直に感心した。そして杜人が、こうした外の人間を受け入れ、闇戸の中に住まわせていることに、軽い衝撃を覚える。もっと閉鎖的な場所だと思い込んでいた。

「あの……来た時からずっと不思議に思ってたんですけど、ここの人たちは、外の人が闇戸に入ってくること、嫌じゃないんですか？」

ここに来る途中、何度か別の杜人ともすれ違ったり、頭上を羽衣で追い越していく姿を見かけたりしたが、誰からも暴言を吐かれることも、因縁をつけられることもなかった。杜人が外に出てしまえば、当たり前のようにそれを受けるというのに。

「そもそも病狂（やみぐるい）の木草のおかげで、外の人は気軽に入って来られないからね。招かれた人に関しては、そこまで拒否感ないかな。それにうちは、細が来て以降、できるだけ外の人間と交わることを推奨してるんだよ。外貨も欲しいし。だから闇戸を出て行ってそのまま外で暮らしてる杜人もいるよ」

「そ、そうなんですか……。なんか意外です」

「あくまでも、梯子の闇戸では、だけどね。閉鎖的な場所ではどんなに優れた文明もいつか廃れるって、ばあちゃんはよく言ってる。とはいえ、いくらこっちが友好的に付き合いたいと思っても、相手側がそうじゃないから成り立たないのが現状なんだけど」

日樹は大袈裟に肩をすくめてみせる。

慈空は、彼と出会った当初を思い出して、気まずく目を落とした。杜人への差別意識は、もはや常識と言っていいほど世間に蔓延っている。

「杜人の薬の作り方を外の人間に教えることも、別に禁止されてないんだ。薬の種類によっては、外のやり方と同じじゃやつとかあるし。だから細は、ばあちゃんとじいちゃんのとこでめちゃくちゃ勉強して、薬の知識ならもう俺たちと変わらないよ」

「三実さんや幹さんの教え方がいいのよ」

細が謙遜する。

「でも薬に使う材料とか、絶対俺より知ってるよね」

「それは日樹が覚えないだけでしょ」

年上の細と日樹が並ぶと、顔は全く似ていないのに、どこか姉弟のような雰囲気がある。共に暮らしていると、自然とそのような感じになっていくのだろう。

「昔はね、『種』を培養して作る薬もあったんだって。でも今は作り方がわからなくなってて、三実さんはそれを再現できないかいろいろ試してるの」

「『種』からの薬……。私は以前、草比良から咳止めを作ったことがありますが、そんな感じのやつでしょうか?」

「『種』の力を借りるという意味では、同じかもね」

慈空の問いに、細は微笑んで答える。『種』に関しては、杜人の中でも明確な種類の区別がついていないというようなことを以前日樹が言っていたが、昔の方が、『種』については詳しい知識があったのだろうか。それが失われてしまったのは、彼らが長らく文字を使わなかったことが一因なのかもしれない。

「そもそも杜人の血が万能薬だからな。外の人間からしたら、それだけですごいことだ」

琉劔(りゅうけん)の言葉に、慈空は目を瞠(みは)る。

「血が万能薬なんですか? なんで!?」

素直な問いに日樹が笑った。

「万能薬って言うと大げさだけど、小さい頃からいろんな『種』を取り込んで生きる杜人は、それだけ『種』の毒とかにも耐性(たいせい)があるんだよね。だから俺たちの血から作る薬もあるんだよ。まだ耐性のない子どもに使うこともある。保存が利かないから量産できないけどね」

「注入方法にもちょっと難があるしね」

「あれを初めて見る子どもは泣くよね」

日樹と細が、顔を見合わせてしみじみと頷き合う。一体どんな方法なのか。

「でも血薬の作り方自体は、細も覚えたでしょ？」

「うん。外の人間であれを覚えてるのは、私と飛揚さんだけだよ」

「飛揚さん？」

聞きなれない名前が出てきて、慈空は首を傾げる。

「ちょっと変わってるけど、なんだかんだめちゃくちゃ頭がいいんだよねぇ」

「規格外だからな。いろいろと……」

琉劔がため息まじりに口にした。

「お知り合いですか？」

一人だけ答えが見えない慈空に、細が笑いかける。

「日樹が闇戸に連れてきた、最初の外の人だよ。そのうち君も会うんじゃないかな」

「青州の離宮では、すれ違いになって会えなかったんだっけ」

未だ誰のことかわからない慈空に、琉劔が向き直る。

「一応聞いておくが――、慈空お前、虫は好きか？」

三、

安南と別れた飛揚は、糞虫を捕獲するという目的を達成したこともあり、以降は大人しく王宮に入り、用意された部屋でのんびりと糞虫を眺めて過ごした。黒と白の斑がある体は、どれだけ見ても飽きることがない。時折紅蟎虫に目を向けてみるのも、違う味付けを楽しめるようでとてもいい。客車付きの鹿車で華々しく王宮へ入ったのは飛揚の替え玉だったこともあり、旅疲れを理由に今日は挨拶などを全て断っている。丈王からも歓迎の言葉と、瑞々しい果実や酒が届いただけだ。正式に顔を合わせるのは明日になるだろう。

　すでにひと仕事終えた気でいた飛揚は、その日ぐっすりと眠りについたが、翌朝、日の出とともに根衣に叩き起こされた。彼は飛揚の寝起きの悪さを知っているので、文字通り遠慮なく叩き起こしたのだ。

「いいですか、今日は予定が詰まっておりますので、そのつもりでいてください。まずは御朝食の後に、丈国他、ご挨拶をとおっしゃっている国の方々とご懇談を。皆様、斯城国副宰相であり王の叔母である飛揚様に、ぜひともお目にかかりたいという方々ばかりです。しっかりと交流を深めていただきたく存じます。その後お着替えいただいて、御昼食は丈王から直々にご招待をいただいております。これが初の御対面となりますので、くれぐれも斯城の名に恥じぬお振る舞いを。おそらくは宰相や太政司なども臨席するはずです」

女官に髪を梳かれながら、飛揚は渋面で根衣の話を聞く。

「その後、お部屋に戻って再度お着替えいただき、神殿での『祝賀の儀』にご出席。新しく刺青を入れた成人のお披露目などもありますから、適宜祝いの言葉をおかけになってください。その後再度お部屋に戻り、小休憩の後にお着替え、その後宴席への――」

「待て待て根衣。一体私に何回着替えさせるつもりだ?」

「今から一着目ですので、その後三回。計四回です」

「全部同じでいいんじゃないか?」

「いけません。飛揚様は斯城国からの国賓なのですよ。舐められては困るのです」

真顔で言われて、飛揚は言葉に詰まった。確かにここには、丈国の周辺諸国の要人たちが集まっている。大国斯城の名に恥じぬ振る舞いをすることが、必要であるとわかってはいるのだが。

根衣は、咳払いをして続ける。

「昼食会や宴席では、公羊の肉などを使った伝統料理が出されます。作法を守りつつ、周囲の方々とお話をしてください」

「では糞虫の生態についての意見を――」

「その際、飛揚様に守っていただきたいのは以下の三つです」

飛揚の言葉を遮り、根衣は有無を言わさない迫力で告げる。

「目立つな、余計なことをするな、虫の話をするな！……でございます」

面倒くさいな、と、飛揚は露骨(ろこつ)に顔をしかめた。

これでも斯城国の公主だったので、最低限の作法や、上流階級の人間との付き合い方も学んではいるが、目立つな、余計なことをするな、の定義が曖昧で飛揚にはよくわからない。とりあえず虫の話はするなということだけは、守ってやってもいい。琉劔(りゅうけん)の名代で来ているという自覚はあるため、どうにか彼の顔を立てて帰りたいところだ。なにしろ飛揚にとっては、聖眼(ひじりのめ)を持つ希少種の、自慢の甥なのだ。

「……わかった。目的のものは手に入ったし、今から帰るまではお前の言う通りにしよう。琉劔ともそういう約束だったしな」

いつになく聞き分けのいい飛揚に、根衣は化け物でも見るような顔をしたが、すぐに女官を呼んで準備に取り掛かった。

斯城国の礼服は、昔から青と決まっている。濃紺にも見える深く濃い青が一番格式が高いとされ、王だけが着用できる色だ。王后以下の王族は、それよりも淡い青系の衣装を用いる。

今回昼食会のために用意されていたのは、春先の淡い空のような薄青の伝統衣装だった。袍のように首元は詰まっているが、足先までたっぷりとした布地が使われている。

蚕の糸から織られたそれは、厚さや編み方の違うものが幾重にも重ねられていた。さらにそこに草花を象った日金糸の刺繍が入り、首元には指輪や首飾りに使われるのと同等の上級玉がいくつも縫い込まれている。飛揚はそれを、腹を締め付ける窮屈な下着の上に着せられ、丁寧に梳かれてきつく結い上げた赤毛に、玉のついた重い髪飾りを載せられ、おまけに歩くたびに音が出るよう装飾が施された固い沓を履かされて、昼食会の会場である丈水殿へたどり着くころには、すでに疲れ切っていた。

国賓を迎えるための丈水殿は、表宮に隣接して作られている。灰色と淡褐色の煉瓦を使用した二階建ての建物で、正面玄関の丸屋根には艶やかな緑青色の化粧石が使われていた。特別大きな建物というわけではないが、門には伏葉を象った意匠の細工があったり、灯火器に白奈鳥があしらわれていたりと、細かな部分まで手を抜かない丁寧さは見て取れる。迎賓のための場所なので、それなりに気を遣って設計されたのだろう。

艶のある重厚な正面扉の前で、丈王は多くの供とともに直立不動で飛揚を待っていた。鹿車を降りるや否や、飛揚はその全員に、頭を下げる角度すら揃った拝をされる。貴人をもてなす際の、この国の作法だ。飛揚は余裕を持ってそれを眺めた後、あらかじめ根衣に教えられていた通り、どうぞお楽に、と告げる。そうすると、目の前の彼らは再び一斉に顔を上げ、姿勢を正した。意味がないやり取りだとは思うが、いわゆる様式美というやつだ。

「偉大なる斯城国からのお越しを、心より御礼申し上げます」

一歩前に進み出た丈王が、飛揚の前で再度深々と膝を折って拝をした。

「先代の應円様には、建国の際に大変お世話になったと聞き及んでおります。私が即位した折にも、大層な御玉品をいただきました。本日はその妹君であらせられる飛揚様にお目にかかることができ、大変畏れ多く、望外の喜びでございます」

先代の斯城王であった兄と飛揚は十五歳離れているので、実はそれほど接点がない。兄が王としてどこの国とどのように付き合っていたのか、細かいところまで把握はできていないのだ。今の話を聞いて、意外とこの小国によくしていたのだな、と思うくらいだった。

「お招きいただき感謝する。この佳き日に、牟西王にお目にかかれたことを光栄に思う」

決まり文句を口にした飛揚は、顔を上げた牟西の額から左目の下にかけて、やや幅広の傷跡が走っていることに気付いた。剣傷ではないな、と一瞥して思う。まるで抉れたような傷だ。皮膚の変色具合を見る限り、随分前に負ったものだろう。この恐ろしい傷跡に加え、初勅で神への拝所を何カ所も潰し、現在は水の女神に抗うように川違えを計画しているという。少々強引であり、怖れられているだろうことは否めない。

飛揚は昨日、羽人の安南から聞いた話を思い出そうとしたが、それ以上に迫りくる圧迫感によって、早々に思考を放棄した。

なにしろ腹がきつい。

衣装のために、これでもかと締められた腹がきついのだ。

きつく結われた髪のせいで頭痛もしている。

思い返せば、このような格好をするのは琉劔の即位式以来だろうか。牟西の言葉も飛揚の右耳から左耳へと抜けていき、食事中も愛想笑いで相槌を打つことしかできなかった。ただ図らずも、目立つな、余計なことをするな、という根衣の忠告は守られたことになる。

「……さては根衣め……、こうなることを見越してたな……」

食後のお茶を待つ間、飛揚はいくらも呑めなかった酒の器が運ばれていくのを恨めしげに見ながらぼやいた。

丈国には、果実酒をはじめ、公羊の乳を発酵させた乳酒や、穀物や芋などから作る酒もあり、いくら呑んでも酔わない飛揚にとっては楽しみのひとつだったのだが、酒どころか料理の味すらよくわからなかった。朝から気疲れして、ようやく飲み食いができると思ったのだが。

「もしかして夜の宴席も同じような衣装なのか？」

傍に付き従っていた年配の女官に尋ねると、彼女は当然のような顔で頷いた。

飛揚は神妙に眼鏡を押し上げる。まずい、これでは完全に根衣の思う壺だ。

「斯城様、我が国の酒はお口に合いませんでしたか？」

悶々としていた飛揚に、牟西が気遣うように尋ねた。

挨拶以外では、余程親しくない限り名前を直接呼ぶことは無礼とされるため、国名で呼び合うことが多く、牟西王もそれに倣っていた。

「いや、美味しくいただいている。夜にも宴席が控えているので、少々抑えただけだ」

腹さえ締められていなければ、全種類を並べて飲み比べをしたいところだ、という言葉を、飛揚はかろうじて呑み込んだ。

「よろしければ後ほど、公羊の乳固や燻製肉と一緒に、何種類かお部屋に届けさせましょう。その方がゆっくり味わっていただけるかもしれません」

心中を見透かすように言われて、本当か!? と身を乗り出したくなるのを、飛揚は奥歯を嚙みしめて堪える。おそらく、飛揚が無類の酒好きだということを、あらかじめ調べてあったのだろう。

「お気遣いに感謝する。気に入った物があれば、我が主上へ献上しよう」

主上へ献上するとはつまり、その酒に関して今後取引を考えてもいいという意味だ。社交辞令ではあるが、個人的には割と本気でそう思っている。

「斯城王にも、どうぞ宜しくお伝えくださいませ。いつかお目にかかれることを祈っております」

さらりと口にする牟西を、飛揚は興味深く眺めた。息子が父を殺し、玉座についたという話を知らないわけではあるまい。

少し試してみたい、と、飛揚の口がうずく。

この王ならば、どんなふうに返すだろうか。

「神殺しの王でも、会ってみたいか？」

不意に言い放った飛揚の言葉に、牟西どころか周囲が絶句して息を呑んだ。

近くでこちらを見守っていた根衣が、顔色を変えたのがわかる。それでも飛揚は、唇を吊り上げて続けた。

「ついでに父と弟も殺したと言われている。我が甥は血塗られた王だが、それでも無防備に頭を垂れてくれるか？」

実は同じような質問を、今まで何人かに投げかけたことがあった。

いずれも新たな王にすり寄らんとする、部族長や、豪商、そして他国の王だ。

怯えた彼らは、もちろんでございますと悲鳴のような声をあげて、一様に平伏してみせるだけだった。その度に飛揚はがっかりするのだ。

お前たちはその眸で何を見て、その耳で何を聞いてきたのかと。

牟西は驚いたように目を瞠っていたが、やがて小さく息を吐くように唇を緩めた。

「血塗られた王と冷王であれば、釣り合いが取れてよろしいでしょう」

狼狽する周囲など気にもかけず、牟西は微笑んでみせる。

「しかし私の冷たい血を浴びては、琉劔王が御風邪を召されるかもしれません。そうならないよう願うばかりでございます」

一瞬呆気にとられた飛揚は、優雅に手拝をしてみせる牟西を、口を開けたまま見つめた。そして弾かれたように笑い声をあげる。なんという期待以上の返答か。

「飛揚様、はしたのうございます！」

公の場で口を開けて大笑いする副宰相を女官が制止したが、飛揚はかまわず気のすむまで声をあげて笑った。今までで一番、骨のある返事だと言っても過言ではない。

「しかと伝えよう！　血塗られた王と冷王の対面を楽しみにしている」

「畏れ多きことでございます」

その後運ばれてきたお茶は、少々温く淹れてあり、飛揚は頬に笑みの余韻を残したままそれを味わった。おそらくはこれも、牟西の指示だろう。

斯城（しき）国王の叔母を相手に、怯（ひる）まない胆力といい、頭の回転の速さといい、信頼に足る王だと思うが、役人や民は一体何が不満なのか。

何が彼らに、丹内仙女（にないせんにょ）ばかりを称えさせるのか。

「……やっぱあれか」

部屋へと帰る途中、飛揚はようやく安南（あんな）から聞いた話を思い出した。彼女は明言しなかったが、町を歩けばその噂は嫌でも耳に入る。

丈国（じょうこく）王牟西は、神に選ばれなかった王だと――。

丈国での務めを終えて、飛揚が斯城国青州にある離宮に戻って来たのは、ちょうど慈空が闇戸から戻って来た翌日の、昼過ぎのことだった。

「君が慈空か！　初めまして、私は琉劔の叔母の飛揚だ！　お近づきの印に採れたてほやほやの糞虫を進呈しよう！」

無事に目的の虫を採集したらしく、お気に入りのそれを持って彼女が慈空を追いかけまわすのは、琉劔にとって想定内だった。飛揚にとって虫を贈ることは、仲良くしようという意思表示なのだ。興味がないものは彼女の視界にすら入らないので、慈空は合格点をもらったといえるだろう。

「残念ながら虫集めは止められませんでした……。妙な虫を二種類もお採りになって……。しかし式典と宴席にはきちんと出席していただきました」

一気に老け込んだようにすら見える根衣が報告する。

「ご苦労だったな」

「根衣さん、なんか痩せたねぇ……」

労う琉劔の隣で、日樹が同情気味に声をかけた。

「あなたに気遣ってもらうほどではありません……」

杜人嫌いの彼は、いつもならもう少し勢いよく言い返してくるのだが、さすがに疲れているのか自嘲気味に吐き出す言葉に覇気はなかった。

「しかし、建国十年ということで、かなり気合の入った祭でした。広場では十五歳になった者が、成人の証である刺青をこぞって入れていて、珍しいものが見られました」

そこまで言って、根衣はふと思い出したように背を伸ばす。

「それより、ひとつご報告しておかなければならないことが……」

根衣が気を取り直して、壁際に追い詰めた慈空ににじり寄っている飛揚を捕まえた。

「後ろ盾になってくれと言われた。牟西王に不満を持つ千芭族の有志だ。『白奈の者』とか言ってたかな」

飛揚は女官が運んできた茶には手をつけないまま、あの出来事を簡潔に報告した。

「とはいえ、羽人が割って入ってくれたんで、大事にはなっていない。こちらも不問にした」

飛揚のあっけらかんとした説明を聞いて、琉劔は深々とため息をつく。飛揚を派遣するにあたり、何か起こる覚悟はしていたが、まさかあちらの方角から矢が飛んでくるとは。

「斯城国副宰相である王の叔母に直訴って、肝が据わっているというかなんというか……」

琉劔の内心を代弁するように、日樹がぼやく。

「それほどの覚悟だった、と受け取ることもできるが、無謀には変わりないな」

町をうろつき、話しかける隙を与えてしまった飛揚にも非はあるが、まさかそのような目に遭うとは彼女も思っていなかっただろう。

「あ、あの……その直訴をしに来た人たちは、丈王の何がそんなに気に入らないんですか？」

一緒に卓を囲んでいた慈空が、遠慮がちに尋ねた。手元には、無理矢理渡された糞虫入りの瓶がある。

「本人たちに理由を聞く前に逃げられてしまったんで、羽人からの又聞きになるが、要は牟西王が、『神に選ばれていない』ことが気に入らないようだよ」

ようやくいい温度になったお茶に、飛揚が口をつけた。

「……どういうことだ？　丈国では、神が王を選ぶんじゃなかったのか？」

琉劔は眉を顰める。確か弘文からはそう聞いたはずだ。

「本来はそういう決まりのようだけど、秘密裏に神の意思を人の手で捻じ曲げ、牟西が選ばれたように画策した、という話だ。もちろんこれは、ごく一部の限られた人間しか知らないはずの話だが、信仰をないがしろにしがちな政策も相まって、町にもそういう噂として伝わってる。羽人にも確認したんだが、彼女は答えなかった。だが答えなかった、というのがひとつの回答でもある。違うなら違うと、噂を否定するだろうからな」

飛揚の言葉に、慈空が何か言いたげな顔をする。四神を信じて生きてきた彼には、それがどんなに無礼で恐ろしいことか、よくわかるのだろう。

「では、牟西王は自身が神に選ばれなかったことをわかっていながら、玉座についたということか？」

「噂が正しければ、そうなるな。そのことが千芭族にとっては強欲と映るようだよ。この八年の間我慢していたが、この度牟西王が進めようとしている川違えの件で、ついに爆発したようだ。神に選ばれていない王が玉座についているだけでも許しがたいのに、神の山から流れ出る恵みを人の手で変えようとするなんて……ってところか」

「なんか……すごく面倒臭いね」

さすがの日樹も、率直な意見を口にする。

「文句があるなら八年前に言えばいいのに。王になることは黙認しておいて、今更怒るとか都合良すぎない？」

「私もまったく同意見だ。そもそも彼らの目的を聞きそびれてしまったんで、最終目的が王を討つことなのか、自らが玉座に上がることなのかはわからないが、神が王を選ぶのだと言うなら、堂々と牟西王と共に『神託の儀』を受ければいい話だと思わないか？」

「自分たちの中から王を出す自信はないけど、今の牟西王は気に入らない、ってことなのかな」

「これでもう一度『神託の儀』をやって、今度こそ牟西が選ばれたら、奴らは王と認めるのか興味があるな。神の意思ひとつで掌を返すことが、あの国では信仰心の表れなのかね？」

飛揚が呆れたように肩をすくめた。

「……丹内仙女が絶対の者たちからすれば、神に選ばれていない王を認めないことも、神に選ばれた王を認めることも、当然のことなんだろう」

琉劔は苦く吐き出す。思い出すのは、かつて斯城にあった女神のことだ。

聖女蓉華天。

祝子として、あの女神に傅いていたかつての自分が、頭をよぎる。

国の民はもちろんの事、大街道を行き来する旅人たちまでもが、熱に浮かされたように聖女蓉華天を崇めていた。おそらくはそれと同じような空気の中で、王になると決めた牟西の覚悟は、単に強欲だとは言い切れないだろう。

全員が同じ方向へ、同じ歩幅で歩かねばならぬと決められた中で、否と唱える痛みと怖さを、琉劔は知っている。

「これは個人的な感想だが、私は牟西王が世間に嫌われるべきほどの愚王だとは思わない。わりと骨のある男だぞ、あれは」

思い出したようにそう言って、飛揚が喉で笑う。

「飛揚がそこまで褒めるのは珍しいな」

そもそも彼女が、人間に興味を持つことが珍しい。出国する前は、虫の話しかしていなかったというのに。

「牟西王と何か話したのか？」

「うん、まあ、少しな。冗談がわかるし、気の利く奴だ」

琉劔がちらりと根衣（ねい）の方に視線をやると、彼は燃え尽きた顔でため息をついていた。

これは、あとからじっくり聞くのがよさそうだ。

「しかし内輪揉めをしているうちに、他国に付け入る隙を与えることにならないといいんだがな……」

器に残ったお茶を飲み干すと、飛揚は伸びをしながら立ち上がる。

「さて、私は早めに休ませてもらうよ。さすがに少し疲れた」

「飛揚さんが疲れるって珍しいねぇ」

「他国で王族っぽく振舞うなんて、慣れないことをするもんじゃないね」

飛揚と日樹（ひつき）の会話を耳にしつつ、琉劔は会ったこともない丈王（じょう）のことを思って、しばし思考の波間に沈んだ。

大慾（たいよく）の王か、それとも聖君か。

いずれにしても、偽善であれば八年も耐えられなかったのではないか。

一体何が彼を、玉座へと駆り立てたのだろう。

「え、飛揚さんもう寝ちゃったの？」

夕方近くになって、飛揚の帰国に合わせる形で闇戸の集落を出てきた細が、収穫した茸を持って離宮を訪れた。

「あとで行くからって伝言しといたのにな。せっかく飛揚さんの好きな平紅茸もあるのに」

「明日喜んで食うよ」

琉劔は近くの女官に言いつけて、細が持参した籠一杯の茸を運ばせる。

細は飛揚の数少ない友人の一人だ。齢も近く、外の人間であるというのに闇戸で暮らしているというのも、飛揚の興味を引いたのだろう。

「泊まっていくだろ？　一緒に夕食をどうだ。どうせ飛揚の分が余る」

この時間から闇戸に戻っても、羽衣を持たない細は集落に辿り着くのに二日半かかる。夜の闇戸は、杜人でさえあまり出歩かない。病狂の木草よりも、夜行性の獣を警戒してのことだ。

琉劔の言葉に、細は心得たように笑った。

「じゃあ、遠慮なく」

彼女との付き合いは、琉劔がまだ祝子だった頃から、もう三年以上になる。杜人だの、王だの、外の人間だのという区別は、すでに自分たちの中で無意味だった。

その日、陽が落ちて夜の天幕が降りても夏の名残の暑さがしつこく居残り、夕食は離宮の二階にある広い露台で摂ることにした。もともと琉劔が朝食を摂ることもある場所なので、女官たちも準備には慣れている。応接室にあった大きい卓と人数分の椅子を運び入れ、暑くならないよう灯火器の数は最小限に抑える。足元で焚(た)く虫除けの香は日樹(ひつき)のお手製で、温い空気の中に一陣の爽やかな香りが混じった。

食事は斯城(しき)でよく食べられている麭頭(ぼうとう)と、それに合わせた甘辛い肉料理や、細が持ってきた茸の乳汁、芋と香辛料を混ぜたものを白身の魚に載せて食べる斯城の伝統料理などが並び、弓可留(ゆっかる)出身の慈空(じくう)が食べやすいよう、味付けに工夫がされていた。

恙(つつが)なく食事が終わり、食後のお茶が出された頃に、細が思い出したように尋ねた。

「慈空くん、もう少しこっちにいることにしたんだって？」

「はい。実は闇戸にとても興味が湧いてしまって、もう少し日樹さんに案内してもらうことにしました」

「慈空は草比良に詳しいんだよ。だからいくつか分けて欲しいって言われててさー」

「や、やめてください！　日樹さんに比べたら私の知識なんて、趣味の域を出てませんから……！」

確か、日樹と慈空が薬来堂(やくらいどう)で会ったときも、草比良の話をしたと聞いている。歴史学者を名乗ってはいるが、もしかするといろいろな方向に興味はあるのかもしれない。

「それに、弓可留は杜人が興したっていう話も気になってるんです。今更調べようもありませんが、杜人に伝わるスメラの話が、もしかしたら弓可留にもあったのかもしれない……。だからもう少し、三実さんたちに話を聞いてみたくて」

そう言うと、慈空は無数の月金光が輝く夜空を仰ぐ。琉劔もつられるようにして天蓋を見上げた。

かつてスメラや杜人、そして自分たちの祖先がいたらしい『この空で満ち欠けする星のひとつ』。それが具体的にどの星を指すのかはわかっていないし、単なる比喩表現なのかもしれない。だが、それでも、闇戸に御柱があって、スメラの伝説が今なお残っていることだけは確かなのだ。

「前に琉劔さんが話してくれた伝説によると、確か杜人は、眠りについたスメラが目覚めた時に、御柱をお返しするのが役目なんですよね？　だとしたらその御柱を守るために、『種』の知識もスメラから引き継いだんでしょうか……」

「どうなんだろうねぇ。でも言われてみれば、『種』の知識がいつから闇戸にあったかなんて、考えたこともなかったな」

日樹がぼやいて、温く淹れた茶を口に含む。清涼感のある香りのこのお茶は、暑い季節に好んで飲まれるものだ。

「……そういえば丹内仙女にも、満ち欠けする星のひとつから来たっていう言い伝えがあるんじゃなかったかな……。それに、水の神である他にも、薬の神だっていう話もあったはず」

細がふと口にした。

「丹内仙女って、丈国の？」

「うん。丈国の歴史は浅いけど、丹内仙女の歴史って意外と古くて、あの地方に昔から伝わる『百丸』っていう薬は、丹内仙女が伝えたものだって言われてるの。それに、その『百丸』と、杜人が作る『麻六』っていう丸薬は、材料に蛇紋草や黄輪草を入れるのも、煮詰める作り方も、すごく似てるんだよ」

それを聞いて、慈空が思わず身を乗り出す。

「じゃあ丹内仙女とスメラ、それに杜人は、何か関係があるんでしょうか……！」

「うーん、でも『麻六』は滋養薬で、すごく特別な薬ってわけじゃないから、多少似ることはあるかもしれないなぁ……」

日樹が冷静な感想を漏らした。闇戸を出てそのまま外で暮らす杜人が、里帰りして闇戸に持ち帰った文化が根付くこともあれば、またその逆もあるだろう。

「丈国では蛇紋草が採れなくなって、伝統通りの『百丸』を作ることが難しいみたい。だから『麻六』はすごく貴重だね。斯城にも、不知魚人にも卸してるでしょ？」

「ああ、効きがいいと評判だ」

琉劔の言葉に、日樹が得意げに笑う。杜人の中でも、体調に異変を感じたらとりあえず飲むものとして定着しており、彼らは常に携帯しているのだ。

「丹内仙女がもともと祀られていたのは、丈水山だったたな？」

琉劔(りゅうけん)の問いに、細(ささめ)が頷く。

「丹内仙女(にないせんにょ)が暮らしていたって言われてる、洞窟が残ってるわ。そこが御堂になってる」

丈国(じょうこく)にとって丈水山(じょうすいさん)は神の山だとは聞いていたが、それは水の恵みだけを指すものではないようだ。山そのものが、神と同一視されているのだろう。

「細さんは、丹内仙女を信仰されてたんですか？」

何気なく慈空(じくう)が尋ねると、細は珍しく虚を突かれたように目を見開いた。そして言葉を探して口ごもる。

「……うん、そうだね、昔はそうだった。でも今はもう……」

何かを思い出すように、彼女は目を落とす。

「水の女神として有難くは思っているけど、それ以上でも以下でもないかな。女神は時として残酷で、人間の都合なんて考えてくれないんだなって思うことがあって、なんだか虚しくなっちゃって……」

「……少し、わかる気がします」

慈空が、自身の首飾りに目を落とす。国は無くなり、神は消え、それでもなお、彼は四神への信仰を示すそれを手放さない。

「それにしても、丹内仙女とスメラに繫がりがあるかもしれないっていうのは、盲点だったな」

お茶を飲み干した日樹が、行儀悪く卓に肘をついて琉劔に目を向ける。

「丈水山の御堂、行ってみようよ。何か手掛かりがあるかもしれないよ」

日樹の言葉を聞きながら、琉劔は思案して腕を組む。梯子の闇戸と丈水山は目と鼻の先と言ってもいい距離だ。そこに同じような『この空で満ち欠けする星』という言葉を含む伝説が残っているのは興味深い。

「そうだな。青州にいる間に行ってみるか」

琉劔の青州滞在は、私的な休暇ではない。闇戸に隣接するこの付近を視察し、病狂の植物たちがどこまで迫ってきているかを把握しておくためでもある。全国民に土老を分け与えられるわけではないので、民の平穏な暮らしのためにも必要な調査だ。斯城国王都では、琉劔が周囲の反対を押し切って、杜人に店舗を持つことを許している。その責任のためにも、闇戸や杜人関係については、琉劔が先頭に立つ必要があった。

「どうせ飛揚さんは虫の標本作るだろうし、ちょうどいいんじゃない？」

琉劔は、飛揚が滞在している部屋の方へ目を向ける。休むといいながら、捕まえてきた虫を愛でている可能性もある。標本作りは、彼女の生きがいだ。

「……まあ、他国で好き勝手されるより、斯城にいてくれたらそれでいいか」

変わり者の叔母だが、彼女には底知れぬ恩がある。飛揚のおかげで今の自分があると言っても過言ではない。

王の双肩に乗る重圧は、それなりに琉劔を悩ませもするが、神の依り代だった祝子の時代に比べれば、随分自由に呼吸ができている気がした。

二章　偽りの神託

一、

恨むんじゃない。恨むんじゃないよ。
決して恨んじゃいけないよ。

母の手にしっかりと抱かれながら、牟西(むさい)は何度もそう言い聞かされた。
父さんは勇敢だった。強い人だった。優しい人だった。
だから女神さまが御供にお加えくださったんだ。

三日前に負った傷が、またじわじわと痛み始めた。失明しなかったことが奇跡だと言われた、額から左の頬(ほお)にかけてざっくりと抉(えぐ)れた傷。原因は石だったのか、それとも折れた木だったのかよくわからない。山から崩れてきた土砂に家ごと押し流されて、父親に助けられた時、すでに自分は意識を失っていたからだ。

牟溜（むる）はそれはそれは勇ましかったぞ。

ああ、迫りくる土砂にも怯（ひる）みはしなかった。

黄芭族（おうば）が誇る男だ。

あいつのおかげで助かった命がいくつあるか。

口々に褒めたたえる大人たちの向こうで、小さな娘の手を握りしめた女が、ごめんなさいとつぶやきながら泣いている。臨月が間近の腹は膨れ上がっていて、時折娘が労わるようにその腹を撫でた。

牟西の父親が最後に助けた二人、いや、三人だ。

父は、この母子の命と引き換えに、土砂に呑まれて死んだ。

恨むんじゃない。恨むんじゃないよ。

母の声を聴きながら、ああそうだね、と牟西はぼんやり思った。

薬師（くすし）だった父の口癖は、今でも覚えている。

自分の手の届く範囲でいいから、弱いものと大切なものはその手で守ってやれ。

そう言っていた父だから、普段から薬を届けることのあった、顔見知りの母子を救ったことに違和感など覚えなかった。

むしろ最後まで、その意志を貫いて逝ったのだと思えた。

父を失ったことは悲しかったけれど、助かった母子を恨むことは筋違いだと。

あなたのお父さんは、丹内仙女（にないせんにょ）の元に召されたのよ。

とても信仰心の篤（あつ）い人だったからな。

女神の元で、こちらを見守ってくださってるさ。

人格者だったから、きっと女神のお気に入りになっているわよ。

この地方では、丹内仙女という神がすべてだ。薬師が作る薬ですら、丹内仙女からの賜りものだとされる。大切なことは全て神にお伺いを立て、死ぬことは『女神があちらにお呼びになった』のだと言って慰め合う。女神の元に行けるのだから、それは名誉あることだと。

——そうかな？

本当にそうかな？

脈打つような傷の痛みを感じながら、牟西(むさい)は考える。
けれど胸に生まれた疑問は口にできない。
なぜなら女神は絶対の存在で、疑問を持つこと自体が不敬だからだ。

母子に恨みはない。
慰める人々に何を言う気もない。
いなくなった父の分、これからも母を大切にしようと思う。
それでも、どうしても不思議でたまらなかった。
本当に丹内仙女が、父をそちら側に呼んだのだとしたら。
どうして神様のくせに、自分から父を取り上げたのか——。

丈国(じょうこく)の王宮は、建国の際に新しく建てられたものだが、初代王が自分の居所となる奥宮を必要ないと断ったために、役人などが働く表宮である『水丈宮(すいじょうぐう)』のみがある。現王

である丈牟西は今年で四十三歳になったが、未だ妻を持たず、表宮の一角を執務室として利用しており、そこに続く二間を私室として利用している。いずれ妻を娶れば奥宮を、という声が多いが、今のところ予定地となっている空き地には雑草がはびこっているだけだ。

「祭が終わった次の日くらい、休んでもいいんじゃないですか？」

三日間続いた丈国の建国祭は、昨日無事に幕を閉じた。最後まで残っていた他国からの招待客も、今朝立て続けに出国し、街では天幕や幡などの片付けが始まっている。

そもそも他国からの商人や芸人を招いて行うこのような大規模な祭は、丈国において初めてのことだった。他国へ存在感を示すべく、建国十年を機に開催する運びとなったのだが、祭の間中、民衆はもちろんのこと、役人たちでさえ慣れない状況にやや浮足立っているように見えた。

「主上より仕事のできない連中が、祭を名残惜しんで、売れ残った甘い麭頭を齧ってるのに、働いてやる義理なんかありませんよ」

王の身辺の世話をする、小臣の立場である恒佑は、先ほどからずっと愚痴を垂れている。付き合わなくていいと言っているのに、執務室に入り浸るのはいつものことだ。牟西は彼が赤ん坊のころから知っているので、主従関係というより、甥のような感覚だった。そもそも小さな国のため、宮仕えの大半は顔見知りだ。

「『入れ墨の儀』のことだって、あいつらが提案するだけしてあとは下に丸投げ。なんで許可出しちゃったんですか？　下級役人の仕事が増えただけですよ」

目端の利く男ではあるのだが、恒佑はまだ十七歳という若さゆえか少々口が悪い。物事を正直に、時に辛辣に言いすぎるのだ。そのせいで同僚と揉(も)めることが多く、見かねた牟西が小臣として引き取った形だった。

「新成人たちにとっては記念になるので、どうしても民部(みんぶ)から強い希望があった。責任を持つというので任せたまでだ」

牟西は手元の木簡に目を通しながら答える。紙はまだ王都でしか普及しておらず、地方からの文書はほぼ木札に書かれて届く。表面を何度も削って使い回す木簡は、削りが荒いとそれだけ木目に文字が滲(にじ)んでしまい、判別できないものは前後の文脈から推測するほかない。

「そんなの、自分の実績が欲しかっただけですよ」

まるで自分のことのように腹を立てて、恒佑は吐き捨てる。

「何か起きたら、絶対牟西様のせいにしてましたよ。年寄り連中は、最初から反対してましたし」

恒佑に言われなくとも、役人たちの腹の中はわかっている。だが、あまりに締め付けを強くし過ぎても、反感を生むだけだ。

「一度は却下したが、どうしてもと民部が食い下がって来たのだ。刺青(いれずみ)の材料などを扱う商店からの要望もあった。せっかくの祭であるというのに、稼ぎにならないと強く言われて民部も引けなくなったんだろう」

「牟西様はどうせ、民のためになるならいいって言うんでしょ？　そのお気持ちが下々に伝わってるかどうかは疑わしいですけど……」

恒佑がここまでぼやくのには理由がある。すべては八年前、牟西が玉座についてすぐに出した、初勅が発端だ。

牟西王は、丈国に無数に点在していた仙女への拝所の合併と、毎日のようにあった祭祀の簡略化を命じた。拝所の数を減らし、残った拝所に経費を集中させることで、丹内仙女を拝むための場所としての威厳を保ち、また負担の大きかった祭祀の準備などを大幅に減らすことで、人々の生活を楽にしたいという考えからだった。しかしこれには、感謝の声が上がる一方で、当然反対の声も大きかった。特に拝所がなくなることで職を失う祀人からは強烈な反感を買った。そこから牟西王が冷王と呼ばれるようになったのだ。

「拝所がまとまったおかげで、柄の悪い連中のたまり場みたいになってたとこも解体されたし、祭祀の負担が減って、その分畑に手をかけられるって喜んでる声もありましたよ。あぶれた祀人の仕事も斡旋したじゃないですか。それなのに、反対する奴らの声だけが、未だにやたらでかいんですよ」

恒佑はうんざりするように顔を歪める。

「初勅を根に持って、どいつもこいつも今の牟西様の働きぶりを見ようとしない。本当に頭がおかしい奴らばっかりです。六年前の不作の年以降、妊婦や十歳までの子どもがいる家には、一定量の芋や麦を配布するっていう施策に、救われた奴がどんだけいると思います？　あれ言い出したの牟西様じゃないですか。堤の建設だって、丈水山（じょうすいさん）の整備だって――」

「恒佑、ちょっと黙っていろ」

　牟西はひとつ息をついて、眉間を揉んだ。

　自身の評判についてはよくわかっている。もともと愛想はなく、効率を重視するので、人情などは後回しにしがちだ。その上、額から左目の下まで、若い頃に負った傷跡が残っている。それが眉間に皺のある仏頂面に拍車をかけるので、子どもには泣かれてばかりだ。幅広の目は蜥蜴（とかげ）のようだと言われ、薄い唇も酷薄に見えると敬遠されている。

「……初勅については、もう少し時間をかけてやるべきだったと、今になって思う。あの頃は少し、気が急（せ）いていた」

　おまけに丈国の王でありながら、国の神である丹内仙女に傾倒しきれずにいる。

　いやむしろ、憎んでいると言い換えてもいいのかもしれない。

「……少なくとも俺と俺の家族は、感謝してますよ」

　結局黙らない恒佑が、ぼそりと口にした。

「……与名（よな）は元気か。祭の間は、こっちに来ていたんだろう？」

　牟西は、彼の母の名を呼ぶ。

「はい、妹が墨を入れるのを、ちゃんと見届けたって言ってました」

恒佑の言葉に、牟西は思わず口元を緩める。

「そうか、妹がもう成人か。早いものだな……」

「お会いになってくだされればよかったのに」

「そんな暇があったと思うか？」

牟西は苦笑する。

祭とはいえ、主催する王までが暢気に屋台巡りなどを楽しむわけにもいかない。各部署からの進捗や報告を受けるとともに、成人の儀へ顔を出し、祝辞を述べて新成人を寿ぎ、式典を恙なく終えた後は、国賓を迎えて宴席も催さねばならなかった。その他にも、他州から上がってくる要望書への回答や決裁、予算案の確認など、通常業務も後回しにはできない。やることは山のようにあった。

「そういえば、そろそろ里帰りする予定だったな？」

牟西の問いに、恒佑はやや鼻白む。

「来週、休暇をいただきます。……でも、帰ったってどうせ家の事手伝うだけなんで、別に俺は……」

「帰れるうちに帰っておけ。その方がいい」

宮仕えの者には、希望すれば休暇を取れるよう通達してある。祭を家族で楽しんだ者もいるだろう。恒佑は半ば強引に家を出てきているので、無事を知らせるために帰らせるのも牟西の役目だった。

「周弖へ視察に行くまでに、少し時間がある。私も一緒に暁瑞に戻ろう」

その言葉に、恒佑はわかりやすく顔を輝かせた。恒佑の故郷である暁瑞の町は、牟西の故郷でもある。すでに生家は残っていないが、親戚や知り合いはまだ多くがあの町に住んでいる。

「本当ですか!?　絶対ですよ!」

「急な予定が入らなければな」

「そんなのどうにか調整してくださいよ!」

「主上、よろしいでしょうか」

扉の向こうで呼びかける声がして、国府を取り仕切る太政司を務める藍撞が姿を見せた。

「うわ、太政司まで仕事してる」

そう言う恒佑へ煩わしげに目をやった後、藍撞は牟西の前で右腕を前、左腕を後ろに回して頭を下げた。貴人を称えるための拝だ。

「そろそろ昼議のお時間です」

「もうそんな時間か」

牟西は、手元の木簡を揃えながら返事をする。藍撞は同じ黄芭族の出身であり、自身が王になる前からの付き合いだ。今日は朝から他国の要人たちの見送りに出ていたので、朝議ではなく、時間をずらして昼議を行うことになっていた。

「あの件を議題に挙げようと思いますが、よろしいですね?」

確認するように問われて、牟西は顔を上げる。

「『白奈の者』の件か?」

「はい。斯城様とのやり取りを見ていた羽人から証言がありました」

恒佑が、露骨に顔をしかめて尋ねる。

「もしかして、川違えのこと? あいつらまだぐだぐだ言ってんの?」

牟西はひとつ息を吐いて、椅子に身を預けた。

丈水山を源流とするいくつかの河川は、丈国の誇る清流であり大事な水源だ。川が運んでくる肥沃な土砂のおかげで、昔から田畑が開かれ、人々が生きていくための糧を得ている。しかし同時に、川によって運ばれた土砂が川底に溜まり、周りの田畑よりも川底が高くなってしまう場所があり、常に洪水の危険に悩まされていた。特に丹州を流れる仙川は、ここ数年で立て続けに堤防が破壊され、四年前には伝統的な滋養薬の材料の一つである蛇紋草の群生地がことごとく呑み込まれてしまい、現在に至るまで十分な収穫ができないでいる。さらに去年には別の個所の堤防が切れ、三つの集落が全壊した。

そこで提案されているのが、川の流れそのものを変えてしまおうという計画だ。現在北に向かって流れている仙川を、より傾斜の大きな西に向かって流し、その先の伊丈川と合流させる。それができれば、今より格段に洪水の被害は防げるだろうという計算だ。

しかし千芭族が中心となって組織された『白奈の者』は、仙川にほど近い周弖の町を本拠とし、川違えについて強く反対している。丹内仙女からの恵みである水の流れを、人間の都合で動かすということについて、彼らはどうしても納得ができないのだ。

「川違えしなきゃ自分のとこが被害を受けるかもしれないのに、馬鹿なのかな？　そもそも川違えの計画だって、千芭族も承知したから通ったんでしょ」

「千芭族の中でも意見が割れているようだ。やるならまずは王都の川からやれという声もある。それで罰が当たらないかどうかを試せと」

実は祭の十日前に降った大雨のせいで、王都のほど近くにある太巳川の堤が切れ、氾濫している。幸い被害はそれほど大きくなかったが、それでも川周辺の土地は削られ、三日ほどは水が引かず、一時は祭の開催も危ぶまれたほどだった。

二人の会話を聞きながら、牟西はこめかみを揉む。

確かにこちらの整備も必要ではあるのだが、洪水が起こった時の被害の大きさと事態の根深さで言えば、今は仙川の方が優先すべき事項だ。先に太巳川で罰が当たらないかどうか試せなど、馬鹿げた話だった。

「このままでは、新しく川を通す土地の住人も焚きつけられかねません」

藍撞は改めて牟西へ目を向けた。

「昼議では、少し釘を刺しておきたく思いますが……」

牟西は卓に肘をついて両手を合わせ、指先で自身の額を軽く叩く。考え込むときの癖なのだが、王にはふさわしくないのでやめろと、藍撞(らんどう)にはよく注意されていた。

「……わかった。お前の好きにしろ」

そう言って、牟西(むさい)は立ち上がる。

『白奈(はくな)の者』たちにとって、川違えの件などきっかけに過ぎないだろう。彼らの中には、そんなことよりももっと大きな不満があるのだ。それを解消するためには、牟西を玉座から引きずりおろさねばならない。しかし彼らに、そんな度胸があるとは思えなかった。再び王を失う不安と恐ろしさを、彼らも知っているはずだ。

「昼議へ向かう」

恒佑(こうゆう)に手を添えられながら、脱いでいた上衣を羽織り直し、牟西は部屋を出た。

「千芭(せんば)族の一部の派閥である『白奈の者』が、あろうことか斯城(しき)国副宰相様に後ろ盾(だて)を頼んだという話があります」

昼議にて、予告通り藍撞がそれについて切り出すと、役人たちの集まった朝堂はにわかに騒然となった。

「直接斯城様に!?」

「近衛兵は何をしていたんだ！」

「なぜ斯城様に接触できている!?」

「我々は何も聞いていないぞ！」

「過激な奴らが勝手にやったことだ！」

「あいつらと一緒にしないでくれ！」

同じ国の同じ役人同士とはいえ、千芭族と黄芭(おうば)族の対立は随所に存在する。今もなお、『白奈の者』と千芭族の役人が通じているのではないかと問い詰める声もあった。

目の前で飛び交う怒号に、牟西は小さく息をつく。少なくとも役人をやっている彼らは、牟西を玉座から引きずりおろしてしまえば、自分たちの立場が危うくなることを知っている。無謀な計画を実行した『白奈の者』は、彼らとは関係ないところで動いているはずだ。ただ、ここで見聞きした情報が伝わっている可能性は否定できない。だからこそ藍撞は、議場でこの話を持ち出したのだ。

「何人かの目撃情報もあり、何より羽人の一人が仲裁に入っております。その後斯城様からは改めて、事を荒立てるつもりはないとのお言葉をいただきました」

「だからどうした！　千芭族が斯城様に無礼を働いたという事実は変わらん！」

「あの大国を敵にまわしたら、どういうことになるかわかっているのか！　弓可留(ゆつかる)と沈寧(じんねい)を見ろ！」

「なんという恥知らずなことをしてくれたものだ！」

藍撞の言葉を遮るようにして、黄芭族の役人たちが口々に叫ぶ。牟西は片手をあげて、それをどうにか黙らせた。

王の名代(みょうだい)としてやって来た副宰相とは、それほど深い話はできなかったものの、場に呑まれぬ強さと柔軟さのある御人だと感じた。噂ではかなりの賢女という話だ。その彼女が、易々と一部族の話に乗るはずがない。斯城(しき)国がその気になれば、千芭(せんば)族と黄芭(おうば)族、どちらの味方に付かずとも、この国など三日もかからず落とされてしまうだろう。国賓として来てくれただけでも奇跡に近い。

「斯城様が事を荒立てるつもりはないと仰せなのであれば、その御言葉に甘えよう。我々が慌てる必要はない」

王の言葉に、議場は夏蠅のようなざわめきで満ちていく。

本当にそれでいいのか。詫びを入れておくべきなのでは。相手は大国斯城。弓可留(ゆつかる)と沈寧(じんねい)を手に入れたように、我が国も狙われてしまうのではないか――。それぞれがそれぞれの思惑で囁いて、王の判断を値踏みする。

「ただ、斯城様に無礼を働いた者への罰は与えねばならない。この件については追って指示する」

「御意」

藍撞(らんどう)が深く拝をする。これでいくらか抑止力にはなっただろうか。国の中でいがみ合うことがどんなに愚かなことか、彼らもよくわかっている。

「いいか皆、よく聞いて欲しい」

牟西(むさい)の声に、ざわめいていた議場は波が引いたように静かになる。

「様々な意見があろうが、私は川違えを取りやめるつもりはない。あの川のせいでここ五年の間に五十八人が死に、五つの集落が犠牲になった。作物が取れず、餓死や間引きを含めれば死者の数はもっと増える。食料を融通し、手を尽くしたが、それでも取りこぼした命は少なくない」

水の女神は、間違いなく自分たちの命を繋ぎ、大地を甘露で潤す偉大なる神だ。しかしその甘露も、過ぎれば人にとっては毒となることもある。

「仙川の氾濫を抑えることで、田畑が広がり丹州の収穫は増える。民の生活は楽になるだろう。それに川を潰すわけではない。流れる場所を変えるだけだ。土を削る前には必ず丹内仙女への祭祀を行う。我らが生きるために必要なことであれば、女神はお許しくださるはずだ」

そう口にしながら、牟西はどこかで自分に言い聞かせているような気分になる。

「周弖への視察は予定通り行う。『白奈の者』がどう出てくるかわからないが、話ができるならそこで話すしかあるまい」

川違えは、できるだけ早い方がいい。今から新たに川を置く場所の民と慎重に協議を重ねて、雪解け水が流れ切った頃に着手するのが理想だ。今躊躇すれば、それだけ計画は遅れていくことになる。その間に大雨が降り、嵐が来れば、また川は暴れ、人が死ぬ。

「このことを皆々、しかと胸に留めよ」

微かな衣擦れの音と共に、その場にいた全員が牟西王へ平伏する。

その整然と並んだ冠を眺めながら、牟西はどこか空虚な胸を自覚した。

——果たして。

果たして女神は何を想って見ているのだろうか。

この玉座に座る、謀りの王を。

黄芭族と千芭族は、もともと祖先を同じにするひとつの部族だったと言われている。しかし、族長とその息子が収穫の分配をめぐって対立し、息子が率いる黄芭が分裂する形で独立した。それから百年ほどを経て、もう一度部族をあるべき姿に戻し、共に国を興そうと言い出したのは、当時千芭族の族長を務めていた秋魯紗という女性だった。

夫を早くに亡くした彼女は、その手で娘を育てながら、千芭族の頭として一族をまとめ上げていた。恰幅のいい姿が物語るように、豪快で気さく、それでいて情に厚く先を見通す胆力がある気持ちのいい女性だった。彼女が単身、黄芭族の族長を訪ねてきた夜のことを、牟西は今でも覚えている。漏れ聞こえた建国という言葉に、人知れず胸が高鳴った。周囲に次々と国が建ち、統合し、乗っ取られ、という景色を見ている中で、小さな部族が呑み込まれてしまうのは時間の問題だろうと思っていたからだ。黄芭の族長も同じことを思っていたのだろう、それから建国の話は円滑に進み、初代の王には全員一致で魯紗が推挙され、『神託の儀』でも、丹内仙女の遣いとされる白奈鳥の羽根は、問題なく彼女の肩に落ちた。秋魯紗はこの国を『丈国』と名付け、丈魯紗と改名し、初代王となったが、彼女は建国一年を待たないうちに、流行り病にかかってあっけなく命を落としたのだ。

魯紗が亡くなってから、新たな王の候補として選ばれたのが、黄芭族からの推挙を受けた牟西と、千芭族からの推挙を受けた、まだ二十歳になったばかりの魯紗の娘だった。

「あんな小娘に神の羽根が降りるはずがない」

「王が若すぎれば他の国からも舐められるだろう」

「我らの代表となるべき王には、それなりの風格が必要だ」

黄芭族内からはそんな声も聞こえ、それは牟西の耳にも届いていた。

十一歳の時に父を亡くし、以降母親に育てられ、今では老いた母の面倒を献身的に見ている牟西を、皆孝行者だと称えている。父の跡を継いで薬師にはなったが、丈国の建国以降は、その優秀さから官僚の人事や、官僚養成のための学校などを取り仕切る式部の役人の一人として取り立てられていた。そんな牟西であればきっと神も王にふさわしいとお認めになるだろうと、人々は口々に褒めそやした。

陽が落ちた浄闇の中、風が入らぬよう二重扉になった御鳥殿で、王を選ぶための『神託の儀』は行われた。

薄闇に浮かび上がるのは、羽人が手にする白奈鳥の羽根。あの羽根を浴び、頭や肩に留まれば、それが女神に選ばれた証となる。牟西の隣では魯紗の娘が、緊張からか小刻みに震え、血色のない白い手をこすり合わせていた。

「女神の御導きを」

羽人の言葉を合図に、牟西は目を閉じ、その時を待った。不思議と総毛立つほどの高揚はなく、ただ淡々と女神からの神託を受け入れようとしていた。

長いようで短い空白の後に空気が揺らいで、見届人たちから言葉にならない悲鳴のような声が漏れた。牟西が目を開けると、正面の羽台にいる羽人の顔が蒼白になっている。その視線は、床に散らばった羽根に向けられていた。

牟西は、床に落ちた羽根の数を冷静に数える。羽人が降らせる羽根は、一人につき三枚。つまり今回は六枚の羽根が降った。

そして今床に落ちている羽の数も、――六だ。

「……そんな……。こんなことって……」

魯紗の娘が、力なくつぶやく。

「た、高窓が開いていたんじゃないか？」

「そうだ、羽根を降らす角度も悪かったのかもしれない」

見届人が口々にそんな理由をつけて、結局三度やり直したが、結果は同じだった。

女神は、丈国に新たな王を認めなかったのだ。

「丹内仙女様は、丈国をお見放しになったのか……？」

誰かのつぶやきを耳にして、魯紗の娘が呼吸を荒くしながら膝を突いた。

牟西は、灯火器の弱い光に照らされる丹内仙女の像を見上げる。白い化粧石を削って作られた女神は、その美しい唇に微笑みをたたえているが、今はそれが冷笑のようにすら思えた。

仕方なく、その場で一年後にもう一度、王を選ぶ『神託の儀』を執り行うと決めて、その年の玉座は空のままになった。

一年間、この国が存続するにふさわしいか、女神に見極めてもらおうということだった。

神に選ばれなかったという事実は、牟西にそれほど衝撃をもたらさなかった。どこかでこうなるだろうなという予感すらあった。なぜなら父を亡くしたあの時から、自分には丹内仙女にすべてを委ねるという覚悟がなくなってしまっていたからだ。信仰心が薄くなっていたと言うこともできる。水の神として崇めこそすれ、王を神が選ぶという構造自体に疑問を持つようになってしまった。丹内仙女から知恵を授けられたと言われる薬師になったにもかかわらず、役人への誘いを断らなかったのもそのためだ。だからこそ、自分だけでなく魯紗の娘にも羽根が落ちなかったことは意外だった。娘の方が選ばれるのではと思っていたからだ。

王がいない一年、それなりに国府は混乱した。何しろひとつの決裁を得るのに、いちいち会議を開き、皆で是非を決めねばならず、その度にあれこれと不満や要望が飛び出した。見かねて太政司が取り仕切ろうとすると、王でもないくせにあれこれ指図をするなど苦情が出る。その間にも、川は溢れ、日照りがあり、民の暮らしは楽ではなかった。

「もう一度、王に立候補なさるのですか？」

そんなある日、偶然会った魯紗(ろしゃ)の娘にそう訊かれたことがある。

「なぜ、そんなことを訊く？」

牟西(むさい)は問い返した。魯紗の娘は、以前見かけたときよりも随分痩(や)せた気がした。頬はこけ、目に力はなく、病かと思うほどだった。

「私は一族の者から、もう一度『神託の儀』に出よと言われています」

「それと私の動向に何の関係が？」

そう尋ねると、魯紗の娘はまるで刃物で斬り付けられたような顔をした。

「前回、神は私たち二人をどちらも選ばなかった。それはどちらも王にふさわしくなかったからだ。次にお前が再び『神託の儀』に参加したとしても、ふさわしければ選ばれ、そうでなければ選ばれない。ただそれだけのことではないのか」

いくら牟西が丹内仙女(にないせんにょ)への不信感を募らせても、古くから丹内仙女を信仰する千芭(せんば)族と黄芭（おうば）族にとって、神の決断は絶対だ。だからこそ、部族内の重要な決断には、必ず『神託の儀』が行われてきた。

「推挙を受けたとしても、やる気がないなら拒否をすればいいだけのこと」

十歳以上年下の娘にとっては、冷たい返答だったかもしれない。けれど牟西の中で、それ以上の答えなどありはしなかったのだ。

一年後、王の選別に牟西は立候補し、再び黄芭族の推挙を受けて『神託の儀』に臨んだ。千芭族からは魯紗の娘ではなく、別の男が推挙されて候補に立ったが、またしても二人に神の羽根は落ちなかった。

このままでは王の空位が二年になってしまう。

しかしそれでも、神託はこの国にとって絶対。

それに反することは許されない。

そんな行き詰った空気の中で、牟西は手を挙げた。

「神の羽根は、どちらかに落ちたことにすればいいのです」

この発言に、たちまち現場は騒然となった。

「何を言うか罰当たりめ！　そこまでして王になりたいか！」

「仙女様の神託を何だと思っている！」

「では、そこに居並ぶ皆々様にお尋ねいたします」

牟西は、口々に自分を罵る者たちに、緩みのない精悍な顔で問う。

「この一年で、一歳を迎えぬまま飢えて死んだ子の数をご存知ですか？」

元薬師だった牟西のところには、どうにもならぬとわかっていながら、弱り切った子を連れ、訪ねて来る夫婦が後を絶たなかった。

「間引きにあった幼子の数は？　病を患い、捨て置かれた老人の数は？」

牟西は続けて問うたが、皆目を逸らすばかりで答える者はいない。

式部の役人を務めながら、牟西はつぶさに見てきたのだ。

道端に折り重なる死体の数も、木の根を齧る子どもの虚ろな目も。

そしてそれは牟西だけでなく、ここにいる全員が見てきたはずなのだ。

「この国には王が必要です」

王のいない、秩序の乱れた国を目の当たりにして、牟西は自分が神に選ばれなかったことをようやく悔やんだ。

もしもあの時自分に羽根が落ちていれば、丈国は今この瞬間にも、もっと建設的な道を進むことができていたかもしれないのに。

この手が届く限り、守ることができたかもしれないのに。

「このまま王が不在となれば、国はますます不安定になりましょう。それを黙って見過ごすのですか？　私が不満なのであれば、千芭族の候補者でもかまいません」

牟西の言葉に、もともと選別に出ること自体乗り気でなかった千芭族の候補者は震えあがり、神に逆らうことなどできないと喚いて辞退した。

「……残った候補は私のみとなりますが、いかがされますか」

牟西の問いに、重苦しい空気が神託の間に立ち込めた。本当は誰もが、王が必要だとわかっている。ここにいるのは、国政の混乱を身に染みて感じている者ばかりだ。

しかし皆、仙女からの罰を畏れ、受け継がれた歴史を穢すことを躊躇し、羽根を舞わせる羽人の技術を責めるだけの無意味な時間が流れた。

これではだめだ。

また、同じことの繰り返しになる。

王がいなければ、多くの民が路頭に迷うことになる。ふたつの部族ごと、どこぞの国に呑み込まれることになる。

握りしめた拳は冷たかったが、牟西の腹の中は熱くくすぶっていた。

この両手で守るべきものは、神への敬意だけではないはずだ。

やがて牟西は立ち上がり、戸惑う羽人から白奈鳥の羽根を受け取った。

「これで、罰を受けるのは私一人になるでしょう」

その場の全員が息を殺し、目を見開く中で、牟西はあたかもたった今舞い降りた羽根を、その身で受け止めたように肩に載せ、丹内仙女の像に向かって優雅に拝をした。そして再び、皆の方へ向き直る。

「――偉大なる丹内仙女の御心により、我の身を以て君と為し、王と為すことを、ここに誓言する」

御鳥殿の外で白奈鳥の鳴く声が、こだまするように響いていた。

丈国において、『神託の儀』は王を選ぶ際にのみ行われるものではない。役人を決めるときにも、候補を何人かあげ、その中から神が選ぶ。その他にも、庶民の間では結婚や引っ越し、新しく始める仕事の善し悪しなど、とにかく迷った時の最終手段として『神託の儀』はある。昔は、事の真偽を見極めるためにも使われていたらしいが、建国してからは、裁判や刑罰を司る刑部が設立されたために、国府では用いられなくなった。

その日、丈国王宮の西苑に設けられた御鳥殿で、官僚の人事や、育成のための学問所などを司る、式部大黒司の選別が行われていた。現職の大黒司が、持病のために退職を願い出たことに伴うものだった。もともと大黒司の下にいた次官をはじめ、他部からの立候補者、推薦者、あわせて四名が、御鳥殿に設けられた神託の間に立ち、白奈鳥を模して造られた、せり出した羽台の上から、羽人が白奈鳥の羽根を降らすのだ。二人以上に羽根が載った場合は、『躊躇』という判断になり、やり直しとなる。

「またあの羽人か」

厳かに準備が進む中、集まった見届人の中からそんな声が漏れるのを、安南は耳にする。

「あれではまた選ばれないかもしれない」

「代わりの羽人はいないのか」

「羽人を選ぶ神託も必要なのでは？」

密やかな嘲笑を含む囁きは、千芭(せんば)族からか、それとも黄芭(おうば)族からか。

安南は直前に身体を清めるために飲んだ、草湯(くさゆ)の苦い後味を舌に残したまま、着々と準備を進めた。羽人は女神の遣いであることから女性が務め、現職は安南を含め四名だ。そして一番年長の安南が、重要な神託を任されることが多い。過去二回の王を選ぶための『神託の儀』でも、羽人を務めたのは安南だった。

初代王魯紗(ろしゃ)が病で亡くなり、二代目の王を決める際、牟西(むさい)と一緒に候補者にあがった魯紗の娘は、安南の幼馴染(おさななじみ)だった。千芭族の中でも有力者だった円規(えんき)らの強い推薦を受けて、母の後を継ぐと決めた彼女のことを、安南も応援しようと決めた。不正などできはしないが、精いっぱいの祈りを込めて羽根を降らせた。しかし彼女にはおろか、牟西にさえ羽根は落ちなかった。

「安南が気にすることじゃない。王にふさわしい者がいなかっただけ」

幼馴染はそう言って笑ってみせたが、周囲の期待に添えなかった自分を責めて、日に日に痩せていき、ついには王都を出て行った。

どうしてあの時、王は選ばれなかったのだろう。

神が王にふさわしい候補者がいないと判断したから、という明確すぎる理由があるにせよ、何度やっても羽根が留まらないのは例を見ないことだった。

神の意思を覆して玉座についた牟西の国政における手腕は、多少強引ではあるがきちんと結果を残している。それでも神に選ばれていないという真相を知っている者たちは、粗を探しては「やはりだめだ」と囁き合っているのだ。そしてその囁きはいつの間にか漏れ出し、特に信仰心の強い千芭族を介して、民にも広がった。加えて、荒っぽい初勅の印象も相まって、民は大っぴらに主上を称えることができなくなった。称えてしまえば、女神を冒瀆していることになるからだ。王ではなく女神を称えている限り、誰とも揉めずに済む。丈王の周りには彼を支える仲間はいるものの、孤独は深いだろう。八年尽くしても、民は王を認めないのだから。

安南は六年前に結婚し、今では二人の子どもにも恵まれて幸せな生活を送っているが、未だにあの『神託の儀』のことを夢に見ることがある。

こんなことなら、細工をしてでも牟西に羽根を落とせばよかったのではないか。

羽人にとっては最も禁忌とされることすら、安南の頭をよぎった。

もしもそれができていれば、円規たちも牟西に楯突くことはなかっただろう。

安南は、手にした白羽根に目を落とす。

神とは、丹内仙女とは、自分たちに恵みを与えてくれるもののはずが、魯紗が亡くなって以降、この国はずっと、神が原因で苦しんでいる気がした。

　無事に新たな大黒司が決まり、集まっていた人々が御鳥殿（おんちょうでん）を後にしてもなお、安南は神託の間にぼんやりと佇んでいた。羽台の奥には、白い化粧石で作られた丹内仙女の像がある。伝承通り白の長衣を纏い、長い髪を結った若い女性の姿だ。その足元には、数羽の白奈鳥（はくなどり）の像がある。抜羽を採取するために何羽かが王宮でも飼育されているが、白奈鳥は決して人に懐かない。何年世話をしても、小屋の前に姿を見せるだけで威嚇（いかく）される。その気高い様が、神の遣いとされた所以（ゆえん）でもあるという。

「……仙女様は、この国をどう見ておいでですか？」

　静かな問いかけに、当然返事はない。

　牟西が王になって八年。円規たちがついに行動を起こし始めたところを見ると、それこそが神の意思なのだろうか。八年間、ただ自分の意に添わぬものを、泳がしていたにすぎないのだろうか。

　ふと背後で扉の開く音がして、安南は振り返った。拝所も兼ねるここは、祭祀の会場にもなるのだが、この後の予定は何も入っていないはずだった。

「まだいたのか」

　供の一人も連れずに、ふらりと姿を見せたのは牟西だった。普段権威付けのために羽織っている、日金糸（あかがね）の刺繡が入った上衣を脱ぎ、質素にすら見える薄灰色の垂領服（たりくびふく）姿は、王の候補者として現れたあの頃から変わらないように見えた。

「何か御用でしょうか」

安南はすぐに膝をついて尋ねた。出身部族も違い、年齢も十歳以上離れているので、祭祀以外でほとんど接点はない。ただ個人的に、彼には恩があると思っている。それが、安南が牟西を否定しない理由でもあった。

あの王を決める緊迫した『神託の儀』において、周囲に責められ続けた羽人だった安南もまた、王を引き受けた彼に救われている。

「いや、仙女の顔を見に来ただけだ。明日には、視察を兼ねて王都を出る」

笑みもせずそう言って、牟西は丹内仙女の像の前に立つ。拝もせず、祈りもせず、ただじっと仙女の白く美しい顔を見上げる。それは深い信仰心からの拝謁というよりも、まるで挑戦的な対面であるようにすら感じられた。

「……主上は、神が恐ろしくはないのですか」

思わずそう口にしてしまい、安南は慌てて頭を下げた。

「申し訳ありません」

何を今更、尋ねているのか。恐れているならば、神の意を無視して玉座にはのぼらないだろう。

牟西は仙女の像に目をやったまま口を開く。

「私は、丈水山からの水の恵みに、感謝を忘れたことはない。ただそれは、丹内仙女を畏れ敬うこととは違うのかもしれない」

抑えた声は、いつもよりどこか覇気がないようにも思えた。

「神に背いたからこそ、あの日からずっと、王という役目にこれ以上ない重責を感じている。ここへ来たのは、神に何かを問うというより、自分の覚悟を思い直すためだ」

八年前のここで、神を裏切った王は生まれた。

その意味の重さを、誰よりもその身に深く受け止めているのは、彼に他ならない。

「……栄那は息災か」

牟西は続けてそう尋ねた。

「連絡が途絶えて久しく、わかりません……」

答えながら安南は、彼が魯紗の娘の名を覚えていたことに驚きを覚える。

「そうか……」

短く答えて、牟西は自分の掌を眺めた。

「私は父から、自分の手が届くものを救えと教えられた。家族、部族、国……。立場が変わるにつれて、守りたいものの範囲は広がったが、私の手は、自分が思っているよりも大きくなかったのかもしれない」

「……栄那のことは、主上のせいではありません」

安南は小さく息をつく。責められるべきは自分だ。肝心なところで、力になれなかった。彼女の重圧を、慮ることができなかった。

「あの時、もう少し答えようがあったのではないかと考えることがある。……所詮、もうどうにもならないことだが」

安南には「あの時」がいつを指すのかわからない。二人の間で何か言葉を交わすことがあったのだろう。おそらくは八年以上前のことだ。そのことを、未だ牟西が気にしていることが意外だった。

牟西は気分を切り替えるようにして、改めて安南に目を向ける。

「川違えの件は耳にしているだろう。羽人として、その件についてどう思う?」

予想外の問いに、安南は戸惑って瞬きする。羽人はあくまでも神官であり、政に関わることはない。そのような質問は、無意味なはずだった。

「……私にはわかりません。ですが、主上がお決めになったことなら……」

「実はこの件についても、神に問うべきだという意見があった」

牟西は、あくまでも淡々と続ける。

「しかし私がそれを認めなかった。これは神ではなく、王が決めるべきことだ。本当はもっと、私たちが私たちの手で決めるべきことがあるのだと思う。それが国造りだ。神への敬意とは、それとはもっと別のところにあるべきものではないのか」

安南は息を吞む。

なんと不敬なことを言うのかという驚きと同時に、ずっと探し続けていた答えを今まさに見せられたようだった。

神を重んじるあまり、ずっと苦しんでいるこの国は、どこかで行くべき道を間違えてしまったのかもしれない。

「この身に罰が下ることは、すでに八年前から覚悟の上だ。川違えでさらにその罪が重くなるなら、私はそれを受け入れねばならない」

牟西は、微かに笑ったようだった。

「それが玉座にある者の責任だ」

あの日、自らの肩の上に羽根を載せた彼の姿が、安南の脳裏に鮮烈な彩(いろ)で蘇る。

すべての責任を牟西に押し付けた、要人たちのあさましい思惑さえ、彼は全てを承知して双肩に背負った。

――それでも牟西は、偽りの王なのだ。

牟西が御鳥殿(おんちょうでん)を去った後で、安南は再び丹内仙女(にないせんにょ)の像を見上げる。

艶やかな唇は言葉を紡ぐことなく、灯火器の明かりに照らされてなお、微笑んでいた。

二、

飛揚(ひよう)が丈国(じょうこく)から帰国した翌日、朝食に茸の乳粥を平らげた彼女は、細(ささめ)相手に糞虫(くそむし)の魅力を朗々と語った。

そんな彼女に、琉劔が丹内仙女の御堂へ行くことを告げると、飛揚はしばし考え込んだ。いつもなら自分も行くと言い出すところなのだが、妙に思案げにしている。

「何か、気になることでもあるか？」

「いや……そこまで明確なものじゃないんだが……」

琉劔の問いに、飛揚は珍しく曖昧な答え方をする。おそらく言葉通り、彼女の中でもはっきりしないものなのだろう。

「飛揚さんも一緒に行く？ 珍しい虫がいるかもしれないよ」

日樹の誘いに、飛揚は一瞬顔を輝かせたが、すぐに思い直したように背中を丸めた。

「いや、今回はやめておこう……」

飛揚は思い直すようにして、琉劔に目を向ける。

「異変があったらすぐに戻って来い。それから絶対に、日樹の傍を離れるな」

「いつまで俺を子ども扱いする気だ」

琉劔は短く息をついて、出発の用意を始めた。

飛揚のことを根衣に任せ、琉劔たちは細を闇戸へ送る傍ら、丈水山を目指した。後学のために行きたいという慈空も連れて、参の天柱までは角鹿で行き、そこからは日樹や季市らの羽衣の機動力を借りて、闇戸を北へ突っ切った。出口近くで黒鹿に乗り換えて森を出ると、蒼天からはまだ暑さの残る日射しが降り注ぎ、そのくせ吹く風はひやりと肌に冷たい。雲がゆっくりと泳ぐのを見ながら、琉劔たちは土老(どろう)を拭える距離まで黒鹿を走らせた。

丈国(じょうこく)は、ちょうど丈水山を囲むように四つの州があり、約一里の境界帯を経て、閤戸と接しているのは太州(たしゅう)だ。山から流れ出る豊かな水と肥沃な黒土を生かして、穀物や豆、芋などを作る農地が広がっている。畑の間を走る農道は、鹿(しし)が一頭通れるだけの幅で、荷車などとすれ違う時にはあらかじめ路肩に作られた待避所で待っておく必要があった。乾燥した砂は鹿が通るたびに舞い上がり、前方に聳(そび)える丈水山の姿を霞(かす)ませていく。途中休憩を取りながら山に向かって走り、登山道の手前にある暁瑞(ぎょうずい)の町で、その日は宿をとることにした。

農道を抜けて町の中に入ると、丹内仙女が描かれた建国十周年を祝う旗が、あちこちの店や家屋の軒下に飾られていた。丈水山に向かって拝むための遥拝所もあり、人々の信仰心が篤いことがうかがえる。

「へぇ、あんたたち御堂に行きたいのか」

町の表通りで見つけた宿は、曇ってはいるが窓にきちんと硝子(がらす)が嵌(はま)り、入口の両脇にある丈水山から切り出したであろう太い丸太の柱には、『信徒歓迎　仙女祝来』と刻まれている。おそらく、琉劔たちのように丈水山へ登る信徒がよく使用する宿なのだろう。黒鹿を預けておける鹿庫(ろっこ)も併設されており、一部屋を求めた琉劔たちを、受付を任されていた男が値踏みするように眺めた。

「見たところ信徒ってわけでもなさそうだが、遊山かい？」

「まあ、そんなところだ」

「物好きだねぇ。御堂は七合目だが、結構道のりが険しいよ？　明日出発かい？」

「ああ、ここでは一泊できればいい。明日の早朝に発つ。黒鹿が三頭いるんで、鹿庫も借りたい」

店の外では、日樹と慈空が黒鹿の轡を取って待機している。交渉には自分が行こうかと日樹が申し出たが、どうせ空室があるかを訊くだけだと琉劔が請け負った。

男は手元の帳面をめくり、空室を探す。

「生憎と今日は手ごろな部屋が埋まっててね、一番広い天覧室しか空きがねぇんだ」

「寝られればいい。いくらだ」

「白いのが一枚」

白いのとは、庶民がよく使う俗語で、つまり月金貨のことだ。さらに高価な日金貨のことは、赤いの、と呼んだりする。

「わかった」

特に疑問も持たず、懐の財布を取り出そうとした琉劔の腕を、いつの間にか隣に立っていた年配の男が制止するように摑んだ。

「こんな時期に天覧室しか空いていないとは、随分儲かっているんだな？」

割り込んだ声の主を、琉劔は見上げる。自分も上背はある方なのだが、それよりも少し高い。おそらく瑞雲と同じくらいの体格だろう。年齢は四十代といったところか。額から左目の下にかけてざっくりと抉れたような傷がある。

「それに天覧室が一泊で月金貨一枚だと？　豪商たちがひしめく斯城国ならばともかく、丈国の王都でもそんな法外な値段を取る宿はないぞ」

　そうなのか、と、琉劔は目を瞠った。相変わらず、そのものに見合った値段というものがよくわからない。ちらりと入口に目を向けると、日樹と慈空が露骨な呆れ顔を向けていた。

「こ、これは牟西さ……、いえ、主上、どうしてここに……」

　受付の男が、目を泳がせながら頬を引きつらせる。

「牟西だと……？」

　口の中でつぶやいて、琉劔はもう一度隣の男に目を向けた。なぜ丈王が、王都から離れたこんな田舎の町にいるのか。

「ここは私の故郷でもあるからな。里帰りをして何か不都合があるか？」

「い、いえ……そんなことは……」

「この宿のあくどいやり方は、噂になりつつある。同じ里のよしみで今まで注意で済ませてきたが、目に余るようなら王として太州司の耳にも入れるが？　それとも民部に税収の調査をしろと命じた方がいいか？」

「い、いやぁ……主上に凄まれると敵わねぇな……。でも俺だって別に、好きでこんなことしてるわけじゃなくて……」

何やら言い訳をはじめた男をあしらい、牟西はくれぐれも今後このような真似をするなと釘を刺して、琉劔を連れて宿を出た。

「すまない、迷惑をかけたな」

淡々とした表情は変えず、牟西は口にする。先ほどからずっと変わらない冷静な口調といい、あまり感情を表に出すことが得意ではないのかもしれない。

「いや、こちらこそ……助かりました」

咄嗟に、琉劔は口調を切り替える。同じ国王とはいえ、親子ほど年が離れている。こちらの身分は明かしていないのだから、年下らしく振舞うべきだろう。

「冷や汗が出そうだったよ！　だから俺が行くって言ったのに！」

「相変わらず、金銭感覚と服選びの感性が虫の息ですよね……」

「服のことは今関係ねぇだろ！」

日樹と慈空に相次いで言われて、琉劔は片眉を撥ね上げる。いつの間にか慈空まで向こう側についたのが気に入らない。

「宿を探しているなら、一軒紹介できるが、どうする？」

じゃれ合う若者を眺めていた牟西が、そう声をかけた。

「……失礼ですが、本当に丈王様なのですか？」

琉劔は、改めて彼に向き直る。弘文や飛揚から聞いた特徴とは一致している。ただ、出身地がこの辺りだったかどうかは記憶にない。彼が身に着けた薄灰色の垂領服は質素で、下手をすればそこそこ大きな商店の店主の方がいい服を着ている。装飾品も一切身に着けておらず、顔の大きな傷がなければ、牟西王だと気付かれないのではないだろうか。

「王が一人でうろついていてはおかしいか?」

牟西が自嘲気味に問い返した。

「いえ、そういうわけでは……」

琉劔は口ごもる。そのような心当たりは、自分の胸に手を当てれば嫌というほどあった。

「先ほども言った通り、この町は私の故郷だ。誰もが私の顔を知っているし、その逆も然り。知らない顔は、すぐに町の人間ではないとわかる」

だからこそ、琉劔を止めに入ったのだろう。いつから見られていたのか、全く気が付かなかった。

「それで、宿はどうするんだ?」

再度尋ねられて、琉劔は日樹たちと目を合わせる。初めての町で、心当たりなどない。丈王の紹介であれば、先ほどのようなこともないだろう。

「……では、お言葉に甘えて――」

「あの！」

琉劔の声を遮り、日樹が神妙な顔で一歩前に出る。

「あんまり高くないとこでお願いします！　お金ないんで！」

遠慮の欠片もなく堂々と放たれた日樹の言葉に、牟西が初めて頬を緩めた。

「善処しよう」

ついて来い、と身振りで示され、三人は黒鹿の轡を取って後に続いた。

牟西が三人を連れてきた場所は、表通りから二本通りを逸れ、民家が建ち並ぶ中にあるこぢんまりとした宿屋だった。一応二階建てではあるが、窓に硝子はなく、木製の小戸を開閉する突き上げ窓だ。白壁は風雨でくすみ、『小宿・食事処』と控えめに書かれた簡素な木札が下がっていた。一見の観光客を受け入れているというよりも、行商人など馴染みの客を引き受けている宿屋だろう。

「恒佑」

牟西が、店の奥に向かって声をかける。

入口の扉は開け放たれており、入ってすぐのところが食堂になっていた。間口は狭いが奥行きがあり、二十人ほどが食事のできる空間がある。昼時には宿泊者以外も来るのかもしれない。今も数名の客が、焼き菓子を摘まみながら茶を飲んでいた。

「牟西様、おかえりなさい」

厨房の方から出てきた少年が、嬉しそうに駆け寄る。そして後ろに佇む琉劔たちに目を向けて怪訝な顔をした。

「客だ。一部屋用意できるか？」

恒佑と呼んだ少年にそう言って、牟西は琉劔たちを振り返る。

「ここなら一泊、褐金貨(くろがね)一枚だが、どうだ？　寝台の清潔さと、飯の味は保証する」

琉劔はちらりと日樹に目をやる。宿の格は下がったが、価格も先ほどの二十分の一ほどに下がった。

「食事は別料金ですか？」

日樹が抜かりなく尋ねる。

「別だが、宿泊者には幾分安く提供してくれる」

「わかりました。ここでいいよね？」

確認するように尋ねられたが、もはや琉劔に決定権はないので、言われるままに頷いた。金のことについては、日樹に逆らわないようにしている。

「お部屋を準備しますので、ここでお待ちになってください」

恒佑は食堂の一角を指して告げ、そのまま奥へと走っていく。

「黒鹿は母屋の方に繋いでおける。この建物の裏だ」

牟西が言って、建物横にある細い路地に三人を誘導した。歩いていくと中庭が見えてきて、そこにある鹿庫に一頭の黒鹿が繋がれ、静かに与えられた草を食んでいた。手入れされた艶やかな毛と、太い二本の角。聡明そうな顔は、その辺で安く売られている駄鹿とは一線を画している。おそらく、牟西の鹿だろう。

「……ご実家、なんですか？」

牟西の慣れた様子に、慈空が尋ねた。

「いや、そうではないが……似たようなものだ。この町に帰って来た時は、ここが定宿になっている」

黒鹿の首を撫でながら答える牟西の双眸は、先ほどより随分柔和に感じられた。

琉劔たちのために用意されたのは二階にある角部屋で、窓からは民家の向こうにある畑が連なる風景までよく見えた。清潔な寝台の他に丸卓と寝椅子もあり、田舎の小宿にしては随分いい部屋だとひと目でわかる。他の部屋も同じなのか、それとも丈王の紹介ということでよくしてくれたのかはわからないが、先ほどの宿では月金貨を払っても、同じ格の部屋に泊まれたかどうかは怪しいところだ。

「ああ、それは表通りにある『白鳥館』でしょう」

夕食を摂りに食堂へ行くと、客は琉劔たちの他に商人らしき二組と、近所の住民と思われる三人組が、話に花を咲かせながら酒を酌み交わしていた。

「あそこはもともと拝所があったんですよ。そこが別の場所に統合されて、拝所は改装して宿になったんです。経営しているのは元祀人ですが、拝所時代の旨味が忘れられなくて、たまに物見遊山の客を相手に大層な金額を吹っ掛けるんですよ。何度か州からも注意を受けてるはずなんですけどね」

恒佑(こうゆう)の母親が、呆れたように息を吐く。

「まっとうに商売したって、あの設備ならちゃんと儲かるでしょうに」

「うちとは何もかも格が違うからね」

食事を運んできた恒佑が軽口を返して、母がやれやれと肩をすくめる。

「いいのようちは。あんなことしてまで儲けようとは思わないわ」

「じゃあいい加減人雇ったら？　せっかく里帰りしても、ずっとただ働きなんて割に合わないんだけど」

「しょうがないでしょ、染羽(そわ)が熱出したんだから」

「ただの墨熱(すみねつ)でしょ。大げさなんだよ」

母子の日常を垣間見ながら、琉劔は運ばれてきた椀に目を向ける。穀物の粉の生地で作った皮に、挽肉や芋などの具材を入れて包み、それを長燕を中心とした野菜と一緒に煮込んだ『包汁(ヴィク)』という料理が、この地域では有名らしく、この宿でもそれを売りにしていた。湯気と共に立ちのぼる旨そうな香りが、辺りに漂っている。

「でもお客さん、牟西様が一緒でよかったわね。運がいいわ」

息子を厨房へ追い返し、母は三人の茶碗に薄い茶を注ぐ。琉劔はちらりとその顔を見上げた。息子同様、この母親も、牟西のことを主上とは呼ばない。それだけ親しいのだろうか。

「牟西王とは親しいんですか？　ここが定宿だってお聞きしましたけど」

琉劔の心中を見透かすように、先に日樹が尋ねた。おそらく同じことを疑問に思っていたのだろう。

「里帰りするときは、必ずうちにお泊りいただくようお願いしているんですよ。明日から仙川の視察で周弖の町へ行くらしくて、今回はその前の息抜きなんですって」

「仙川へ？　堤の建設ですか？」

「いえ、川違えを検討されているとか」

「川違えか……」

琉劔は独りごちた。治水は、どの国においても重要な事業だ。斯城国にも、対策を考えなければならない河川はいくつかある。

「初勅の時から少し強引なところはありますけど、牟西様はいつでも民のことを想ってくださっています。ただ少し、不器用なだけなんです」

匙を持つ手を止めて、琉劔はそう語る母親を見上げた。

「牟西様はお父様から、自分の手の届く範囲でいいから、弱いものと大切なものはその手で守れ……そう聞かされてお育ちになったそうです。その教えを今でもお心に留め置かれて、自分の手が届くところなら、すべてお守りになろうとしていらっしゃるんですよ」

その言葉に、自分の父のことが脳裏をよぎった。

琉劔には、父親との思い出がほとんどない。

最後に交わした会話さえ、もう思い出せないほどだ。

「立派なお父様だったんですね」

感心した様子で、慈空（じくう）が口にする。

「ええ、とてもお優しい人で……。私は幼い頃、命を救われているんです」

恒佑（こうゆう）の母親は、当時を思い出すように目を伏せる。

「その年はいつになく大雨が続いて、土砂崩れや川の氾濫が何度もあったんです。私が当時住んでいた集落も、家ごと流される地滑りが起こって何人も巻き込まれました。牟西様のお父様は、まだ五歳だった私と、妹を身ごもっていた母を救い、身代わりになるように土砂に流され、命を落とされました……」

静かに語って、母親は小さく息を吐く。それは何年経っても、決して忘れることのない恩義と別れだろう。

「私たちのせいでお父様が帰らぬ人になったというのに、牟西様は私たち家族を一度も責めはしませんでした。父は自分の意志を貫いて逝ったのだから、後悔はしていないだろうとおっしゃって」

それを聞いて、琉劔はようやく腑に落ちる。彼女や息子が牟西様と呼ぶのも、彼が王になる以前から付き合いがあった証だろう。

父を亡くしてなお、父が助けた家族を気にかけるのはどんな想いか。

そこには並の人間以上の、深い愛情があるのではないか。

「王になってからもずっと、私たち家族に変わらず接してくださって、恒佑を小臣にも取り立ててくださいました。私が、自分の母が、牟西様から父親を奪ったようなものでもありますから、恒佑は余計に牟西様贔屓なんです」

母親は、少し小声になって苦笑する。琉劔は、先ほど恒佑が嬉しそうに牟西に駆け寄ったのを思い出した。そこには、主従関係以上のものがあるのだろう。

「……巷で聞く噂とは随分違うな」

琉劔のつぶやきに、母親は小さく息をつく。

「ええ、なぜだか悪い評判ばかりが立ってしまって……。神に選ばれていないという噂まで……」

「妙な反対派もいるとか」

「はい。しかし我々庶民には、その噂が本当かどうか確かめる術はありません。恒佑は頑なに否定しますが、あの子も実際に『神託の儀』を見たわけではありませんから……。私たちは、牟西様を信じています」

琉劔には、恒佑と牟西がどれほど親しいのかはわからない。恒佑が本当に知らないのか、それとも牟西を庇っているのか、どちらの可能性も考えられる。

「この辺りはもともと黄芭族の土地だったので、牟西様への支持は強い方なんです。それでも初勅のことや、その噂が広まるにつれ、大っぴらに牟西様を支持することが難しくなってきました。ここ数年の石高の増加や、堤の増強、王都でなくとも小さな子らが飢えずに育つ様子を見れば、牟西様の手腕は一目瞭然だと思うんですけどね……」

母親は無念そうに目を伏せる。

「民と国のためを思って善政を敷いたとしても、神に選ばれていないというだけで、王として認めてはもらえないのか……」

わかってはいたが、あまりにも過剰な気がして、琉劔はぽつりと口にする。

「水の守護神である丹内仙女は、我々にとって絶対の存在です。今でこそ多少緩くはなりましたが、人生における重要な出来事はすべて、仙女にお伺いを立てて決めているといっても過言ではありません。特に千芭族の中には、丹内仙女を妄信する者たちもいて、彼らにとっては、神に選ばれていないという噂の牟西様が玉座にいることが、許しがたいんですよ」

どこかあきらめるように言って、母親は厨房に呼ばれて席を離れた。

おそらく牟西王を支持する者は、千芭族から徹底的に冷遇されたのだろう。そうでなければ、黄芭族まで牟西王を敬遠する理由がない。丹内仙女に逆らう愚民だとでも罵られてしまえば、信仰心の篤い者ほど口を閉ざしたくなるはずだ。

王を取るか、神を取るか。

丈国の民は、ここ数年ずっとその選択を迫られているのだ。

「……神が王を選ぶって、人にとっては一見すごく平等のようですけど、とてもずるいことでもありますよね」

それぞれの椀が空になった頃、慈空がぽつりとつぶやいた。

「だって自分たちで王を選ぶという責任を、放棄するっていうことでしょう？　自分たちの生活にかかわる国政を動かすのは、間違いなくその王なのに。仮に、もしその王が悪政を敷いたとき、民はどうするんでしょうか。自分たちが選んだ王ではないと叫んで、神を恨むんでしょうか……」

四柱の神を拝む四神教を国教としていた弓可留国では、国をあげての祭祀を行うことはあっても、神が政にかかわることはなかった。丈国の現状は、慈空にとっても理解しがたいものなのだろう。

「当然、神を恨むんじゃないか？」

残り少ない茶を飲み干して、琉劔は口にする。

「極端な話だが、すべてが神の御意思だと信じ込めば、たとえ人を殺したって『自分のせいじゃない』と思える。神をすべての言い訳に使える。俺は、そういう信仰が心底好かない」

沈寧の時もそうだった。手寧教の僧兵たちが、神を王殺しの言い訳にしたことは記憶に新しい。教義も解釈も捻じ曲げ、自分たちの目的のために神を利用することは、琉劔にとって最も唾棄すべき行いだ。

――かつての斯城国の神、聖女蓉華天もまた、浅ましい人間に担がれた神だった。

何か言おうとした慈空が、結局口をつぐむ。以前の、信仰心の篤い弓可留の民であった彼ならばすぐさま反論しただろうが、慈空の中にも考える余地ができたのかもしれなかった。

旅の疲れで泥のように眠ってしまった慈空と、どこであっても寝つきがいい日樹が寝息を立て始めた頃、琉劔はそっと部屋を出て階下に降りた。明日は登山が控えているので早めに眠っておきたいところだが、夕食の際に聞いた話がなんとなく胸に残って眼が冴えていた。

夜闇の中に沈んだ食堂から、中庭に続く扉を開けて外に出ると、腕が粟立つほど冷えた空気が琉劔を包んだ。季節は北から徐々に移り変わる。いくら残暑が厳しいとはいえ、斯城よりもかなり北にあるこの国では、秋の到来も早い。

「こんな夜更けにどうした」

天蓋にちりばめられた月金色の星に気を取られていた琉劔は、声をかけられて初めて、鹿庫に人影があることに気が付いた。

「黒鹿なら問題ない。よく食べて、よく休んでいる。うちのは少し気難しいんだが、仲良くしているようだ」

自分の黒鹿の首を撫でてやりながら、牟西は口にする。星明りに照らされて、彼の顔の傷が浮かび上がっていた。

「……あなたこそ、眠らないのですか」

「目が覚めたので、こいつの様子を見に来ただけだ。明日には周弖まで走ってもらうことになるんで、機嫌を取っている」

冗談なのかどうかわからない口調だったが、彼が黒鹿を気にかけていることは確かなようだ。

「仙川の川違えを検討していると聞きました」

琉劔の言葉に、牟西は顔をあげた。

「反対している一派もいるとか」

「ああ、いるな。ちなみに周弖はその一派の本拠だ」

「それでも行くのですか?」

「行かねばわからぬことがある。それとも、川違えをやめよと言うか?」

穏やかに問われて、琉劔はしばし言葉を探して押し黙る。

「……いえ、川違えは国づくりにおいて欠かすことのできない重要な案件です。先送りにすればするほど、いつか起きるかもしれない氾濫と、その後の不作や疫病にずっと怯(おび)えることになる」

　自分の子どもであってもおかしくない年齢の若者から返って来た言葉に、牟西は驚いたように目を瞠った。

「私の生まれた国でも、……斯城(しき)でも、歴代の王が治水に手を尽くしてきました」

「……なるほど、斯城の生まれか。ならばこの世の叡智(えいち)を集めた技術も、目にしてきただろう」

　大街道が通る斯城には、最新の物と人、そして技術が集まる。川違えをはじめ、堤や橋の建設においても、それは発揮されていた。

「丈国(じょうこく)における治水の技術は、斯城国を参考にさせてもらった。こちらの職人へ技を伝え、使うことを許してくださった先代の應円(おうえん)王には、心から感謝している」

　その何気ない一言が、琉劔の胸を思いがけず突いた。

「……應円王と、会ったことがあるのですか？」

　父の名を久方ぶりに呼んだその声は、思っていたよりぎこちなかった。

「二百年の斯城の歴史に、汚名を遺した王です」

　尖鋭な棘(とげ)のような言葉を、牟西は受け止めて、口を開く。

「……私も当時のことは聞き及んでいる。当事者でない者が何を言う権利もない上に、私には子がいないが、すべてをわかっていながら長子を祝子(ほおりこ)として寺院に捧げなければいけなかった心中は、どのようなものだったのかと思うことがある」

琉劔は無意識に拳に力を込めた。

目の奥がじわりと熱くなるのを、なんとか堪える。

亡くなった伯母や、飛揚の話によれば、王宮にいる間は、一歳違いの弟とともに父にはとても可愛がられていたようだ。しかし当時は幼すぎて、琉劔にはおぼろげな記憶しかない。

五歳の時に父が即位すると同時に、琉劔は祝子として寺院に迎えられたので、以降ほとんど接触する機会を持たなかった。斯城国を守護する聖女蓉華天の依り代として、神と寺院に仕えること。それが、父王が長子である琉劔に望んだことだった。幼い頃はそれに応えようとして必死になり、そうすれば褒めてもらえるのかと、また王宮で暮らせる日々が来るのかと思っていたが、一度王宮を出た祝子が再びそこに戻ることは許されなかった。

「……どうでしょう。意外とあっさりしたものだったかもしれませんよ。それが慣習だったのですから」

憎かったわけではない。けれどいつしか、父子の亀裂は修復できないほど深くなった。尊敬できる父だったかと問われれば、今でも答えに迷う。結局最後まで、父の前に跪いたままでいることはできなかった。

「斯城国において、王の長子を性別にかかわらず寺院の祝子とするのは、六代王の頃が始まりだと言われています。それから七十年近く経ってなお、誰もその制度が馬鹿げたものだと言わなかった。……名君と言われた、應円王ですら」

琉劔の声は、思いの外熱を帯びた。

もう二年も経つというのに、あの怒濤の日々が目の前をよぎっていく。

牟西は何か言おうとして口を開きかけたが、結局一度つぐんで、言葉を選び直した。

「……新たな王は、琉劔王は、どんな王だ？」

予期せぬ問いに、琉劔は一瞬息を呑む。

「私はまだお会いできていないが、民の目から見てどのように映る？」

重ねて問われて、琉劔は平静を装いながら目を泳がせた。まさかここで、自分自身を評価することになるとは思わなかった。

「……彼は、神を信じぬ王です」

迷いながら口にする。

「祝子だったからこそ、神が飢えた者に食べ物を与えたり、凍える者に寝床を与えたりする存在でないことを、知っているのだと思います」

かつて慈空にも同じことを語った。それを与えるべきは王であると。

ならばこの世に神など必要ないのか。

その答えに辿り着くために、琉劔はスメラを探している。

「……そうか、琉劔王はそれを実践できているのか」

牟西(むさい)は唇を緩めて口にした。

「私もそうありたいと思っているが、この国ではなかなか難しい。さすがに水の神でもある女神を廃することは考えていないが、神にすべての采配を委ねるのではなく、人が中心になる政に変えていかねばならないと感じている」

それはしんとする夜に吹き抜ける、一陣の清涼な風のように琉劔(りゅうけん)には思えた。

鮮烈な感慨で胸が膨らみ、双眼が赤味を帯びる。

志を同じくする王に、それを実行しようとしている王に、初めて出会った。

「私は十一歳の時に父を亡くしているが、その時まわりからは、父は勇敢だったから神に召されたのだと慰められた。しかし私はどうしても納得できなかった。父は立派に命を全うしただけであって、それ以上でも以下でもない。もしもそれが神の思(おぼ)し召しだと言うなら、丹内仙女(にないせんにょ)は父を取り上げられた子の想いになど目もくれぬ、冷徹な神だということになってしまう」

牟西は、自分の顔の傷にそっと触れる。

「それ以来、神を妄信的に拝することができなくなってしまった。いや、神というよりも……すべてにおいて、神を理由にすることに疑義を持つようになった、というところか」

神の名で鼓舞し、

神の名で慰め合い、

神の名であきらめる。

それを当たり前として暮らしてきた人々の中で、牟西の考え方はさぞや異端だっただろう。しかし琉劔には、その想いが身に染みてわかる気がした。

「……あなたが、王として神に選ばれていないというのは本当ですか？　本当だとしたら、なぜそれでも王になったのですか？」

星明りが二人の肌を白く照らす。

琉劔の問いに、その顔の傷すら誇らしく晒して牟西は口にした。

「私にとっては、神に選ばれるかどうかが問題だったのではない」

迷いのない眸は、静かな湖面のように凪いでいる。

「この国には王が必要だった。それだけのことだ」

色を変えようとする双眸を必死に抑えながら、琉劔は急いて問う。

「どうしてそこまでして……」

神を裏切り、民を欺いてまで、玉座についた彼は何を望むのか。

何を望んで、王であり続けるのか。

「建国前、私は薬師をしていたが、薬師として人を救うことと、王として民を救うことに違いなどないと思っている」

緩く笑んだ唇が紡ぐ。

「そう父に教わった」

翌朝、丈水山へ向かうために琉劔たちは夜明け前に起床したが、食堂に向かうと、すでに牟西は周弖へ出発した後だと恒佑に告げられた。

「君はついて行かなくてよかったの？　確か小臣なんだよね？」

慈空の問いに、恒佑は不機嫌そうに眉根を寄せる。

「俺はもともと連れて行かない予定だったんだよ。しっかり親孝行しとけ、だって」

「あー、確か妹さん寝込んでるんだっけ？　それじゃあ仕方ないね」

「なんで俺ばっかり……」

ぶつぶつと文句を言いながら、恒佑は琉劔たちに朝食の芋粥を運んでくる。

周弖は、反対派の本拠だ。それをわかっていて、牟西はわざと彼を連れて行かなかったのではないだろうか。そんなことを思いながら、琉劔は湯気のあがる粥を口に運んだ。

独立峰である丈水山は、闇戸や斯城国にある山々と比べれば、そこまで高い山というわけではない。しかし美しい円錐形をしており、特に冬に雪を戴く様は、白き裾を引く丹内仙女と同一視されて、唯一無二の女神と呼ばれ、遠くからでも拝む者が多い。

山頂へ向かうための登山道は五本あるが、七合目の御堂を目指すためには大沢道を通る。五合目までは鹿などの獣に乗って登ることが許されているが、そこから先はさらに神聖な領域となるため、徒歩での登山となる。もっとも、大沢道はその名の通り、人の体よりも大きな岩が無数に転がっている涸沢をよじ登っていくので、乗獣は役に立たなくなるのだ。冬にはそこが雪渓となり、より困難な道になるらしい。それでも信徒たちは、女神に会いたい一心でそこを登っていく。熱心な者は、七日に一度は必ず御堂を訪れて拝むのだという。

五合目には登山者のために、御堂に参拝した証となる木札や、女神に捧げるための酒や塩といった供物を売っている店もあれば、包汁などの軽食を提供している店もあり、琉劔たちは昼食用の軽食を購入し、いよいよ御堂を目指した。未だ残暑が続いているとはいえ、ここまで来るとさすがに空気はひやりとしていて、その分肌を刺す陽射しが強くなった気がした。

「御堂までなら、三刻もあればつくよ。難所は大沢だけだ。ま、その大沢が行程のほとんどなんだけどな」

軽食を買った店の店主にそう言われた際、慈空がにわかに不安な顔をした。まさか整備された登山道があるなどとは思っていなかったろうが、涸沢を登るというのは想定外だったようだ。

「ど、どうしても無理だと思ったときは……、正直に言いますので……私のことは……

置いて行ってください……！」

つづら折りになっている上り坂を抜け、大沢を登り始めていくらも経たないうちに、すでに遅れを取り始めた慈空から自己申告があった。何しろ涸沢の中の岩が巨大なため、足場を確認しながら体を引き上げていくだけで体力を使う。

「五合目で待っておくか？」

落石を起こさぬよう、足元に気を配りながら琉劔は尋ねた。こちらは王都育ちではあるが、闇戸の中を歩き回っているおかげで、悪路には慣れている。

「いいえ……行ける、ところまでは……！」

「だめそうなら早めに言え」

「わ、わかりました……！」

琉劔の隣では、涼しい顔で日樹が立っていた。目立たないよう義衣の上に垂領服を着こんでいるが、爪先が二股に分かれた革長靴はそのままだ。いざとなれば羽衣もあるので、滑落だけは免れそうだ。

「慈空ってさ、体力はないのに根性だけはあるんだよねぇ」

「それに加えて頑固なんだよな、あいつ」

不器用な足取りで必死に岩場を登ってくる慈空を、二人はこそこそと評価し合う。その根性と頑固さがなければ、祖国の仇は取れなかっただろう。

琉劔たちは慈空と離れすぎないよう、登る速度を加減しながら進んだ。途中、信徒たちに追い越されたり、すれ違ったりするたびに、小さく頭を下げながらお互いの無事を祈って「ご加護を」と唱え合う。丈国に属さない部族でも丹内仙女を信仰している者たちがいるため、御堂へと登ってくる人々は意外と多い。

琉劔がふと目を上げると、蒼天を山頂に向かって白い鳥が飛んでいく。あれが白奈鳥だろうか。神の遣いをここで見かけたことは、果たして吉兆なのか。

「……す、すみませ……、お待たせ、して……！」

涸沢の中央を通ると岩が大きいため、慈空は途中から沢の脇を登っていた。ただしこちらは落ち葉が多く、なおかつ拳大の浮石ばかりがあるので、足を取られやすい。現に彼も何度か転んでいる。

「急がなくていいから、ゆっくりおいでー」

「すみませ――」

日樹の言葉に応えようとした慈空が、そのまま琉劔たちの視界から消えた。

「……また転んだか」

「転んだね。……そして滑り落ちてるね」

耳をそばだてていた日樹が、やれやれと腰を上げる。

「俺が担いでいった方が早いかもよ？」

「それは最終手段にしとけ。あいつにも体力つけさせろ」

巨石の上を跳ぶように移動して、琉劔たちは慈空が消えた場所を目指す。足を滑らせて前のめりに倒れたらしい慈空は、そのまま浮石の上を滑り落ち、張り出した木の根に引っかかって止まっていた。

「大丈夫か？」

「……大丈夫です。なんとか……」

しかし次の瞬間、その根が音を立てて地中から出てきたかと思うと、慈空の体をからめとって地面の中へと引きずり込む。

「やっぱり大丈夫じゃないです!!」

琉劔は腰の剣を抜き、素早く根を切断して慈空から引き離した。その隙に日樹が腰の図嚢から小袋を取り出し、そこに入っていた土老を根に塗り付ける。途端に、麻痺するように動きを止めた根は、一拍置いて逃げるように森の中へと引っ込んでいく。

「まだ若い潜手だなぁ。扱いが優しかったね」

慈空の体に巻き付いた根を外してやりながら、日樹が口にする。

「あれで扱いが優しいんですか……？」

「年季の入った病狂だと、もっとえげつないよ」

「えげつない……」

「この辺は風向きの関係で病変した木草は少ないって聞いてたけど、やっぱりいることはいるんだねぇ」

のんびりと言いながら、日樹は立ち上がった慈空の頬に土老を塗る。闇戸を出てから

は目立つので塗らないでいたが、背に腹は代えられないだろう。病狂の根が出たというこ

剣を払って鞘に収めた琉劔は、ざっと周囲に目を走らせる。病狂の根が出たということは、同じように被害に遭っている者がいる可能性もあった。

「……日樹」

剣の柄に手をかけたまま琉劔は友人を呼ぶ。何かを察した日樹が、すぐに自分と琉劔の頬にも土老を塗って、同じ方向へ目を向けた。

木の陰になってわかりづらかったが、森の方へ五歩ほど入り込んだ向こう、土に還りかけた落ち葉の上に誰かが横たわっている。

「……子どもか？」

慎重に近寄ると、まだ十代と思われる少年だった。参拝の途中だったのか、御堂に供えるつもりだったらしい供物と一緒に、建国十周年を記念する丹内仙女の絵が描かれた小札が近くに転がっていた。琉劔は駆け寄って息を確認したが、すでにこと切れており、脈もなかった。ただ、まだかすかに温もりがある。

「ついさっき、息を引き取った感じだな」

その様子を隣で見ていた日樹が、怪訝そうに眉根を寄せた。

「……おかしいな。潜手がいるのに、なんでこの子、襲われてないんだろう。途中までは引きずられた跡があるのに、ここで……放されてる」

日樹がつぶやくように言うのを聞いて、琉劔も改めて確認する。少年に外傷はなく、

出血なども見当たらない。沢の方からここまで引きずられたようだが、なぜだかここで放置されていた。潜手ならば、獲物は必ず地中に引きずり込むというのに。

「あの……、これなんでしょう?」

遺体の傍にしゃがみ込んだ慈空が、それを指さした。横たわった少年の、耳から顎にかけて青黒い刺青が入っているが、その辺りが赤黒く腫れて、肉が盛り上がっていた。

「何かにかぶれたんでしょうか——」

「触っちゃだめだ!!」

弾かれたように日樹が叫んで、慈空の手が宙で止まる。

「二人とも離れて! 近寄らないで!」

珍しく声を荒らげる日樹の様子に、琉劔は慈空の襟首をつかんで下がらせる。彼がここまで取り乱すとは、嫌な予感しかしない。

「日樹、説明しろ!」

涸沢の方まで下がって、琉劔は口にする。

「……病狂の木草は、なぜだかわからないけど、『種』に激しく侵された人間は取り込まないんだよ」

日樹は遺体の傍に膝をつき、赤黒く腫れあがった皮膚を観察する。

「たぶんこの子は……『種毒』だ」

「種毒?」

「傷口から『種』を体内に取り込んでしまって、そこで発生した毒素が体中にまわってしまうことだよ。熱が出たり、痙攣が起きたりして、最悪の場合、死ぬ」

琉劔の隣で、慈空がかつて闇戸で傷を負った指を無意識に押さえた。

「刺青のところが腫れあがってるから、多分ここから『種』が入ったんじゃないのかな……」

「確か根衣が、丈国の祭で刺青を入れる若者が大勢いたと話していたが……」

丈国において、刺青は成人の証だ。誰もがそうして大人になるので、それが原因で命を落とすことなどあまり聞いたことがない。

「気温が高いこの時期の『種』は活発で、増殖しやすいんだ。普段は大人しい『種』でも、条件が揃うと暴れ出すことがある」

日樹は苦い顔でつぶやく。

「まずいな、相当毒素が強そうだ」

早足でこちらに戻って来た日樹は、念のためにと、図嚢から取り出した苦宵の葉を何枚かまとめて揉み、その汁を琉劔と慈空の手に塗り付け、擦り込むように言った。そして水筒の中にもその汁を入れて、うがいをするように促す。

「俺は生まれたときからいろんな『種』に接して生きてるから、外の人より耐性がある。二人は念のため浄毒して。血に触れてないから、大丈夫だとは思うけど」

日樹に言われるままに、琉劔は苦宵の汁を手に擦り込み、うがいをした。苦宵独特の、清涼感のある香りが鼻に抜ける。

「……しかし、丈国の祭は十日以上前だ。今更発症するものなのか？」

「『種』には、発症するまで潜伏してる期間があるんだ。その人の体力にも左右されるけど……それでもだいたい、十日から二十日前後。早く発症する方が、症状が重いって言われてる。発熱から始まって、口が開けづらくなったり、痙攣が起きたりして、体力のある人は回復することもあるけど、……十日持てばいい方かな」

日樹は少年の亡骸に目を向ける。おそらく彼は、何日か前から症状が出ていたのだろう。それでも御堂を目指したのは、治癒を願ったからなのか。

「……丈国の王都で、どれくらいの若者が、あの日刺青を入れたんでしょうか」

慈空がぽつりと口にする。

地方から来ていた者がいることを考えれば、種毒の『種』を持ったまま故郷へ帰った者もいるだろう。

「種毒は伝染する病なのか？」

琉劔は、焦燥と戦慄を感じながら尋ねた。自国への病の流入は、何としても防がねばならない。

「基本的には発症した人の体液——主に血液を介して『種』が移動するから、接触しない限りは大丈夫だと思うけど……」

「薬はあるのか？」

「杜人の血薬が効くけど、それ以外は聞いたことがないな。そもそも杜人は種毒にかかりにくいし……」

闇戸の外には、浄毒の概念すらない。せいぜい水で洗う程度だ。

「念のため、二人とも青州には戻らずに闇戸にいた方がいい。うちにいれば発症してもすぐに対処できる」

そう言って、日樹は琉劔に向き直る。

「帰ろう琉劔。他国のことだけど、甘く見ない方がいい。今斯城王は、できるだけ斯城国の傍にいるべきだよ」

いつになく真剣な面持ちで告げられ、琉劔は静かに息を呑む。どちらかといえば楽観的な彼が、ここまで言うのなら相当なことだ。

「わ、私もそう思います。もし琉劔さんにまで何かあったら……」

慈空にも言われ、琉劔は同意するほかなかった。確かに、このまま御堂を調べに行っている場合ではないだろう。

少年は日樹の手で弔われ、三人は急いで山を下りた。五合目の店に、少年の人相と身なりを伝え、それに彼が持っていた荷物を預けて、遺族が探しに来たら引き渡してもらうよう頼む。自身の病気平癒などを祈って登山する者も多いので、このようなことは珍しくないらしく、店の主人は心得たように引き受けてくれた。

それから前日に宿を取った町に戻って情報を集めると、子どもが熱を出して寝込んでいるという話がいくつも舞い込んだ。

「王都の祭に行って以来、なんかだるいとか、食べ物が嚙みにくいとか言ってたんだが、ただの疲れだと思ってたんだよ。そしたら昨日から急に熱出して……」

「うちの隣の家でも、今朝から息子さんがすごい高熱だって」

「親戚から聞いたけど、王都からの流行り病なんだって？」

「若者だけかかるっていう話よ」

「いや、ただの墨熱だろう？　毎年何人か『入れ墨の儀』のあとに熱を出す奴がいるんだよ」

「牟西王が川違えしようなんて言うから、女神の罰なんじゃないのか？」

最後の男性の言葉に、琉劔は密かに眦をきつくした。

杜人以外の人間は、『種』の存在を知らない。知らなければ自分も、同じように考えたのだろうか。

「そういえば、恒佑くんの妹も熱を出しているって言っていませんでしたっけ？」

慈空が思い出したように言って、琉劔は昨夜の会話を思い出した。

「……行ってみよう。もし同じ種毒なら、山で死んだ奴との共通点があるかもしれない」

本当に刺青が原因になっているなら、同じような症状が出ているはずだ。

御堂に行くと言って今朝早くに出かけて行った三人が戻って来たのを見て、宿の主人は呆気にとられたような顔で出迎えた。

「あれ、お客さん、随分早いお帰りで――」

「娘が熱を出していると言ったな？　どこにいる？」

「ど、どうしたんですか、いきなり……」

「丈国（じょうこく）の建国十年の祭で、娘は刺青を入れなかったか？」

「え、ええ、入れましたがそれが何か……」

琉劔がそのやり取りをしている間に、一直線に母屋へ向かっていった日樹（ひつき）が、目ぼしい部屋を片っ端から開けた。

「おい！　何やってんだ！」

物音に気付いてやって来た恒佑が日樹を止めにかかったが、慈空が二人の間に強引に体をねじ込んだ。

「ごめんね、ちょっと緊急事態なんだ」

「はあ!?」

「見つけたよ、琉劔」

日樹が探し当てた部屋で、娘は寝台に寝かされていた。まず踏み込んだ日樹が窓を開けて空気を通し、それから寝台の傍らに歩み寄る。

「お前何やってんだ！　妹から離れろ！」

「こ、恒佑くん落ち着いて！」

興奮している恒佑を、慈空がしがみつくようにして抑えている。

「やめてください！　娘に何の用です⁉」

三人のあとを追ってきた母親と主人が、娘の寝台に駆け寄った。

「熱が出たのは、いつからですか？」

しかし日樹は、冷静な瞳のままで尋ねた。

「二、三日前からですが……」

「君は何なんだ？　医者なのか⁉」

主人が尋ねたが、それには答えず日樹はさらに尋ねる。

「薬は使ってますか？」

「薬師から、墨熱だろうからって、熱を下げる薬を……」

「なるほど」

日樹は短くつぶやいて、汗をかいて苦しそうに唸っている娘の顔を確認する。

「確か丈国の女性は……手の甲に刺青を入れるんですよね？」

戸惑う母親の前で、日樹が娘の布団をめくる。身体の両脇に力なく添えられた彼女の両手には布が巻かれており、それを外すと、やはり刺青の部分が赤黒く腫れあがって膿のような汁が滲み出ていた。

「娘さんのお世話は、ずっとお母さんが？　刺青のところに触れたりしましたか？」

日樹に問われて、母親が頷く。

「日に何度か、布を換えて手を拭いてやっています」

そのやり取りを見ながら、琉劔(りゅうけん)は丈水山(じょうすいさん)へ発つ前、飛揚(ひよう)から絶対に日樹の傍を離れるなと言われたことを思い出した。

「……もしかして、娘から母へ感染した可能性があるのか？」

体からの滲出液は、間違いなく体液のひとつだ。浄毒(じょうどく)という概念を持たない外の人間なら、念入りに手を洗ったり、うがいをすることもないだろう。

「まだ発症してないだけで、可能性は考えた方がいいと思う」

そう言うと、日樹はしばし思案した後で、図嚢から『麻六(あさろく)』の入った布袋と薬草の束を取り出した。

「とりあえず今日、娘さんにはこの丸薬と、薬草を煎じて飲ませてください。食事は菜汁でいいから、新鮮な果実があれば食べさせること。それから、お母さんも熱が出たら、同じように丸薬と薬湯を摂ってください」

母親は言われるまま受け取り、それを見た恒佑が困惑した様子で日樹を見上げた。

「あんた何者……？　妹の熱は、ただの墨熱だろ？　しかも母さんにまで感染(うつ)ってるっていうのかよ？」

「墨熱ともしかしたら仕組みは同じかもしれない。でも『種』が出す毒素の量が桁違いだ。侮(あなど)らない方がいい。渡した薬は滋養薬だけど、何もしないよりましだ。近所の人に分けてあげてもいいから」

呆然と日樹の説明を聞いていた宿の主人が、ふと顔をあげた。

「……あんた……その黒眼鏡……もしかして……」

日樹の腰にある図嚢の隣に引っかけられていた、黒硝子の面を主人は指さした。そして二、三歩後ずさり、息子と妻を庇うように立つ。

「闇戸に近いこの町には……時々来るんだ。あんたみたいに黒眼鏡を持って、顔に臭い泥を塗った奴らが……」

杜人は、治療に使う道具や、海の魚や海藻など、森で手に入らないものは外から調達する。不知魚人から仕入れることも多いが、自分たちで買い出しに行くこともある。その際に杜人であることを偽るかどうかは人それぞれだが、彼らにとってみれば差別を受ける謂れがないので、あえてそのままの姿で町を歩く者は多い。それが杜人の矜持でもある。

ただそれが、外の人間にとって威圧的に映ることも多い。

「あんた……杜人なのか……」

囁くような問いだった。

底冷えさえ連れて来るような、沈黙が降りる。

「だったらどうする」

日樹が答えるより先に、琉劔は一歩前に出て問い返した。

「娘がこんな状況で、それが今しなければいけない話か?」

「ただの墨熱だ！　丹内仙女に祈っていればいずれよくなる！」

主人は母親が受け取った『麻六』の袋を奪い取り、それを琉劔の鼻先に突きつけた。

「この薬だって、本当に薬なのか怪しいもんだ！　こんなわけのわからない物を飲ませられるか！」

床に投げつけられる袋を、日樹は黙って見ていた。おそらく黒硝子の面を服の下に隠しておけばよかったとか、町に入る前に土老は落とせばよかったとか、そんなことを考えているに違いないが、それは傷ついていないからではない。

傷つくことを、あきらめてしまったからだ。

「お前——！」

琉劔の足元で床板が鳴る。

主人の胸倉を、その手で引き寄せようとした瞬間。

「——人の親切を、何だと思ってるんですか!?」

琉劔より先に主人に掴みかかったのは、慈空だった。

「私も他人のことを言える立場ではありませんが、今のは駄目でしょう!?　今のはあんまりです！　あなた自分の奥さんと娘さんの状況わかってるんですか!?　祈って治らなかったらそれで諦めるんですか!?」

目を剝いて激しく吠え掛かる慈空に、琉劔は呆気に取られて立ち尽くした。他人のことを言える立場ではない、と前置きするのが彼らしい。

「慈空、俺なら大丈夫だから」

琉剣と同じように慈空の剣幕に驚いていた日樹が、苦笑しながら床に落ちた『麻六』の袋を拾う。

「割れてるかもしれないけど、効果は変わらないから。一回三粒ずつ飲ませて」

埃を払って、日樹は恒佑にそれを手渡す。

「今はこれしかないんだ。ごめん」

日樹の血を使えば、この丸薬より効く薬を作ることができる。けれどそれを告げるわけにもいかない、懺悔のような笑みだった。

「……薬湯は、どれくらい飲ませたらいい？」

逡巡したが、恒佑は結局それを受け取った。

「茶碗一杯を、丸薬と一緒に日に三回でいいよ」

「わかった」

琉剣は興奮が収まらない慈空を主人から引きはがし、日樹と共に宿を出た。すでに陽は天中を過ぎ、西へ傾き始めている。

「急ぐぞ。陽が落ちる前に、闇戸に着きたい」

預けていた黒鹿を引き出し、三人は闇戸へと急いだ。

丈水山に背を向け、砂埃が舞い上がる農道をできるだけ速く駆け抜ける。三人の勢いに呑まれるようにして、居合わせた人々は道を譲った。御柱も闇戸の森も前方に見えてはいるが、対象が巨大すぎて、鹿を走らせても走らせてもまったく近寄れない錯覚に陥る。

ようやく闇戸と太州（たしゅう）を隔てる一里の境界帯が見えてくるかという頃、西の方角で、不意に白く強烈な光が炸裂した。

「羽光（はねこう）だ」

すぐに察した日樹が、そちらに鹿首（ししくび）を向ける。琉劔と慈空も日樹の後を追った。

杜人（とじん）の連絡手段はいくつかあるが、闇戸の外で呼猿（コーダ）が使えないときは、羽衣を光らせる手段がよく用いられる。外に出ている仲間に何か知らせたいことがあるときや、緊急事態を告げる際に使われることが多い。通常は、闇戸の外からでも見える櫓（やぐら）に設置されているのだが、今回はかなり至近距離で光ったはずだ。おそらく、誰かがこちらに気付かせる意図で光らせたのだろう。

「日樹！　よかった、ちょうど呼びに行くところだったんだ」

ほどなく合流したのは、黒鹿にまたがった二人の杜人だった。町まで行くつもりだったのか、義衣の上に垂領服を羽織っている。琉劔がその顔に覚えがないところを見ると、おそらく参の集落の者ではない。外との連絡を任されるのであれば、壱（いち）の集落の者たちだろう。

「何かあった？」

不穏な雰囲気に、日樹が鹿を降りずに尋ねる。

「悪い知らせだ」

一人が鹿に乗ったまま進み出て、ちらりと琉劒に目をやりながら早口に告げる。

「飛揚さんが高熱で倒れた」

追いすがることもできない夕陽が、西の山端に沈んでいく。

三章　飛べない杜人（とじん）

一、

死んでもいいと思った。

きっとこれは神様からの罰なんだ。

だからどうせ逃げられない。

もうどのくらい歩いたのかも思い出せなかった。足の豆が潰れたところが、腫れあがって脈打つように痛んだ。最後に食べ物を口にしたのが、いつだったのかも覚えていない。水を溜めた革袋も、とっくに空になっている。まとまった睡眠をとったのは、いつのことだったろうか。

ひどい眩暈だった。

耳鳴りもするし頭痛もする。

全身に力が入らず、滝のような汗をかいているのに悪寒が止まらない。しかし今の彼女には安静にできる寝床も、看病をしてくれる家族もいない。すべてを投げ出して故郷を出てきたのだから、当然の報いだ。とにかく町から遠ざかりたい一心で、国のはずれまでやって来た。倒れ伏した荒野の一角で、このまま冷えていく体を感じていることしかできない――はずだった。

彼女が意識を取り戻した時、なぜだか草木の生い茂る森の中で横たわっていた。むせかえるほど濃密な土の匂いと、草木の青い香り。相変わらず体は四肢に重りが付いたように動かず、寝返りさえ打てなかった。彼女はぼんやりした頭のまま、どうして自分がここにいるのかを考えたが、記憶は途切れており一向に答えには辿り着かない。ただ周囲に生えている、幹に縞模様が入った、見たこともない背の低い木々を眺めていた。

――見たこともない、縞模様の木々

自分でそう認識した瞬間、閉じかけていた瞼（まぶた）を弾（はじ）かれたように持ち上げた。

見たことがないとは、どういうことか。

先日まで王都に住んでいたとはいえ、生まれは田舎だ。森も林も近くにあり、丈水山（じょうすいさん）に登ったことだって何度もある。それなのに見たことがない木があるのが腑に落ちない。見慣れない植物があるほど遠くまで歩いたとは考えにくい。

最後の力を振り絞って体を起こし、傍の木に縋るようにして立ち上がった彼女は、生い茂る木々の隙間から見えるその『壁』に気が付いた。

恐怖と焦燥が背中を走る。

全身が竦んで一歩も動けなかった。

いつも遠くから見ていたそれが、圧倒的な近さでそこにある。

絶対に近づいてはいけないと言われ続けたあの場所。

病んだ植物たちが群を成すあの忌むべき森。

「……御柱」

それはあまりにも異質な巨木。

蛮族杜人たちの、神だ。

「……どうして」

彼女は混乱してつぶやいた。入り込んだ覚えなどない。そもそも闇戸に近づけば、御柱へ辿り着く前に、病狂の木草に搦めとられて死ぬだけだ。それなのにどうして自分はここにいるのか。

「気ぃついたか」

不意にしゃがれた声が聞こえて、彼女は息を呑んだ。

いつの間にか、真後ろに老婆が立っている。鞣した革の服の上に、極彩色の派手な上衣を羽織って、玉と鳥の羽根の首飾りをぶら下げ、皺だらけの顔なのに眼光は鋭い。

「お前さん、ウル族やないな？　不知魚人でもなさそうや」

「あ……わ、私……」

咄嗟に言葉が出なかった。目の前にいるのは、杜人に間違いない。不潔で、狂暴で、闇戸を根城にする未開の民。迂闊に闇戸へ近づけば、杜人に病んだ植物をけしかけられて殺されるのだと、幼い頃から聞かされた。

「あんた、境界帯に倒れとったんよ。途中まで潜手に引きずられたみたいやね。『種』に侵されてて助かったなぁ」

にやにやと笑う老婆を眺めながら、杜人は普通にしゃべれるんだ、と、恐怖に支配された頭の片隅で思った。蛮族とは、まともに意思疎通などできないのだと思っていた。

「わ、私を、助けてくれたの……？」

彼女は震える声で尋ねた。

「殺さないの……？」

「殺してほしいんか？」

老婆は、表情を変えずに問い返す。

その途端、彼女の中でどうにか堪えていた濁った感情が、どろりと流れ出した。

「……だってもう……死んでもいいと思っていたから……」

もうとっくに涸れたと思っていた涙が、視界を歪ませる。

「もう嫌なの……。誰かに、期待されることも、何かを、背負わされることも……。できない、私には、できないから……」

頭の芯が麻痺したように、うまく思考できなかった。口にする言葉も途切れがちで、言いたいことがまとまらない。

「女神は……、私をお見放しになった」

視界が砕けて、両目から涙がこぼれた。

それを言葉にすることが、あまりにも惨めだった。

生まれた時からずっと、祈ることが当たり前だった女神は、結局自分のことなど気にかけてくださらないのだと。

「蛮族に殺されよと、女神が言うなら……、私はそれを、受け入れるしかないの」

すでに体に力が入らなかった。命の灯が急速に萎んでいくのを感じ取る。

「ほう、じゃあ、蛮族らしいことをしよかね」

老婆はにやりと笑みを浮かべて、背負っていた大きな木箱を地面に下ろした。両開きになっている蓋を開くと、大小合わせて六つの引き出しがあり、それぞれに褐金（くろがね）の取っ手がついている。全体的に防水のための樹脂が塗ってあるのか、飴色の艶があった。薬を売りに来る薬師（くすし）が同じような背負箱を持っていたことを、彼女は思い出した。

「熱が出るんは、いろんな理由があるけんども、お前さんの場合は体の中に悪さをする『種』がおるからや。その『種』を排除しようとして、体が熱を出すんや」

老婆は彼女の腕を取って袖をめくり、二の腕の内側の柔らかい肌を確かめるように指でなぞった。

「あんたの場合は脱水と、足の傷から種毒が入ったんやろう」

そう言うと、老婆は背負箱の一番大きな引き出しを開け、そこに入っていた何枚かの葉で包むようにして、掌ほどの大きさのぬらりとしたものを取り出した。

「すまんの、寝とったか？　ちょいと働いてもらうで」

老婆がそう声をかける物体を目にして、彼女は言葉にならない悲鳴をあげた。取り出されたのは、山などでよく見かける生き物、蝓蛭だった。蛇のように手足はなく、茶褐色の体にはぬめりがあり、知らぬ間に人の肌に張りついて血を吸うので、人々には嫌われている。今まで彼女が目にしたことがあるものは、せいぜい自分の人差し指ほどの大きさだったが、目の前で老婆が摑んでいるものは、直前まで血を吸わされていたのか、体がまるまると膨張しており、人間の手首とさほど変わらない太さになっている。こんなにも大きい蝓蛭は見たことがない。

「……そ、それをどうする気ですか……？」

彼女は青ざめて尋ねた。過剰に恐れはしないが、愛でたいものでもない。

「どうするんやと思う？」

老婆はにやりと笑うと、もう一方の手で彼女の腕をがっちりと摑んだ。その枯れ木のような腕のどこにそんな力があるのかと思うほど、強い力だった。

「私の血を吸わせるんですか……？」

「どうせ死にたいんやろ？　そんなら試してみてもええやんか」

有無を言わさぬ勢いで言われて、彼女はもう一度蝓蛭に目を落とした。この巨大な蟲(むし)が一体どれだけの血を吸い出すのだろうと想像したら、眩暈がした。

「覚悟はええか？」

蛮族らしい下卑(げび)た笑みで問われ、彼女は抵抗しようとして体をよじったが、もはや気力も体力も残っていない。ここで蛮族に見つかってしまったことが、運の尽きだ。

やがて腕の内側にひやりとした感触があり、蝓蛭が張り付いた。彼女はせめてそれを視界に入れまいと顔をそむけて目を閉じた。吸血の際、蝓蛭の唾液に皮膚を麻痺させるような効果があるので痛みはないが、当然気持ちのいいものではない。

「穴開けて血ぃ出したか？」

老婆は暢気に蝓蛭に話しかけている。そんなことを訊いてどうするのかと思った次の瞬間、妙な感触を感じて彼女は思わず目を開けた。すると、老婆が彼女の腕に張り付いている蝓蛭を、思い切り揉(も)みしだいている。

「なにを――」

驚いた彼女が声をあげた瞬間、蝓蛭が痙攣(けいれん)するように震えたかと思うと、噛みついているところから、血と黄色い液体の混じったものが、不愉快な音を立て噴き出した。確実に、蝓蛭が何かを吐き出している。その気味の悪さに、彼女の意識が遠くなる。

「さあさあ、お立ち会いやな」

ただ老婆の嬉々とした声が、彼女の耳に残った。

朦朧(もうろう)としたまま、水を飲まされたような記憶が何度かあった。昼と夜を交互に繰り返して、時間の感覚も麻痺した。その後、彼女がようやくはっきりと目を覚ました時には、見知らぬ子どもたちが彼女の顔を覗き込んでいた。

「ばあちゃん！　起きた！」

十代前半くらいだろうか。柔らかそうな茶色い髪に、人懐こい顔をした彼は、そう叫びながらどこかへ走っていく。その後ろを、彼より年少の子どもが追いかけていった。

いつの間にか彼女は、風雨を凌げる窪みのような洞穴(ほらあな)の中に運ばれていた。水を浴びたかのごとく全身に汗をかいていたが、熱は下がり、体調は驚くほど爽快だった。腫れていた足の傷も、丁寧に布が巻いてある。

「……死んでない」

自身の胸の辺りを触って、呆然とつぶやく。蝓蛭が噛みついたところは丸い傷になっていたが、すでに瘡蓋(かさぶた)になっている。ただ頬(ほお)にはなぜだか泥が塗られており、触ると乾いたものがぽろぽろと落ちた。

「やれやれ、やっとお目覚めかいな」

やがて少年に連れられて、あの老婆が姿を見せた。

「こちとら蛮族なんで、死にたいっちゅう望みを叶えてあげるような優しさはもっとらんのじゃわ」

老婆はにやにやと笑って、彼女の額に手を当てて熱を測ろうとした。彼女が身を竦めて避けようとすると、今度は強引に頭を摑んで手を当てる。

「血薬がよう効いたわ。後は滋養のあるもん食えば嫌でも治るじゃろ」

老婆の隣で、少年が興味深そうにこちらを眺めていた。その無邪気な顔に、噂で聞く杜人の禍々しさなどは見当たらず、むしろこちらが戸惑うほどだ。

「……私は、死なないんですか？」

「死にたいなら、頰に塗った土老を拭ってその辺うろついたらええ。今なら病狂の木草に一瞬で殺してもらえる」

老婆は淡々と口にする。

「せっかくばあちゃんに助けてもらったのに、死にたいの？」

少年が怪訝そうに尋ねた。

「なんでそんなに死にたいの？」

その何気ない言葉が、思いのほか彼女の胸を抉った。

「日樹」

老婆は、少年に優しい目を向ける。

「外の人間にもいろいろあるんよ。たとえ種術師でも、救った先の人生までは干渉できん。まして自分の生き死にまで、神に委ねた人間にはね」

彼女は静かに息を呑む。

そうだ、確かに自分は神に委ねた。ここで死ぬのなら構わないとあきらめた。

けれど死ななかった。死ねなかった。

蛮族杜人の手で、深淵から掬い上げられた。

「ここは闇戸の北端や。半日も歩けば、外に出られる。土老の効力は二日が限度。それが過ぎればここじゃ生きていかれへんよ。外に戻るか、ここで闇戸の栄養になるか、好きにしいや」

老婆はそう言い残し、少年を伴って踵を返した。

「――待ってください！」

ほとんど反射的に、彼女は叫んだ。

「もう私に、帰るところなんてないんです！」

湿った岩肌に手をつき、ふらつく体でどうにか立ち上がる。

故郷に戻ったところで、意気地なしと罵られるだけだ。裏切って出てきたのだから、もう女神の慈悲にはすがれない。

「ここにいては……いけませんか？」

自分でも驚くような言葉を、気が付いたら口にしていた。

「なんでもしますから、どうかここに置いてください！」

涙が滲んだ。

杜人にそう組ってでも、生きたかったのかと今更のように思った。

悟ったようなことを言って、本当はこんなにも生きたかったのかと、自分の意地汚さに反吐が出そうだった。

それでもここなら、女神からは隠してもらえるような気がして。

生きることを、許してもらえそうな気がして。

「ばあちゃん」

少年が何か言いたげに老婆を見つめる。その視線を受けて、老婆は短く息を吐いた。

「お前さん、名前は？」

老婆に問われ、彼女は言い淀んだ。故郷を出てきたときに、名前は捨てたも同然だった。

答えない彼女の事情を察するように、老婆は口を開く。

「なら適当にこっちで呼ぶわ」

そうやなぁ、としばし思案して、老婆は名付けた。

「ガリッガリに細いから、細はどうや」

梯子の闇戸には、三本ある御柱の麓に、それぞれひとつずつの集落が存在する。集落

ごとに領長と副領長がおり、闇戸全体をまとめ上げているのが『柱石』と呼ばれる頭領なのだが、その柱石が自分を救った老婆であるなど、当時の細には知る由もなかった。

「いくら三実さんの頼みと言えど、今回ばかりは承服しかねます！」

外の人間である細を闇戸で受け入れるという話は、翌日の領長会議で伝えられた。

「私たちが外の人間にされてきたことを忘れたんですか⁉　行き場がないなど、こちらの知ったことではありません！」

「今まで商売をしてきた、不知魚人やウル族などであればともかく……」

「なんの関わりもない外の奴を、どうして？　今までだって、運悪く迷い込んできた奴は、闇戸の外に放り出すのが決まりだったでしょう？」

領長も副領長も、誰一人として賛成しない会議は、細を引き入れた三実を責めるだけだった。当人としてその会議に連れてこられた細は、四方八方から突き付けられる暴風雪のような視線に、ただうつむいて耐えるほかなかった。

会議が開かれている三実の家には、壁際に天井まで届く薬棚が置かれており、板張りの床に幾何学模様の織物や、鹿の毛皮が何枚か敷かれている。硬い木の実を割ろうとして放置されている重そうな鎚や、薬草を刈るときに使うであろう鎌なども散見されて、その鋭い切っ先に否応なく細の緊張感が高まった。何しろ相手は蛮族なのだ。何の気まぐれで助けてもらえたのかはわからないが、皆が三実のような思考であるとは限らないことを、今身に染みて実感した。

「せやけんど、もうこの子には血を入れてしもうたしな」

領長たちから糾弾されていることなど意にも介さない様子で、三実(みつさね)は茶を啜(すす)る。

「え……？」

薬湯のような、苦みのある香りが漂う中、細(ささめ)は思わず顔をあげて小さく問い返した。

血を入れた、と聞こえた気がしたが、聞き間違いだろうか。自分がどうして回復したのか、あの大きな蝓蛭が自分に何をしたのか、実はよくわかっていないのだ。

「血薬(ちぐすり)を使ったのか!?」

領長の一人が顔色を変えて腰を浮かせる。他の者も、一斉に息を呑んで三実を見つめた。

「どうして見ず知らずの外の奴なんかに！　あれは身内にしか使わない決まりだろう！」

「決まりってお前、そんな掟がここにあったか？　いつの間にかそういうふうに解釈されただけじゃろ。少なくともうちのじいさんが生きとった頃には、境界帯で倒れた旅人に使った話を聞いたぞいな。不知魚人(いさなびと)にだって、ウル族にだって使ってやったこともある」

どこか呆れたように言い返す三実の隣では、彼女の夫である幹郷(もとさと)が、会議の内容など聞いていない様子で干した魚を炙(あぶ)っている。

「生まれたときからいろんな『小種(こたね)』を取り込む杜人(とじん)の血は、万病に効く薬になる。しかし今のわしらにはその知識だけが残って、血薬を体内に入れるための注入器の製作法は失われたままわからん。今は苦肉の策で血薬を吸わせた蝓蛭を使っとるが、注入器があればもっと多くの量の血薬を取り込める。でも注入器の細い針も、硝子（がらす）の筒も、『種覗き』ですらも満足に再現できん。このままではいずれ、血薬の作り方も廃れる。今だって闇戸（くらと）から外に出たがる子はおるし、その家に生まれたからとて種術師になることを選ばん子も出るじゃろう」

　言葉の最後に、幾分の寂しさを混ぜて三実は口にする。

「闇戸だけ、杜人だけ、そうやって区別して内に囲うんは、いずれ自分たちの首を絞めることになるとは思わんか？　血薬の注入器だって、『種覗き』だって、外に頼めば作れる技術があるかもしれん」

　細は吐き気を覚えて口元を押さえた。彼らの技術の細かなことはわからないが、どうやら自分に使われた薬が、彼らの血を元にしたものだということは確かなようだ。

　よりによって杜人の血だ。

　嫌われ者の蛮族の血だ。

　それが、自分の中に入れられた。

　細は、叫び出しそうになるのを何とか堪える。

　自分が自分でなくなってしまったような感覚に、急な喪失感と気味の悪さがこみ上げた。もういよいよ戻れないのだと思うと、亡くなった母の顔が脳裏に浮かぶ。蛮族へ堕とすために娘を産んだわけではなかっただろう。

故郷で育ち、国のために働き、恋愛をして、ささやかな幸せを手に入れる。

そんな日々は、もう永遠にやってこない。

杜人(とじん)の血が入った女を、誰が愛するものか。

「しかし、そのことと外の人間を受け入れるのとは別の問題です！」

副領長の女性が声を上げて、他の者も頷いて同意する。

「そうじゃろか？　この甘ったれにどこまでできるかわからんが、わしはちょっと期待しとるよ」

三実(みつさね)は、細(ささめ)に目を向けてにっと笑った。

「将来、外と闇戸(くらと)を行き来する『外の人間』がおってもええじゃろう」

　細が思っていたより、この闇戸において『柱石』である三実の権力は強いらしく、細については三実が責任を持つという形で、領長会議は半ば押し切られるように幕を引いた。当然だが、細を集落に迎え入れることについて納得しない者は多く、何かあればすぐさま追い出してやろうという雰囲気が、細に矢のように降り注いだ。それは三実から具体的な世話を任された次男夫婦も同じだ。母からの言いつけに従いはしても、歓迎していないことは手に取るようにわかった。

「うちは基本的に自給自足。住む場所も着るものも食べるものも、全部自分たちで用意する。ここをくれてやるだけ、ありがたいと思えよ」

三実の次男は、有佐と名乗った。熊のように屈強な体で、無精髭が顔の半分を覆っている。集落の領長も兼ねている彼は、細を集落のはずれにある小屋へと案内した。元々物置として使っていたというそれは、人間一人が横になるのが精いっぱいといった広さであるばかりか、屋根は腐って落ち、かろうじて二カ所の板壁が残っているだけだ。随分放置されていたのか、落ちた屋根の藁には苔が生えている。どう見ても、今日から寝起きできるような場所ではない。

「あ、あの……ここに、住むんですか？」

「文句があるなら他を探しな」

「屋根が……それに壁も……」

「嫌なら自分で直しゃいい」

当然のように言われて、細はもう一度潰れた小屋に目を向けた。家を建てた経験などない。直せと言われても、その方法さえわからなかった。

「置いてもらえるだけ感謝しろ」

有佐は持参したふたつの果実を、放り投げるように細へ渡す。

「明日からは食べるものも自分で探すんだな。土老だけは渡してやれって言われてるから、うちがやれるのはそれだけだ」

最後に渡された袋には、乾燥させた粘土のような細かな砂が入っていた。おそらくこれを水に溶いて使うのだろう。

有佐が立ち去った後、細はしばらくの間その場にじっと佇んでいた。渡された果実は腐りかけており、柔らかい泥のような果肉がべったりと服について、鼻につく甘い芳香を放っている。目の前には、どこから踏み入ればいいのかわからない廃小屋があるだけだ。

細は、蝓蛭が噛んだ跡が残る左腕に触れる。蛮族と蔑んでいた者の血を体に入れてまで、自分に生きる価値があるのだろうか。それともこれこそが、故郷を逃げ出した自分に、神が下した罰なのか。

蝓蛭の噛み跡を擦ってみるが、当然それは消えない。身体に入れられた血を今すぐかき出したいが、もはや無理な話だ。

「……なんでよ……なんで、私ばっかり……！」

爪を食いこませた皮膚から、薄っすら血が滲んだ。所詮自分ができるのはこれくらいだ。瀉血もできはしない。死ぬことも選べない。それなのに図々しくも、生きたいと願ったことが間違いだったのか。

「……なんで」

絶望の滲んだ吐息でつぶやいて、細はその場にしゃがみ込んだ。

闇戸の森に、宵闇が迫っている。

二、

朽ちた小屋の片隅で、ほとんど眠れないまま夜を明かした細は、だるい体を無理矢理に動かして、草の葉に溜まった朝露で土老を溶き、顔に塗り直した。その作業の途中で、このまま放っておけば病んだ木草に殺してもらえるのではとも思ったが、自分が絞殺される場面を想像すると、委ねる覚悟は持てなかった。

有佐にもらった果実は、細の知らない種類のものだった。腐っているところはえぐみが強く、舌が痺れるような感覚があったので、そこを避けて口にした。あっというまにふたつを平らげて、細はこれからどうすればいいのかとぼんやり考える。小屋の体(てい)を成していない住居のことも気になるが、食料がなければ生きてはいけないだろう。水は近くに小川があるものの、腹を満たすものを調達せねばならない。そうわかってはいるが、闇戸の森へひとりで分け入るのは勇気がいる。病んだ木草も恐ろしいが、それと同じくらい杜人(とじん)に出くわすことも怖かった。こちらに向けられる敵意は、昨日嫌というほど味わっている。

抱えた膝に顔をうずめていた細は、不意に近くで聞こえた葉擦れの音に顔を上げた。ちょうど小屋の脇にある木の上に、朱色の毛並みの小さな猿がおり、観察するようにこちらを眺めている。

「え……猿……？」

細は呆然と口にする。しかしよくよく考えれば、夜中には鹿のような鳴き声も、夜明けには鳥のさえずりも聞いている。闇戸とは、あらゆる生き物を寄せ付けない死の森ではなかったのか。

「ここで襲われるんは人間だけよ」

昼近くになって、訪ねてきた三実が、小屋の前で煙管をふかしながらそんなことを言った。

「鳥も獣も蟲も、木草に襲われん。人間が異質なんよ。わしら杜人は、御柱の懐に居候さしてもろうとるだけじゃ」

「人間が、異質……」

ではなぜ、杜人はここで暮らすのだろう。

神である御柱の近くにいるためなのか、それとも、ここで暮らさざるを得なかったのか。

「それよりお前さん、暇なんやったらちょっと仕事せんか？」

朝からうずくまったままの細に、三実は改めて目を向ける。

「簡単な仕事よ。わしの助手や。これをこなすんなら、一日のうち一食は保証しちゃろ」

細は、その提案に飛びついた。

梯子の闇戸全体をまとめる『杜石』である三実は、同時に医師でもある。正確には種術師というらしいが、細にはまだ『種』というものが何なのかよくわからなかった。三実が背負っている薬箱には、様々な飲み薬や軟膏、そのもとになる薬草、樹皮、草比良などが入っており、血薬を吸わせた蝓蛭も常時二匹は連れているという。彼女はそれを持って、動けない怪我人や病人のところをまわるのだ。広大な闇戸の中で、時には数日かけて別の集落へ行くこともあるという。

「種術師は他にいないんですか？」

三実の代わりに薬箱を背負って、細は三実のあとをついて歩いた。思った以上に薬箱は重く、木の根の張り出した獣道を歩くのは容易ではない。背中を見失わないようついていくのが精いっぱいだった。

「おるよ。幹郷もそうじゃし、うちの長男夫婦もそうじゃ。弐の集落と参の集落にもそれぞれ種術師の家系がある。わしが呼ばれるんは、他のやつが手に負えんときじゃ」

爪先が二股に分かれた革長靴で、三実は慣れたように道を進む。一人であれば羽衣という道具を使って移動することもあるようだが、近くならこうしてあえて地面を歩くことも少なくないという。

「けど安心しい。今日のは別に、大したことやない。ただの様子見や」

半刻ほど歩いて辿り着いたのは、細が今まで見たものと変わらない、何の変哲もない杜人の一軒家だった。屋根には藁を葺いてその上に大きな青葉を敷き、入口には扉ではなく何重かの布が下がっている。家の周囲では、幼い子どもが草を摘み取ってままごとをしていた。

「真弦、おるか？」

三実が入口で声をかけると、すぐに中から年配の女性が顔を出した。

「ああ、三実さん、お待ちしてました」

しかしその愛想のいい笑顔は、後ろに立つ細を目にして、あからさまにかき消える。

「もしかしてその子、外から来たっていう子ですか？」

「今日から助手をやらせるけんね」

三実はあっさりと細を紹介して、家の中に入っていく。

細は頭を下げたが、真弦と呼ばれた女性は見向きもせず、拒むように入口の布を下ろしてしまう。

入るなということだろうかと細が戸惑っていると、三実が布をめくりあげ、早う入りやと促した。

杜人の住居において、部屋数は多くない。居間と厨、それに寝室などを兼ねたもうひと部屋があるという感じだ。室内には、花のようなやや甘みのある香りが漂っていた。

「佃よ、調子はどうかね」

迷うことなく奥の部屋へ進んだ三実は、そこの寝台に寝かされている老爺に話しかけた。邪魔になる薬箱を下ろし、自身も寝台の脇に進んだ細は、その姿を目にして密かに息を呑んだ。

ほとんど頭髪のない頭と、落ち窪んだ目。頰の辺りには裂傷のような跡があるが、ずいぶん昔に負ったもののようだ。乾いた唇は半端に開き、光のない眼球は三実ではなく天井を見上げている。傍にある押し上げ窓の近くで香が焚かれており、それが花のような香りの正体だった。後に細は、それが鎮静作用のある香だと知った。

「お父さん、三実さんが来てくれたわよ」

真弦が呼びかけるが、佃はあらぬ方を見上げたまま反応がない。

「もう私のことも、娘だとわからなくなったみたいで……」

「気にしなさんな。年を取れば皆そうなるもんや」

三実は励ますように女性の背中を叩く。

年を取るともの忘れが増えたり、これまで当たり前にできていた着替えや、料理などができなくなったり、言葉が出なくなったりすることがある。細もそのような年寄りは何人か見てきたので、この佃という老爺も同じ症状だろうと見当がついた。貧しい家では、こうなった老人を山に捨て置いたりすることも珍しくはないのだが、ここではしっかりと面倒を見ているらしい。使われている寝具も清潔で、当人の皮膚も垢じみていない。

「佃はなぁ、わしの幼馴染の兄さんなんじゃけども……」

薬箱からいくつかの丸薬や、干した薬草を取り出しながら、三実が口を開く。

「若い頃はやんちゃでな、闇戸で一生を終えるなんてごめんじゃ言うて、外に出て行って、居場所を転々としながら暮らしとったんよ。でもあるとき、羽衣を使ったことで杜人やとばれて、ひどい暴行を受けたんや。頰の傷はその時の名残。身体の方には、もっとえげつない傷があるぞい」

さらりと言われて、細は射貫かれたような気分だった。

「闇戸に戻って来た時は、虫の息やったんよ。どうにか回復はしたけどな。でもこんな話は珍しいことやない。杜人は闇戸から一歩外に出れば、石を投げられ踏みにじられ……。細もそう教わったんじゃろ？　あいつらは蛮族じゃって」

三実に顔を覗き込まれて、細は逃げるように目を逸らした。

「外の人間を受け入れたくないっちゅう奴らの気持ち、わかってくれたか？」

「……はい」

胸が苦しかった。

佃を殴ったのは自分ではない。自分ではないが、その場にいたらどうしただろう。同じように拳を振り上げただろうか。それともただ、傍観を決め込んだだろうか。

「佃は幸せな方じゃ。生きて闇戸に帰ってきて、傷も癒えて家族も持って、娘やら孫やらに、こんなに世話してもろうとる」

真弦が温い湯が入った桶を持ってきて、三実と一緒に慣れた手つきで布を浸し、父親の体を拭きはじめる。細も手伝おうとしたが、邪魔だと言わんばかりに身体で遮られ、結局手持ち無沙汰のまま立っていることしかできなかった。

その後細は、三実と共に三軒の家をまわり、それぞれに薬を分け与えたり、治療の相談に乗ったりする三実の傍で、なるべく体を小さくしていた。なにしろどこに行っても嫌悪の表情で迎えられ、家の中に入るのを拒まれたり、いないものとして扱われたり、去り際にはひそひそと陰口を叩かれて見送られる。外の人間だというだけで、暴力を振るった当事者でもないのに、それと同じような扱いを受けるのだ。自分もまた杜人を一括りの偏見で見ていたのだからお互い様だと思いつつ、細はどこか釈然としない気持ちを捨てきれないでいた。

三実の家に帰り着いた頃には、すでに陽は傾き、闇戸の中には早々と薄闇が降りようとしていた。幹郷（もとさと）が作ってくれていた夕食を分けてもらい、寝具にできる大きめの布を一枚もらって、細はようやく帰路につくことになった。

「送って行こうか？　外の人は、夜目が利かないんでしょ？」

夜の森の予想以上の暗さに戸惑っていた細に、祖母の家に遊びに来ていた日樹（ひつき）が声をかけた。彼だけは物珍しさが勝つのか、比較的細には好意的だった。

「やめろよ日樹。あんまりかかわるなって言われただろ」

同じく祖母の家を訪れていた季市（きいち）が、日樹の手を引いて制する。季市は有佐（ありすけ）の息子なので、細に良い感情は持っていないようだった。

「二人で送ってやり。まだ道も覚えてないじゃろ」

小さい松明を日樹に持たせて、三実は三人を送り出した。季市は盛大に文句を言ったが、日樹が行く気なので放っておけず、渋々後をついてくる。

「……日樹くんは、私のこと嫌じゃないの？」

細は、隣を歩く少年に話しかけた。

「外の人間に近寄っちゃだめだって、お父さんやお母さんに言われなかった？」

「別に言われなかったよ。父さんも母さんも、外にいっぱい友達がいるせいかなぁ」

無邪気な目を向けて、日樹は答える。彼の両親は三実の長男夫婦のはずなのだが、そういえば全く見かけていない気がする。

「外にいっぱい友達がいるの？」

「うん。その友達から闇戸にない食べ物とか、いろんな珍しいものを買って帰ってくるんだ」

いくら自給自足ができる生活といえど、医療用具や布製品など、闇戸の中だけではまかなえないものもあるだろう。彼の両親は、そういったものを買い付けて来る仕事なのかもしれない。

「ねえ、細はなんで闇戸に来たの？」

不意に問い返されて、細は言葉に詰まった。いろいろな人の顔が、脳裏を通り過ぎる。

「……ちょっとね、嫌になることがたくさんあって……。故郷にいることがすごく辛かったの」

勝手に期待され、上手くいかなければ責められ、誰も細の言葉に耳を貸さず、物のような扱いを受けることに辟易していた。

「だから逃げてきたんだよ」

細は、自嘲気味に笑う。

「ここなら、丹内仙女からも隠してもらえるような気がして」

「よく言うぜ」

背後から敵意のある声が飛んで、細は振り返る。

「故郷で嫌なことがあった？　それなら別の町なり国なりに行けばいいだけの話だ。なんで闇戸に居っこうとするんだよ。蛮族杜人の住む、病んだ闇戸に」

わざとらしく最後を強調するようにして、季市は細を睨め上げる。暗闇の中で松明の灯りを映す瞳は、燃えているようだった。

「ここならどうにかなると思ったんだろ？　頭の悪い杜人なら、いいようにできると思ったんだろ？　外に戻る度胸がないから、仕方なくここで生きてやる。そう思ったんじゃねぇのかよ」

「……そんなこと――」

季市の言葉は、鋭利な刃物のように細の体に深く刺さった。

「じゃあなんで礼を言わないんだ⁉」

季市が噛みつくように重ねて尋ねた。

「みっちゃんに血薬まで使って助けてもらって、領長会議でも庇ってもらって、あんた礼を言ったのかよ？」

絶句して、細の足が止まる。

「ぼろだったかもしんねぇけど、住む場所を与えられたときも、食べ物もらったときも、あんたうちの父ちゃんに礼を言ったか？　今日だってみっちゃんに連れられてまわって、皆に挨拶したのかよ？　しっかり頭下げて、よろしくお願いしますって言ったか!?　みっちゃんに一日ありがとうございましたって、感謝を伝えたのかよ！」

癇癪を起したような季市の言葉は、細のひた隠しにした意識を暴露するのに十分な力があった。

ここに置いてくれと懇願しながら頭を下げる気がないのは、どこかで杜人を下に見ているからだ。してもらって当然だと、無意識のうちに思っているからだ。

「……でも、だって……私の言うことなんか、誰も聞いてくれなくて……」

空虚な言い訳が、舌の上で砕けていく。萎縮していたのは本当だが、それを理由にして言葉を交わそうともしなかった。

受け身でいるばかりで、結局故郷にいた時となにも変わらない。

誰かのせいにして、神を恨むだけで。

「お前の言うことなんか誰も聞かねぇよ！　それでも言うんだよ！　そんな覚悟もなく

て、何でここで生きていけると思ってんだよ！」

季市は容赦なく、細の甘ったれた思考を糾弾する。

「行こうぜ日樹。小屋ならこのまま真っ直ぐ歩いてりゃそのうち辿り着くんだし、もう案内もいらねぇだろ」

季市は日樹から強引に松明を奪うと、それを無理やり細に持たせ、自分たちは来た道を引き返して行く。

「またね」

季市に腕を引っ張られながら、日樹が空いている方の手を振った。しかしその姿も、すぐに闇に溶け込んで見えなくなる。

持たされた松明の燃える音だけが、細の耳に届く。

体中のいろいろなところが、斬りつけられたように痛んだ。季市の言ったことはひとつも間違っていない。それを認めることが情けなくて、これ以上ないほどに打ちのめされていた。

外に戻る度胸がないから、仕方なくここで生きてやる。

その言葉がすべてだった。

松明が持てなくなるまでその場に立ち尽くし、細はわずかに差し込む星明りを頼りに小屋へ帰り着いた。

かろうじて残っている板壁に背を預け、三実（みつさね）にもらった布で体を包む。この布の礼も、きちんと伝えたか記憶が曖昧だった。

ただ涙だけが、とめどなく溢れて止まらない。

孤独より心細さより、こんな状況でなお杜人（とじん）を見下そうとする自分の浅ましさが、心底嫌になった。結局どこで生きようと、その性根と向き合わなければ何も変わらないのだ。

現実から逃れるように目を閉じたが、眠れるはずもなかった。ただ膝を抱えて、夜の森の声を聴きながら、卑小な自分を噛み締める。

朝になったら、せめて三実に礼を言いに行こう。

有佐（ありすけ）にも頭を下げて、言葉を尽くそう。

今の自分にはそれしかできないが、何よりも先にやるべきことだった。

闇戸（くらと）での暮らしは、何もかもが二十年以上生きてきた細（ささめ）の常識とは違っていた。

蛮族だと思い込んでいた杜人は、文字を必要としないほど記憶力に優れ、この凶暴な森で暮らすための知恵に長（た）けている。世の中の人々が気づいてもいない『種』という生き物を発見し、その何百種類もある『種』の特徴をすべて覚え、調理や植物の育成など、多岐にわたって活用していた。また、自分たちの血液から作る血薬をはじめ、特に医療においての知識が豊富で薬草類にも明るい。これは種術師に限ったことではなく、杜人であれば誰でも、外の薬師と同等と言っていいほどの知識を持っているのだ。

「昔はな、『種』を使った薬もあったそうや。でも今ではそのやり方を誰も覚えとらんで、再現できんのや。わしらの血以上に、よく効く薬やったそうじゃよ」

季市に責められたあの夜、覚悟を決め直した細は、翌日三実の元を訪ねて頭を下げた。助けてもらったことと、皆の反対を押し切って細を迎え入れ、助手という仕事まで与えてくれることに、きちんと謝意を伝えた。その上で、もっとここの暮らしに馴染むにはどうしたらいいかと教えを請うた。

「お前さんには、薬草の使い方を教えちゃろ」

細は三実に教わりながら、闇戸の森に自生する木や草や苔、それに草比良や茸の種類までをも、薬効とともにひとつずつ覚えた。それは途方もない作業だったが、没頭すればするほど、辛い過去を少しずつ手放していけた。

そのうちに一人で薬の配達を頼まれるようになって、居留守をつかわれたり、門前払いを受けたりしながらも、声をかけ、挨拶をすることを忘れなかった。露骨に嫌悪や憎悪すら向けて来る杜人たちが、怖くないといえば嘘になる。実際に物を投げられたり、罵倒されたりしたこともあった。それでも細は、三実に頼まれたことは断らなかった。

「あの……三実さん」

ようやくここでの暮らしに慣れてきた頃、三実(みつさね)の家で薬の調合を手伝いながら、細(ささめ)は常々不思議に思っていたことを尋ねた。

「御柱(おんばしら)は、皆さんにとって神様、なんですよね？」

今日は家の中に風を通すために、入口の布をめくりあげ、室内の窓へと風が抜けるようにしている。おかげで家の中からでも、壁のような御柱の姿がよく見えた。この時間は、大人たちに付き添われながら、三、四歳の子どもたちが羽衣の練習をしている。御柱を的にして、狙ったところに上手く羽衣の粘糸を接着させるための訓練だ。そしてそこから少し離れたところでは、彼らよりも年長の子どもたちが、羽衣でくり返し御柱を垂直移動している。

「神様に登ったりするの、罰当たりじゃないんですか……？」

故郷で暮らしていた頃、細にとって神は絶対だった。神の絵が描かれた札や、旗にすら敬意を尽くさねばならず、拝所に祀(まつ)られた像には触れることさえできなかった。しかしここでの御柱の扱いは、あまりにも異なる。羽衣の練習台になっている他、横柱(よこばしら)から地面に綱を張って、洗濯物や魚が干されていることもある。故意に傷つけるようなことはないが、触れることすら許されないほど神聖な崇(あが)めるべきもの、ではないような気がした。

「御柱をお守りするのが杜人(とじん)の役目。そしてその杜人にとって、羽衣は生きる知恵であり相棒や。飛べるように練習するのに、御柱が怒るはずないじゃろ」

三実は手元の薬研を動かしながら、あっけらかんと答えた。

「でも、誰かが落ちたとか、怪我をしたとかないんですか？　そういうのって罰が当ったとか考えるのが普通だと思うんですけど……」

「落ちる奴は毎年何人かおるよ。でもそれは罰やのうて、本人の羽衣の腕が未熟やっただけじゃわい」

三実は可笑しそうに笑う。

杜人は、病や怪我、誰かの死さえも、神に原因を求めない。そのことが、細にとってはとても不思議だった。自分をここに留め置くことすらも、彼らは神へ採択を委ねなかった。故郷であれば、絶対に女神へ是非を尋ねただろうに。

「ありがとうございました。あしたもがんばります！」

練習を終えた子どもたちが、付き添いの大人に促され、無邪気な声で礼を言って御柱に頭を下げる。自分たちと神の間に一線は引いているが、乱暴に踏み越えはせず、まるで長年連れ添った友人のような親しさで、彼らは御柱に向き合っている。

「細、ええことを教えちゃろ。闇戸の子ども全員に聞いて回っても、御柱に向かって『羽衣の使い方が上手くなりますように』なんて願う奴は、一人もおらんで」

三実はにやにやと笑って続ける。

「『落ちませんように』『怪我をしませんように』なんて祈ろうもんなら、親にど突かれるんよ。『まずは自分がその努力をせい』とな」

細は呆気にとられてそれを聞いた。神に御加護を願わないなど、何のための神なのか。

「御柱の先端は、雲に隠れて誰も見たことがない。言い伝えによれば、あの先に神の国があって、死んだ人間の命はそこに還るそうや。やから御柱は、神の国と人の国を繋ぐ柱やとも言える。人によってはこの御柱に、もう亡い身内を重ねもする。『種』を飛ばして闇戸を生み、数多の『種』を育てる御柱を、命の源やと呼ぶもんもおる。そんな存在に、現世利益を願ってどないすんのや。御柱も困るだけじゃわい」

「御柱が困る……？　神様が困るんですか？」

「杜人が御柱に伝えるんは、いつだって感謝や。実りへの感謝、子宝への感謝、この闇戸で生かしてもろうとる感謝。羽衣の上達を願って祈っとるより、練習した方が上達するに決まっとろう？」

「それは……そうかもしれませんが……」

細は戸惑って口ごもる。その理屈は理解できるが、それだとあまりに神を軽視していることにならないだろうか。神とは人を庇護するものだと、当然のように思っていた。

「細、お前さんもそろそろ御柱に挨拶しときや」

三実の言葉に、細は慌てて顔を上げる。

「あ、挨拶ですか？　私がしてもいいんでしょうか……？」

「していいに決まっとるやろ。むしろ遅いくらいじゃわい」

三実はそう言うが、細はやや困惑して目を落とした。自分はついこの間まで、他の神を信仰していた異教徒だ。何か洗礼のようなものは必要ないのだろうか。

三実は薬研から手を離して、両手の掌同士を胸の前で合わせてみせる。

「こうやって手を合わせてな、挨拶するんや。今日も元気やで、とかな」

「元気なことを報告するんですか……？」

「お前さんはまず、ここに住まわせてもらうことの感謝を言いや」

「ええと、それは何か、特別な詞があったり……？」

「ないない。普段の自分の言葉で言うんが大事や」

三実は再び薬研を握って、薬効のある草の葉を磨り潰しにかかる。

「自分の言葉で……」

細はもう一度御柱に目を向ける。闇戸とは御柱の懐だと、いつか三実が言っていた。

「三実さん、干してた甘蔦が仕上がったから、一緒にどう？」

やがて近所に住む女性陣が、携帯用の茶器を片手に三実を誘いにやって来た。細はこんにちは、と挨拶をしたが、当然のように返事もなければ、誘われもしない。

「これが終わったら呼ばれよかね」

「拝所の広場にいるから」

「待ってるわね」

その他愛ない会話を、細は無言で聞いていた。空気のように扱われるので、どうしたらいいのかわからないのだ。いっそ気にしないようにすればいいとも思うのだが、そうしてこちらから距離を置いてしまうことが、正解なのかどうかわからなかった。

女たちが出て行ったあとで、細は手でひとつずつ丸めた丸薬を浅い木箱に入れて、外にある干場へと運んだ。ここで水分を飛ばして、硬くさせるのだ。直射日光に当てるとひび割れてしまうので、風通しのいい日陰に置かねばならないと教えてもらった。

「ねえ、あの外の子、まだいるの？」

ふと耳に入って来た声に、細は顔を上げる。

「ずっと三実さんのところに入り浸ってるじゃない」

「さっさと出て行けばいいのに」

先ほどの女性たちだなと、見当がついた。干場は死角になって見えないので、こちらには気付いていないだろう。

「だいたい三実さんも三実さんよ。領長の反対を押し切って迎え入れるなんて」

「いくら柱石でもねぇ。ちょっと今回のことは勝手すぎるわ」

「もしもあの子が問題を起こしたら、責任を取ってもらわないと」

そんな会話をしながら、女たちは遠ざかっていく。

丸薬の入った木箱を持ったまま、細はしばらくそこに立ち尽くした。そして自分が悪く言われるということは、いずれ自分を助けた三実にも矛先がいくのだということを、嚙み締めるように思う。

ならばせめて、三実には迷惑をかけないようにしたい。

細はひとつ息を吐いて、再び家の中へと引き返した。

三、

杜人にとって御柱という神は絶対ではない。自分の身は自分で守る。それが難しいなら仲間に協力を仰ぐ。それが闇戸の理だ。

「協力が得られない場合は、自力……ってことよね……」

細が闇戸で暮らし始めてから二カ月が経っていた。住居にとあてがわれた小屋は、とりあえず落ちた屋根を撤去し、使えそうな材料を集めてきて修復を試みたが、大工仕事などやったことのない細にはそもそも無理な話だった。

今は崩れた壁の代わりに、同じ高さの柱を立て、そこと残っている壁に縄を張り、その上に大きな木の葉を被せるという方法で雨風を凌いでいるが、自分で薬草や草比良を集めたり、食料を保管したりすることを考えると、そろそろこれも限界だった。かといって、小屋の修復を頼めそうな相手もいない。日樹は相変わらず協力的ではあるが、彼を巻き込んでしまうのは気が引けた。三実や幹郷は、『種』や薬のことには詳しいが、建物のことについてはさっぱりだ。二カ月経って、世間話程度なら応じてくれる者も出てきたが、相変わらず細は闇戸の異物扱いだった。

「おい」

　ほぼ半壊に見える小屋の前で腕を組んで唸っていた細は、不意に後ろから呼びかけられ、我に返って振り向いた。

「有佐さんと、季市くん……」

　あの日以来、細とは距離を置いている二人がここにやってくるとは珍しい。驚いている細にかまわず、有佐はやや早口に尋ねた。

「佃さんを見なかったか？」

「佃さんを？　いいえ、見かけていませんが……」

　答えながら、細は不穏な空気を感じ取る。佃は寝たきりなわけではない。夢現の中にいる彼は、ふとした拍子に徘徊をはじめることがある。細が薬を届けに行った時も、ちょうど寝台から抜け出した佃と鉢合わせしたことがあった。家族が目を離した隙に、家を抜け出してしまうこともあると聞いている。

「いなくなったんですか？」

「いつもなら家の近くですぐに見つかるんだが……」

　有佐は少し戸惑うように視線を揺らす。

「真弦の話によれば、いなくなってからすでに三刻が経っているようだ」

「三刻……」

　それだけの時間があれば、杜人の足ならかなりの距離を移動できてしまう。

　細の胸に、不安が迫りあがった。佃本人と意思疎通はできないものの、ここ二カ月毎日のように通っていたせいで、他人事とは思えない。

「私も一緒に探します」

何の躊躇（ちゅうちょ）もなく、細は申し出る。

しかしそれを季市が鼻で笑った。

「羽衣もないくせにどうやって探す気だよ。足手まといになるだけだ」

彼は、左手首の羽衣を得意げに見せつける。同年代の中でも、季市は特に羽衣使いの習得が早かったらしく、今や大人顔負けの扱いを見せる。しかし実際のところ、それよりも圧倒的に上を行くのが日樹（ひつき）だという話だ。

「私は、上からだと見えにくいところを探すわ」

闇戸（くらと）の森には木々だけでなく下草も多く生えている。仮にその中で倒れてしまえば、上からは見つけにくいだろう。おまけに、人など完全に覆ってしまえるほど、大きな葉を持つ樹木も多い。

細は有佐と別れ、いくつかの場所に見当をつけて、もはや歩き慣れた獣道を急いだ。家の周りは家族が捜索しているだろう。それでも見つからないのだとしたら、予想外のところにいる可能性がある。闇戸には水場も多い。池や川に落ちたり、湿地に踏み込んで動けなくなっていたりすることも考えられた。

「溺れたりしてないといいんだけど……」

つぶやいて、ふと不安になった細は、足を止め、自身を落ち着かせるようにゆっくりと呼吸した。陽の透ける木々の枝葉を仰いで、そこから聳(そび)え立つ御柱(おんばしら)へと視線を滑らせる。御柱であれば、佃(でん)の行方を知っているだろうか。

「神様どうか――」

口を突いて出た言葉を、細(ささめ)は呑み込む。

御柱には、未だに挨拶ができていない。それはまだ自分に、ここで暮らすことの覚悟が定まっていないからかもしれない。そんな自分に請われたところで、御柱が応えるはずもないだろう。

「……羽衣の上達を願って祈っとるより、練習した方が上達するに決まっとろう?」

いつかの三実(みつさね)の言葉を真似して、細は口にした。

今は祈るために立ち止まるより、やるべきことがあるはずだ。

「まずは、自分にできること……」

つぶやいて、細は再び歩き始める。

生い茂る下草や、葉の陰に注意しながら近くの水場から順にまわり、細は途中で手に入れた長い折枝で下草を分けながら進んだ。途中にあった川の周辺では、すでに他の者が捜索にあたっており、細は捜索がまだだという南側へ向かった。確かあちらには比較的大きな池があったはずだ。

「幹(もと)さん!」

背の低い木々の枝葉を払いながら池に辿り着いた細は、そこで釣り糸を垂らしている幹郷の姿を見つけた。忙しなく動き回っている三実と違い、同じ種術師でありながら、彼の方はあまり働いているところを見たことがない。

「お前も釣るか？」

「それより、佃さん見ませんでした？　いなくなったんだって」

「佃か。あいつまだ生きとったんかいな」

冗談なのか本気なのか、幹郷は肩を揺すってヒヒヒと笑う。

「皆で探してるんだけど、まだ見つからなくて……。どこ行っちゃったのかな」

「ほお、そんで細も頼まれたんかいな」

「頼まれた……わけじゃないですけど……」

真弦にも有佐にも、直接頼まれたわけではない。自分が勝手に申し出ただけだ。

「頼まれてもおらんのに、なんで探しとんじゃ？」

続けて問われて、細は言葉を探す。

「……心配だから」

「心配か」

「でもたぶんそれだけじゃない」

罪悪感にも似たもの。きっとそれが今の自分を動かしている。若い頃の佃を殴ったのは自分ではないのに、その償いをしなければいけない気がしていた。

「……所詮自己満足かもしれません。でも、何もしないよりはずっとましだと思う」

幹郷の持つ釣り竿が小刻みに揺れて、獲物がかかったことを知らせた。竿を引くと、よく食卓にも登場する石魚(いわうお)が、深い緑色に白い斑のある体をくねらせながら釣り上げられた。

「……ここから南にある、根元に洞のある巨木」

魚から針を外しながら、幹郷が何気なくつぶやいた。

「小さい時に、ようそこで遊んだぞい。いつか闇戸(くらと)を出て外で暮らすんじゃいうて、よう聞かされたわいな」

確証はない。けれど行ってみる価値はある。

「ありがとうございます」

礼を言って、細(ささめ)は駆けだした。

根元に洞を持つ大樹は、一度訪れたことがあった。御柱(おんばしら)とは比べ物にならないが、それでも大人が何人か手を繋がないと一回りできない太さだ。年月を経て自然に生じたその樹洞は、数人入っても余裕のある広さで、確かに子どもたちにとっては格好の遊び場になるだろう。

羽衣を持たない細にとって、杜人(とじん)たちが一瞬で移動できる距離も、ただただ地道に歩いていくだけだ。故郷から履いてきた靴は早々にだめになったので、干し草で草履を編む方法を教えてもらった。こちらの方が、ぬかるんだ地面では滑りにくいのでちょうどいい。故郷にいた頃より随分足は鍛えられて、一日歩きまわっても疲れにくくなった。

「佃さん」

一刻かけて大樹の洞に辿り着いた細は、そこで膝を抱えて座る佃の姿を見つけた。裸足で歩いてきたので足は泥だらけで、枝に引っかけたのか寝着の袖も破れていたが、大した怪我はなさそうだった。万が一を考えて、真弦が常に土老を塗っていたことも功を奏したのだろう。

「よかった……」

安堵の息とともに吐き出して、細は佃の隣へ崩れ落ちるようにしゃがみ込んだ。探されていた佃は、細になど目もくれず、ただ一心に枝葉の隙間から見える空を見上げている。

「こんなところで、何してるんですか？」

尋ねてみたが、当然返事はない。細は自分も膝を抱えるように座り直し、同じように空を見上げてみる。夕刻が近づき、もう随分淡くなった青色が覗いている。

「俺、いつか外に行くんだ」

不意に佃がそう口にした。

将来の希望に満ちた、少年のような声だった。

「外をこの目で見てみたい」

彼は今、少年時代に戻っているのだろう。年輪のように刻まれた皺だらけの顔を、幼い子どものように輝かせて、その目はなおも空へ向けられている。

「……そっか」

相槌など意味がないとわかっていながら、細(ささめ)はつぶやく。視線の先に、引きつれた傷跡の残る佃(でん)の腕があった。それを目にした瞬間、体の深いところで血が流れ出るような痛みを覚える。

憧れに胸を膨らませて、少年は夢を叶え外へ出た。

その先に待ち構える嵐など知らずに。

「ごめんね……」

これは欺瞞(ぎまん)だ。

自分が悪いなんて思っていない。当事者ではないのだから。ただそれを口にして気持ちよくなりたいだけだ。

「ごめんなさい……」

その不純さを抱えてなお、細は口にする。

そっと触れた佃の腕は、思ったよりも冷たかった。寒くない？　と聞きながら腕をさすると、佃がようやくこちらを向いた。

「泣いてるの？」

少年のまま無垢に問われて、細は潤む瞳を誤魔化すように笑った。

「大丈夫だよ。……そろそろ家に帰ろう？」

差し出した手を、佃が無邪気に握った。

きっと昔に佃が受けた仕打ちの報いを、今の自分が受けている。殴られたり蹴られたりしないだけ随分ましだ。細にとっては辛かったことも、所詮彼が味わった痛みの半分にも満たないのかもしれない。

終わりにしたいな。

佃の手を引いて歩きながら、細は思う。

こんな因果のめぐりは、もう終わりにしたい。

清水の湧いている場所で休憩をして、佃に水を飲ませながら、細は御柱（おんばしら）に目を向ける。

今までならきっと、それを神に祈っていたのだろうけれど。

祈るのではなく。

乞うのでもなく。

変えていける方法があるのだとしたら――。

水で手を洗い、喉を潤した細は、その濡れた自分の両手をまじまじと眺めた。薬草を育てる畑の手伝いもするようになったので、鍬（くわ）を持つ手には豆もでき、皮は随分厚くなった。けれど意外と悪くないな、と思う。

今の自分の手はどことなく、亡くなった母の手に似ていた。

その後細は佃を無事に集落へ連れ帰り、彼は真弦（まつる）たち家族へ引き渡された。

佃の孫たちからは礼を言われたが、真弦は最後まで細と目を合わせようとはしなかった。しかしそれでも、細の安堵は変わらない。一番大事なことは、佃が無事であったことだ。

帰路に就く途中で、細はこっそり御柱に近寄り、初めてその樹肌に手を触れた。思ったよりも冷たく、滑らかで、樹木というより石のような質感に近い。

「……佃さんを守っていただいて、ありがとうございました」

見様見真似で手を合わせると、なんだか気恥ずかしくなって、細は逃げるようにその場をあとにした。

翌日、いつも通り三実の助手として働き、夕方になって自宅へ戻って来た細は、小屋の前に積まれた真新しい木材やら蔦やらに目を留め、首を捻った。

「……なにこれ」

朝ここを出るときは何もなかったはずだが、と考え込んでいると、正面の道からこんもりと藁を積んだ角鹿がゆっくり歩いて来る。その手綱を取っているのは季市だ。隣には日樹の姿もある。

「あ、細おかえりー」

こちらに気付いた日樹が手を振った。

「ただいま……。もしかして、これ二人が運んだの?」

「そうだよ。有佐(ありすけ)さんたちが持って行けって」

　未だ事態が呑み込めない細の前で、二人は角鹿から藁を下ろし、夜露に濡れないよう大きな葉を被せた。

「とりあえず材料は運んだから、作業は明日からだな」

　手についた屑を払って、季市が屋根のない小屋に目を向ける。

「俺らだけでやっても、四、五日で形にはなるだろ」

「とりあえず屋根つけちゃえば何とかなるよねぇ」

「え、ねぇ、ちょっと待って」

　どうやら彼らは、この廃墟のような小屋をどうにかしようということらしい。

「もしかして、私ここを出て行かないといけないの？　何か違う用途に使うことに決まったりした？」

　この小屋を取り上げられてしまうならどこに行けばいいかと、細は一瞬の間にいくつかの候補を脳裏に思い浮かべた。雨風を凌ぐなら樹洞や洞窟が一番だが、一番近いのはどこだったか。

「出て行きたいなら出て行けよ。そうしたら、お前のために皆が分けてくれた材料が全部無駄になるけどな」

　細とは目を合わせず、季市が腕を組む。

「私の、ため……？」

「細の家のこと、俺もずっと気になってたんだよね。材料をくれたってことは、直していいってことだよ。俺たちも手伝うから、一緒にやろう」

日樹に無邪気な笑顔を向けられて、細は改めて家の前に積まれた木材に目を向けた。

「佃さんを見つけてくれた御礼だって。よかったね！」

それを聞いて、細は徐々に自分の胸が熱を持つのを自覚する。

ここに細が住んでいると、住んでもいいと、初めて認められた気がした。

「俺たちはあくまで手伝ってやるだけだからな。ちゃんと自分でやれよ」

季市が釘を刺すように言って、細は声にできないまま大きく頷いた。

「……でも私、家建てたことないんだけど……どうにかなるかな……？」

洟を啜りながら涙声で尋ねると、日樹が大丈夫！　と言って笑ってみせる。

「だって、今よりひどくなりようがないでしょ？」

明るくあっけらかんと言われて、細は思わず噴き出した。確かにそのとおりだ。今でもさほど野宿と変わらないのだから。

「じゃあまた明日来るね」

枝葉の隙間から差し込む陽光を浴びながら、日樹が角鹿の轡を取って、集落の方へ歩き始める。季市もその後に続いた。

「ありがとう！　季市くんも、ありがとう！　後で有佐さんたちにも、ちゃんと御礼言うね！」

細は二人に力いっぱい手を振る。以前にもこんなふうに、二人を見送ったことがあった。あの時は後悔と自己嫌悪の沼の底にいて、到底こんな日が来るとは思えなかったけれど。

「本当にありがとう！」

気の利いたことはひとつも言えなかった。けれど一番大切なことは伝えられたはずだ。

二人の姿が見えなくなるまで、細はその場で手を振り続けた。

その日、まだ夜明け前に目覚めた細は、なんだか懐かしい夢を見た気がしていた。八年前、日樹たちと一緒に建て直したこの小屋は、五年前に増築して、今は二間続きになっている。寝室と居室を分けた形だが、薬草の仕分けをしながら居室の床で眠ってしまうこともあるので、もはや細にとってはあまり意味がない状態だ。大きな薬棚を入れてしまったせいで、家というより薬屋だと季市には言われるが、それもまた気に入っている。

蒸かした芋で手早く朝食を済ませた細は、空の籠を背負って御柱の拝所に向かった。佃のことがきっかけで、徐々に仲間として受け入れられた細は、杜人たちに倣ってごく自然に御柱に向かって手を合わせるようになった。特に森に入って薬草や食料を取る前には、挨拶を欠かさない。

「おはようございます。今日も森の恵みに感謝いたします」

神というより森の主に挨拶をしているようだと、細（ささめ）はいつも思う。しかしそれはあながち間違っていないのかもしれない。

朝拝を終えた細は、慣れた獣道を通って森の中に入り、予定通り朝露に濡れた柔らかい苦宵（にがよい）の若葉と、一夜のうちに次々と伸びた丸茸（まるだけ）を収穫し、道すがらに見つけた蔓筒（かずらづつ）の実も、いくつかを背負った籠に入れた。蔓筒の実は分厚い皮を剝（は）ぐと現れる白い果肉がとても甘いので、子どもたちのいいおやつになる。

いつも通り御柱（おんばしら）に沿いながら歩いて戻ってくると、集落が近くになるにつれ、妙な騒がしさが耳についた。だいたいこの時間は洗濯をしたり、子どもが羽衣の使い方を練習したりと、比較的賑やかな時間帯ではあるが、それとは違う、少し物々しい雰囲気が漂っていた。

「季市（きいち）、何かあった？」

細は見知った青年の姿を見つけて尋ねる。彼の目線の先、三実（みつさね）の家の前に、人だかりができていた。

「実はちょっと前に飛揚（ひよう）さんが運びこまれて……」

「飛揚さんが？」

「青州の離宮から夜通し角鹿を走らせて、一番近い詰所に来たみたいだ。そこからは羽衣で運んだって聞いてる」

杜人であっても、夜の闇戸を移動するのは余程の緊急事態のときだけだ。まして外の人間がわざわざ夜の闇戸に入るのは、それほど急を要する何かが起こったことを意味する。そしてそれは十中八九、杜人にしか手に負えないと判断した病だろう。飛揚やその従者たちは、杜人の薬の知識と技術の高さをよく知っている。

「容体は⁉　何にかかったの？　豆疹？　炎咳⁉」

細は矢継ぎ早に尋ねた。闇戸に来たばかりの頃、杜人はかからない病に細は何度か冒され、その度に彼らの薬で救われている。

「いや、それが俺も詳しくは……。遠目でぐったりしてるのを見たくらいで……」

三実の家の入口前では、確か根衣という名の従者が、顔を伏せたまま膝を抱えて座り込んでいる。そのうなだれた姿に、嫌な予感が細の背中を這い上がる。

「あ、おい、細！」

季市が止める声も聞かず、細は三実の家の階段を駆け上がった。

丈水山に行っていた琉劔たちが、三実の家に辿り着いたのは、飛揚が闇戸に運び込ま

れた翌日の、ようやく夜が明けるかという時間帯だった。琉劔は叔母の詳しい容体がわからないまま、杜人の手を借りて最短の距離で戻ってきたのだ。

「申し訳ございません！」

着いて早々、三実の家の前で平伏する根衣に迎えられ、琉劔は最悪の事態を覚悟した。しかしその直後、虫籠を持った飛揚が細によって家へと連れ戻されるのを目撃し、口にするべき言葉を見失う。

「すべてご説明させていただきます！」

立ち尽くす三人に、根衣が平伏したまま口にした。

「そうしてくれるか……？」

日樹と慈空に苦笑される中、琉劔は目頭を揉んで根衣に続きを促した。

「二日前の昼過ぎだったでしょうか……。女官から、『飛揚様に呼びかけてもお返事がない』という報告があり、お部屋を訪ねました。そこで倒れている飛揚様を発見したのです。そのときは、間違いなく、朦朧とされるほどの高熱でございました」

三実の家で囲炉裏を囲みながら、根衣は懺悔でもするような顔で訥々と語った。

「丈国では虫とお戯れになっていたこともあり、もしやそこから妙な病でも感染ったのではと心配になりました。離宮には熟練の薬師もおらず、手遅れになるより先に杜人を訪ねた方がよいだろうと考え、闇戸の詰所を訪ねた次第です……」

根衣の隣では、二日前には高熱を出していたはずの飛揚が、琉劔の機嫌を伺うように、一応は殊勝な態度を見せている。

「そのとき詰所にいたのが有佐（ありすけ）さんで、夜通し飛んでここまで運んでくれたみたい。その最中に、応急処置として黄輪草（おうりんそう）を使ったらしいんだけど、運よくそれが効いて、朝私がここに来た時には、幹（もと）さんともりもりごはん食べてた……」

根衣の続きを引き受けた細が、やや呆れ気味に飛揚に目を向ける。先ほど虫採りに行こうとしていたことを考えても、すっかり体調は戻っているのだろう。現に顔色も良ければ、目も生き生きとしている。

「でもなんで熱なんか……。飛揚さんわりと丈夫な方なのに」

淹（い）れたてのお茶を片手に、日樹が首を捻（ひね）る。たとえ何日野宿が続いても、彼女は虫のためなら嬉々として生きる人間だ。

「往復で二十日以上かかった旅の疲れと、季節の変わり目の気温差、それに新しい糞虫（くそむし）を手に入れた興奮。それが見事に合わさって、熱が出たんじゃろ」

根衣が念のためにと持参した、虫の入った小瓶を三実が指さす。

「体に新たな『種』が入りそうな傷はなかったし、虫に刺されたような跡もない。黄輪草で熱が下がったんなら、そういうこっちゃ」

琉劔は脱力と共に息を吐いた。人騒がせな人間であることは知っていたが、まさかこの頃合いで熱を出すとは。

「もともと糞虫は刺す虫じゃないし、紅蝻虫に血を吸われたところでどうということもないと根衣には伝えた……と思うんだが、まあまあの高熱だったんで、焦ったようだ」

言い訳のように飛揚が口にする。

「有佐たちにはちゃんと謝って礼を言ったぞ。みっちゃんやもとちゃん、……根衣にも迷惑をかけたことはわかっている。自分でも、こんなことになるとは思ってなかったんだ」

夜の闇戸では、単独であっても羽衣を使って移動することは稀だ。加えて病人を抱えて移動するなど、かなりの無茶をさせたことは飛揚が一番よくわかっているだろう。

「すべては、私の早合点のせいでございます」

根衣が再び平伏する。日ごろ丈夫な副宰相が突然高熱を出したのだから、彼が冷静でいられなかった気持ちもわからなくはないが。

「なにもないならそれが一番ですよ。本当にご無事でよかったです」

眠そうな顔で、慈空が安堵するように微笑んだ。琉劔はその顔を見ながら、申し訳ない思いに駆られる。強行軍に付き合わされる形になった彼は、なけなしの体力でここまで付いてきてくれた。何より騒動に巻き込んでしまった杜人たちに、心から礼を尽くさねばならない。飛揚と根衣については厳重注意が必要だろう。これは身内という以上に、王として判断するべきだ。

「りゅ、琉劔、茸汁を食べるか？　美味いぞ！　昨日細が採ってきてくれた丸茸の汁だ」

思案していた琉劔の顔を、飛揚が覗き込んで尋ねる。おそらくは謹慎などを命じられるのではと、戦々恐々としているのだろう。根衣の方はすでに覚悟を決めた顔で、無言のまま端座している。

「……二人の処分は、青州に戻ってから考える」

琉劔が告げると、根衣は御意と頭を下げ、飛揚はわかりやすく渋面を作った。しかし言い返してこないところを見ると、それなりに反省はしているのかもしれない。彼女には外出禁止を言い渡すだけで覿面な効果があるので、しばらくは王宮にいてもらうことになるだろう。

「それでも……、種毒でなくてよかった」

琉劔はぽつりと口にする。飛揚が高熱で闇戸に運ばれたという話を聞いた時、丈水山で見かけたあの光景が頭をよぎったのは事実だ。

「確かになぁ。種毒やったら、うちに来にゃ治せんかったぞいな」

囲炉裏で炙った白蕉という果実の皮を剝きながら、幹郷がのんびりと口にした。

「実は俺たち、丈水山で種毒に侵されて死んでいる子どもを見つけたんだ。麓の町では、同じ年ごろの子どもが大勢熱を出している。皆、建国十年の祭に合わせて、刺青を入れた新成人だった」

日樹が三実と幹郷に目を向けて告げる。

「刺青のところが腫れあがってたから、そこから『種』が入ったんだと思う……。飛揚さん、『入れ墨の儀』の現場って見た？　どんな感じだったか覚えてる？」

尋ねられて、飛揚が三実たちと目を合わせながら思案げに口を開いた。

「実はそのことは私も気になって、みっちゃんたちに意見を聞いていたところだ。墨は古雫の実、彫り道具は久洙の棘、鎮静には伏葉を使っていて、一見何も変わったところはない様子ではあったが——、問題は、季節だ」

「季節？」

腑に落ちない様子で、慈空が問い返す。

飛揚の続きを引き受けるように、三実が口を開いた。

「もともと『入れ墨の儀』は、一番冷え込む織物候にやるもんや。あちらさんは単なる伝統でやっとるやろけど、冬は『種』の活動が弱なるし、何より鎮静に使う伏葉の浄毒作用が一番強くなる時期やから、理屈はおうとる。あれは葉っぱが寒さに勝つために強くなる効能や」

口の中を湿らせるように、茶をすすって三実は続ける。

「暑さが残る今の時期は、一番『種』が活発になる時期や。活発な『種』は物を腐らせもする。腐った古雫の実を使って、久洙の棘を使いまわしたりすりゃあ、『種』はあっというまに人の体の中に入り込んで毒素を出すぞい」

淡々と語る種術師の言葉を、琉劔は戦慄を覚えながら聞いた。例年通り冬に行っていれば、死人が出るほどの騒動にはならなかったということだろう。織物候に『入れ墨の儀』を行うという伝統には、意味があったということだ。

「飛揚、丈水山に向かう前、俺に日樹の傍を離れるなと言ったな？　あの時から薄々勘づいていたのか？」

琉劔の問いに、飛揚は白蕉を頬張って頷く。

「正確に言えば、丈国で『入れ墨の儀』を見た時からだ。彼らは浄毒を知らない上に、今の季節にこれをやって大丈夫なのかと、不安はあった」

忠告しようにも、『種』が何かもわからない者へ危険性を説明したところで、笑われて終わるだけだ。

「町の人は、よくある墨熱だろうって、気にしてない様子でした……。あれ、結構まずいと思います……」

慈空がぼそりとつぶやいた。

「新成人の数ってどのくらいなんでしょう。看病する家族にも感染してしまう可能性を考えたら、わりと大変な数になりませんか？」

「まあ、体液に触れさえしなければいいんだけど、浄毒をしないだろうし難しいかな……」

喉の奥で唸って、日樹が腕を組む。いくら杜人の血薬が効くとはいえ、彼らに丈国の人間を救ってやる義理もない。

「大変な数どころじゃないさ。我ながら嫌な可能性に気付いちゃったけど」

行儀悪く胡坐をかいた足に頬杖をついていた飛揚が、傍にあった小瓶を手に取った。

「今の丈国王都には、この紅螨虫が大繁殖している。この子たちは人や獣の血を吸うんだ。どういう意味か分かるかい？」

張り詰めた沈黙が辺りを包んだ。

琉劔は、自分の背中が粟立つのを感じる。

種人の血を吸った紅螨虫が、同じ口で健康な人の血を吸いに行けば、それだけで感染の媒介となる。

「一度病を媒介した紅螨虫は二、三日で死ぬから、同じ個体が際限なく病を媒介することはないが、この虫を介すると発症が早くなる。早々に元を絶たなきゃ同じことの繰り返しになるぞ」

瓶の中の爪よりも小さい虫を眺めながら、飛揚は続ける。

「誰もこんな小さな虫に警戒なんかしてないだろうし、民家はおろか、王宮にだって入り込んでいる可能性がある。病に王も平民も関係ない。感染者は膨大な数になるはずだ。もはや国家の存続にかかわる事態だと言っても過言じゃない」

琉劔は無意識に息を呑んだ。国家の存続。その言葉の重みを、おそらく自分が一番よくわかっている。

重苦しい空気の中、不意に何かが床に落ちる音がして、皆がそちらに視線を向けた。

「ごめんなさい！」

細（ささめ）の手から落ちた茶碗が、床の上で歪に割れている。彼女はすぐに片付けにかかったが、その顔色は青白く、茶碗の欠片を拾う指は微かに震えていた。

「どうかしたか？」

平静には思えず、琉劔は尋ねる。これから丈国は未曽有の騒動になるだろうが、闇戸（くらと）にいればかかわることもないはずだ。

「琉劔、機会がなかったので話しそびれていたが……」

答えに詰まっている細の代わりに、飛揚が告げる。

「細は、丈国初代王、丈魯紗（じょうろしゃ）の娘、栄那（えいな）だ」

四、

幼い頃から母には、あんたは父さん似だねと言われていた。

物心つく頃には、すでに故人となっていた父の性格を、細はよく知らない。母曰く、神経質で、少し気が弱くて、責任感だけは人一倍背負ってしまう人だと。私に似てりゃ、些細なことで悩まずに済んだのにね、と言って、母はよく頭を撫でてくれた。

夫の父から望まれて族長を継いでからも、母の周りには人が絶えなかった。悩み相談も、喧嘩の仲裁も、皆母を頼ってくる。まるで千芭（せんば）族の丹内仙女（にないせんにょ）だねと言われて、ふくよかな体だった母は、仙女とは似ても似つかないよと、豪快に笑った。

大昔に分かれたという黄芭族と、再びひとつの国を作ろうと決まり、母が初代王に選ばれたときはとても誇らしかった。幼馴染だった安南をはじめ、多くの人が褒め称えてくれて、自分のことのように嬉しかったことを覚えている。

しかし母は、即位後一年を待たずに病に倒れ、息を引き取った。あの頃の細には為す術もなく、ただ熱を出して苦しむ母の汗を拭うことしかできなかった。

母の土葬が済んでまもなく、母の幼馴染である円規たちに呼ばれ、丈国王に立候補しないかと打診を受けた。どこの誰かわからない者を出すより、魯紗の娘の方が求心力があるので、黄芭族からも支持を受けられるだろうと。当時まだ二十歳になったばかりの細に、王になる自信など微塵もなかった。母と自分は違うのだから、同じことを求められても困る。そう思って一度は断ったが、毎日代わる代わるどうしてもと頭を下げられて、無下にできなくなった。

仙女様は初代王に魯紗を選んだ。その娘を慈しまぬはずがない。

最後は円規に説得されて、ついには折れてしまった。

できぬものはできぬと突っぱねればよかったのに、どこかで驕りのようなものがあったのかもしれない。

「結局私は二代王を決めるための『神託の儀』に、今の丈王である牟西さんと一緒に参加したの。でもどちらにも女神の羽根は落ちなかった」

夜が明け、闇戸（くらと）の中にも徐々に陽が差し始めた頃、外で焚火を囲み、細はぽつりぽつりと琉劔（りゅうけん）たちに語った。

「それまで私を自信満々で推薦してたくせに、やっぱり無茶だったんだとか、小娘がいきがるからだとか、そんな声も聞こえてきて、どんどん居場所がなくなっていった。一年後の『神託の儀』でまた選ばれなかったら、今度は何を言われるんだろう。そんなことばっかり考えて眠れなくなったし、食事も喉を通らなくなって、ある日逃げるように集落を出たわ。そこから先は、皆の知ってる通り」

今まで絶対に人前では取らなかった手袋を、細はゆっくりと外した。露わになった手の甲には、成人を示す流水文様の刺青がある。それは丈国になる以前から、千芭（せんば）族と黄芭族に伝わる風習だ。

「飛揚（ひよう）には話してたのか」

琉劔の問いに、細は気まずく頷く。

「来たばかりの頃は手袋をしていなかったから、他にももしかしたら勘づいてた人はいたかもしれない。……でも私がどこの出身でどんな人間だったかなんて、ここの暮らしでは必要のないことだと思ってたし、だからこそ皆にはちゃんと話さなかったの。この種毒の騒ぎがなければ、ずっと明かさないでいたかもしれない」

つまりそれほど、自分にとっては封じておきたい記憶だった。

「……黙ってて、ごめんね」

「……いや、一歩間違えば、俺も細の立場になっていた可能性がある。そう考えれば、自分の出自を詳らかにしたくない気持ちは、わからなくもない」

火にくべた枯れ枝の爆ぜる音を聞きながら、琉劔が静かに答えた。細は、彼が初めて闇戸に来た日のことを思い出す。自分にとっても彼にとっても、闇戸という逃げ場所があったことは幸いだ。

「俺も別に、細の出自がどうとか今更気にしないんだけどさ……、丈国の現状を知っちゃった分、このまま無視しててていいのか戸惑ってる感じかな」

日樹が偽りない本音を吐き出す。まさに細も今、同じような気持ちだった。

「あの……絶対無理だろうなとは思うんですけど……」

恐る恐る慈空が手を挙げて、口を開く。

「杜人の血薬っていうのを、分けてあげるっていうのは……」

「お前ならそう言うと思った」

間髪を容れずに琉劔が言って、息を吐く。

「丈国にどれくらいの民がいると思っている？　一人二人の知り合いを救うのとはわけが違うんだぞ。杜人からどれだけ血を搾り取るつもりだ」

「ですよね……」

苦く笑う慈空を見て、優しい子なのだな、と細は思う。

だがその優しさで、すべてが救えるほど甘い世の中でないことも知っている。

「そもそも杜人の血から作った薬なんて普通の人は嫌がるし、量産できるほどの道具もないんだ。注入方法も蝓蛭を使うから、受け入れられないだろうしねぇ」

日樹が空を仰いで、ぼやくように言った。

――どうすればいいのだろう。

細は、焚火の炎に目を落として思案する。

幼馴染の安南をはじめ、親しくしてくれた集落の人々の顔が脳裏をよぎる。そもそも自分は、彼らを助けたいと思っているのか、このまま見捨ててもいいと思っているのか、その判断すらわからなくなっていた。闇戸の暮らしに馴染んで、杜人と生きていくことを決めて、ようやく故郷のことを忘れてしまえそうだったのに。

「今丈王は、仙川の川違えの件で視察に出ていて王都にはいない。周弖という町にいるはずだ」

琉劔が長い足を持て余すように組み替える。身支度が苦手な彼は、革長靴の紐がうまく結べず、どちらか一方の紐が極端に長かったり、結び目が団子のようになっていたりと、妙な結び方をしている。

「おそらく現状を把握できていないだろう。おまけに周弖は、反対派の本拠だと聞いている。引き止められて王都に帰るのが遅れれば、反対派の思うつぼになるだろうな」

王は、国府の指揮系統における頂点だ。すべての民が罹患する恐れがあり、まして死亡する可能性が高い疫病が流行っているとなれば、一刻も早く王都へ戻らねばならない。

「……周弖の反対派……、もしかして、『白奈の者』？」

細が問うと、琉劔は蒼の双眼を持ち上げた。

「知ってるのか」

「主導してるのは円規さんよ。母の幼馴染だった人。……私を、王に推した人。周弖の町は、私の故郷なの。母が王になってからは、王都に引っ越したんだけどね」

闇戸に居ついてからしばらくは、闇戸に一番近い町から手紙を出して、安南と連絡を取っていた。しかしそれも、新しい生活に慣れるにつれて頻度が落ち、結局こちらの居場所は告げぬまま途絶えさせた。

「牟西さんが王になったときの初勅ってね、丹内仙女の拝所を減らして、毎日のようにあった祭祀をまとめることだったの。そのせいで随分、恨まれたみたいだよ。神に選ばれてないのに無理矢理王になったっていう噂も相まって、円規さんたちは相当怒ってたって聞いてる」

安南から手紙で知らされる故郷の出来事は、すでに遠い異国の噂話のようだった。それでもその話を聞いた時、当時の自分には到底用意できなかった覚悟を、牟西はすでに持っていたのだと思い知った。

「……牟西王は、父親を亡くして以降、すべてにおいて神を理由に物事を決めることに、疑義を持つようになったと言っていた」

傍らに置いていた剣を摑んで、琉劔は立ち上がる。

「俺にはその気持ちがわかる。このまま捨て置くには惜しい王だ」

「え、もしかして助けに行く気?」

驚いたように、日樹が彼を仰ぐ。

「他国のことには手出し無用でしょ?」

「暁瑞での借りを返しに行くだけだ。牟西王を王都に帰す。それ以上手を貸す気はない」

「え、ちょっと待ってよ――」

剣を帯に差し、琉劔は踵を返して歩き出す。その後ろを、慌てて日樹が追いかけて行った。

「……暁瑞での借りって、何かあったの?」

細が残された慈空に問うと、彼は少し言いにくそうに苦笑する。

「ちょっと……いろいろありまして。偶然里帰り中だった牟西王に、助けてもらったんです」

彼の反応を見る限り、大方また琉劔が騙されて大金を支払いそうになったとか、そんなところだろう。

「冷王だという話ですが、私にはそうは見えませんでした。少しぶっきらぼうですが、優しい御方だと……。確かに初勅は、少し強引だったのかもしれませんけど」

慈空は確か、四神を信仰する弓可留の生まれだったはずだと、細は思い出した。神を拝む人の気持ちはよくわかるだろう。

「その頃拝所では、祀人が権力を持ってて、国から祭祀費はもらうのに、その収支は報告しなくていいとか、ちょっと管理の甘いところがあったんだよね。牟西さんは、そこをまず改善したかったんだと思う。私も強引だなと思ったけど、国の将来を見据えたら、きっと必要なことだった。堤の建設も、食料の配布も……、そして今やろうとしてる、川違えのことも」

なぜ自分に羽根が落ちなかったのか、今ならよくわかる。

ただ他人に言われるまま、乗せられるまま、手をあげたところで母の代わりになどなれない。こちらが望むほど、女神は優しくも愚かでもないのだ。覚悟もない甘え切った腹の底など、とうに見抜かれていただろう。

「私があの国を逃げ出した後、王を選ぶ二回目の『神託の儀』でも、羽根はどちらの候補者にも落ちなかったんだって。でも王がいないと国政は混乱する。玉座を空けておくわけにはいかないって揉めて、牟西さんが自ら、羽根を自分の肩に載せたって聞いた」

「自ら神を裏切ったんですか？」

慈空が驚いたように目を瞠る。

「うん。すごいよね。私には絶対にそんなことできなかった」

「それで王になって八年……」

「うん、八年」

「長い、ですよね……」

　慈空が噛み締めるように口にした。

　人によっては、それを短いという者もいるかもしれない。しかし一時の虚栄心で務められるほどの、生易しい時間でもない。

「琉劔さんと一緒に行かなくていいんですか？」

　虚を突かれて、細は慈空を見つめ返した。

「あの国は、細さんのお母様が創った故郷なんでしょう？」

　慈空は、自らの歩いてきた道を振り返るような眼差しで問う。

「守らなくていいんですか？」

　その言葉で、真っ直ぐに射抜かれた。

　一度は縁を切ったが、すべては自分の甘さが招いた結果に過ぎない。何よりあの場所には、母との思い出がある。友と過ごした景色がある。このまま耳目を塞いでやり過ごすこともできるが、本当にそれでいいのかと細が栄那に問いかけた。

　今の自分が何をできるかを考える。

　自分は杜人から、それを学んだのではなかったのかと。

「ねぇ、本当に行くの？」

闇戸では、どの家にも一定量の保存食が備蓄してある。それは冬などの食材が少なくなる時期に供えてというより、広大すぎる闇戸を移動するときや、外へ買い出しに出る際の携帯食といった意味合いが強い。

細の元を離れた琉劔は、季市の家で干し肉と、栄養があり保存がきく胡脂の実ももらい受けて、黙々と丈国行きの準備を整えた。そして飛揚のことで迷惑をかけたことについても、謝意を伝えた。すでに飛揚からも礼と謝罪を受けたという有佐たちは笑って許してくれたが、同じことは繰り返さないようにしなければならない。

「行く。心配しなくても、沈寧の時のように暴れるつもりはない」

「本当に借り返したいだけ？」

続けざまに問われて、琉劔はこちらの顔を疑い深く覗き込んでくる日樹に、改めて目を向ける。

「借りを返したいのは本当だ。だがもっと本音を言えば、たぶん見届けたいんだ。神に抗う王の結末を」

それはきっと、琉劔の未来でもあるのかもしれなかった。

「神を認めはしても、神に頼らぬ国を創ろうとしている王に、初めて会った」

弓可留の羽多留王ですら、民をまとめるために神を利用していた。為政者にとって、自分たちよりも遥かに尊く偉大な神は、自分の後ろ盾に据えておくのにこれ以上ないほど便利なものだ。それを牟西は、あえて自分から遠ざけようとしている。

「牟西は子どもの頃に父親を亡くしている。誰もが彼を『お前の父は女神の元に召されたのだ』と言って慰めたが、牟西はそれに納得できなかったらしい。ならばどうして神は、自分から父を取り上げたのかと」

同じようなことを、琉劔もかつて慈空に尋ねている。

なぜ四神は、弓可留を救わなかったのか。

「女神の元に召されるという言い方が、悲しみを軽減させるための方便だったとしても、都合の悪いことはすべて神のせいにする癖がついたらどうなる？　自分たちの一挙手一投足に、向き合えない人間を創り出すだけじゃないのか」

この世には、強い人間だけがいるわけではない。

誰かの後ろで身を縮めて、自信もなく、口を閉ざして生きる弱い者もいる。そういう者にとっては、神はこの上ない拠り所だろう。拠り所であり、自分が到底持ちきれない責任を、なすり付ける相手にもなりうる。

「……ただ俺は、すべての神を嫌悪してるわけじゃない」

琉劔は視線を落として口にする。この世には国ごとに、信仰する者ごとに神が存在する。スメラもその中の一柱だ。神と人がどういう関係を築くことが理想なのか、琉劔も未だ答えにはたどり着いていない。

「わかってるよ。琉劔が嫌いなのは神じゃなくて、それを私欲に利用する人間でしょ」

「そうだ。でもそれがとても極端な思想だということも理解している。斯城国の国教廃止が上手くいったのは稀な例だ。丈国で政と神を切り離すのは難しいだろう。だが牟西はそれをやろうとしている。私欲ではなく、国と民のために」

おそらく彼は、普通の人よりずっと先の、国の将来を見据えている。小さな子どもが家族を持って、その孫が生まれるくらい先の未来だ。その頃の丈国を思い描いて、今の行動に繋げている。

かつて彼の父が、そうであったように。

「あの王が、丈国をどんなふうに変えるか見てみたい」

木々の隙間から差し込む朝陽が、琉劔の半身を日金色に染めていた。

持ち上げた双眼に迷いの彩はない。

日樹がやれやれと息を吐いて、しょうがないな、と首の後ろに手をやる。

「そこまで言われちゃ反対できないよ。飛揚さんは俺が見てるから、行っておいでよ。紅蟎虫に嚙まれないように、虫除けも香のやつと体に塗るやつ両方渡しておくから」

「お前は来ないのか？」

予想外の展開に、琉劔は拍子抜けして瞬きする。

いつもの流れなら、日樹も一緒について来るのだが。

「俺より周弖への道に詳しい人が行くだろうから、そっちに任せるよ」

日樹が肩をすくめて振り返ると、琉劔たちのあとを追ってきた細が、ちょうど小道から駆け出してくるところだった。

「琉劔！」

慌てて走って来たらしい彼女は、息を整えるのも惜しむように叫ぶ。

「私も一緒に行く！」

艶やかな緑の葉に、清々しい朝の光が躍っていた。

五、

牟西の故郷である暁瑞から周弖へは、黒鹿で移動してちょうど丸一日かかる。九日前、王都を出発する際には何も変わったことはなかったが、周弖へ到着した次の日、太州司と町長を交え、川違えについての詰めの協議に入ろうとした頃に、王都からの事葉がその緊急事態を伝えた。

「王都の民の約半数が高熱や、痙攣を起こしており、家族全員が寝込んでいる家も珍しくありません。そのため店も開かず、薬はおろか食べ物も手に入らない状況で、町が機能しなくなっているとのこと。これまですでに十七人が亡くなり、この知らせを書いている時点で、八名の死亡が伝えられたと……」

侍従が読み上げる伝紙を、牟西は奪い取るようにして目を走らせた。

「……どういうことだ」

伝紙には、藍撞の書判がある。見慣れた太政司の手だ。多少のことには動じない男が、ここまで逼迫した状況を伝えてくることが異常事態に拍車をかけていた。

「出発するときは、そのような兆しはなかったと思うが……」

「何かの間違いではありませんか？」

「墨熱が出たという話が大袈裟に伝わっているのでは――」

「藍撞が事実も確認せずに、こんな手紙を寄こすはずがないだろう！」

視察に同行した役人たちがぼやくのを、牟西は一喝する。暁瑞で五日過ごして周弖へやって来た自分と違い、役人たちは一昨日王都を出ている。それでも気付かなかったとなれば、この二日の間に一体何があったのか。

「主上！　王都より火急の使者が参りました！」

部屋の入口で、慌ただしく近衛兵が立ち回り、早鹿を飛ばしてきたとみられる使者役の男が、肩で息をしながら倒れ込むように膝をついた。

「申し上げます……主上……今すぐ王宮へお戻りください……！」

懇願する顔は赤く、ひどい汗をかいているのがひと目でわかった。舌がまわっておらず、口も開きにくそうにしていてぎこちない。朦朧としているのか、今にも床に倒れてしまいそうなほど体が傾いでいる。

「おい、しっかりしろ！」

傍にいた近衛兵が、腕を摑んでどうにか彼の体を支えた。

「もはや王都には……死体が転がる有様……どんな薬も……効かぬと……」

荒い息の合間にそう告げ、男は悔しそうに涙をこぼした。

「太政司も……罹患されました……」

「藍撞が!?」

背中が粟立つのを、牟西は感じた。

「太政司だけではなく……王宮内でも多くの者が……。どうか、早く……お戻りください……」

男は最後の力を振り絞るようにそう告げると、そのまま意識を失って床に倒れ込んだ。

「休ませてやれ」

牟西の指示に、その場にいた近衛兵たちが、手分けして男を担いでいく。

「……一体何の病だ」

牟西は呆然とつぶやいた。この短期間に、死人が出るほどの病が爆発的に流行るなど聞いたことがない。いや、もしかするともっと以前から、その芽は出ていたのか。

「川違えの件は後日改めて話し合いたい。私は王都に戻る」

今はとにかく、機能しなくなっているであろう王都の指揮系統を取り戻し、病人の治療を進めるのが先だ。牟西はそう告げるとすぐに部屋を出て、外に向かう。

「黒鹿を引け！」

いつもと同じようにそう命じたが、それを受けるべき下男の姿が見当たらない。王の身辺警護にあたるはずの豪人（たけひと）の姿もなかった。背後で扉の閉まる音がして振り返ると、先ほど出てきた部屋の扉が閉められたのだとわかった。部屋の中からは、何か言い争うような声が聞こえる

――なんだ？

何かがおかしい。

違和感に気付いて牟西（むさい）が腰の剣に手をかけながら目線を戻すと、先ほどまで誰もいなかったはずの場所に一人の男が立っている。

「ついに丹内仙女（にないせんにょ）からの罰が下ったようだな」

嬉々としてそう言ってのける彼の名を、牟西は口にする。

「……円規（えんき）」

『白奈（はくな）の者』を先導する彼とは、王になる以前から魯紗（ろしゃ）の側近として顔見知りだ。あの頃は魯紗を支える少々堅物な男という印象しかなかったが、今こうして対峙すると、顔色は悪く、眼光だけがやたらと鋭い印象だ。血色のない唇が、愉快そうに吊り上がっている。

「神に選ばれていない王が大きな顔をして、川まで動かそうとするから、ついに女神がお怒りになって疫病をおろしたんだろう」

周弖（しゅうてい）の町は彼らの本拠だ。顔を合わせることがあっても不思議ではないが、ここまで

乗り込んでくるとは思わなかった。

「この病が、女神の怒りだと？」

「そうだ怒りだ。呪いだよ！」

「ならばどうして私だけを罰しない？　なぜ女神の御子たる罪なき民まで巻き添えになる？　神とは、それほど冷徹なものなのか」

牟西の言葉に、円規が忌々しげに顔を歪めた。いつの間にか周囲には、円規の仲間と思われる者たちが、牟西を取り囲むように姿を見せている。豪人や下男をここに近づけないようにしたのは、彼らだろう。牟西がここを訪れたときから、そのつもりだったのか。

「自分の罪だと認めろ。そして民の前で許しを請うて平伏しろ。神の意思に反して玉座に上るなど、決して許されることではない！」

円規が口の端から泡を飛ばしながら叫んだ。

牟西の脳裏に、八年前のあの日、自ら白奈鳥(はくなどり)の羽根を肩に載せた光景が蘇る。ならばどうすればよかったのかと彼に問うたところで、光明ある答えなど返ってくるはずもない。せいぜいまた仕切り直して『神託の儀』をやり直せばいいと言うくらいだろう。

それではだめだ。

だめだったのだ。

二度と栄那のような、犠牲者を生まないためにも。

「いくらでも認めてやろう。それで民が救われるのなら、何百回額を土につけてもかまわない」

自分の首など、とうの昔に神に差し出したのだ。

見栄も体裁もなにもかも、今更取り繕ったところで何が変わるというのか。

「しかし今は、そんなことを言い争っている場合ではない。一刻も早く王都へ戻り、この混乱を鎮めるのが私の役目だ」

毅然と言い切った牟西の言葉に、周囲の者が気圧されるように後ずさる。

「え、円規さん……」

若い男が戸惑うように声をかけたが、円規は聞き捨てた。

「私は王都に戻る。邪魔をするな」

円規の脇をすり抜け、牟西は黒鹿を繋いである鹿庫に向かう。しかしその直後、頭に強い衝撃を受けて体が傾いだ。視界がまわり、足が萎えて力が入らない。殴られたのだと気付いた時にはもう、体は地面に倒れ伏していた。

「王の座を下りると言うまで、この地から帰れると思うな！」

「円規さん、やりすぎですよ！」

「うるさい！　適当なところに閉じ込めておけ！　絶対に逃がすな！」

「そんな……！」

薄れゆく意識の中で、そんな会話を聞いた気がした。

黄芭族と一緒に国を創ろうと思う、という話を幼馴染の魯紗から聞いた時、円規は即座に無理だ、と答えた。そもそも黄芭族は、仲違いをして千芭族から分かれた者たちであり、それから百年ほど経過しているとはいえ、今でも決して仲が良いとは言えない。ひとつになって国を創るなど、夢のような話だと。

「しかしこのままでは、そのうち乱立する周辺の国に取り込まれてしまう。そうなったとき、丹内仙女を信仰することが許されるかどうかわからない。それならば同じ女神を崇める者同士、手を取り合った方がいいじゃないか」

魯紗は事も無げにそう言って笑った。

彼女は幼い頃から、何かと無茶をする奴だったのだ。年上の男たちを押しのけ、どんなに流れの早い川でも臆せず飛び込み、熊や猪がうろつく山にも、鉈一振りを携えただけで分け入ってしまう。弱き者を庇い、強い者に納得するまで楯突くことを厭わなかった。

結婚して子どもを産んでもその気性は変わらず、夫を亡くしてからは族長の座を継いだ。黄芭族の長のところへ単身乗り込んだと聞いた時も、肝が冷えはしたが、結局あいつらしいと思った。何をも恐れず、先頭に立って風を切って走る彼女に、どこか憧れてすらいたのだろう。男女という性別を超えて、人として惹き付けられるものがあった。

王になるべき素質というものがあるのだとしたら、それは間違いなく彼女に備わっているだろうと。

だからこそ、あっけなく死んでしまった時は、悔しかった。

悲しい。辛い。それよりも、ただ悔しかった。

これから彼女は稀代の女王になるはずだったのだ。千芭族と黄芭族を再びひとつにし、神に選ばれた英雄になるはずだった。

「王を監禁するなど、話が違うぞ！」

周弖の町長である路江の声を耳にして、円規はそちらを振り向いた。

「少々脅すだけという話だったろう？　従者や豪人が大人しくしているとでも思っているのか⁉　全員がこちらの味方ではないのだぞ⁉」

「全員縛って閉じ込めてありますから、御心配には及びません」

円規が確認するように目を向けると、実際に彼らを小屋や納屋に閉じ込めた仲間たちが、緊張した面持ちで頷いた。

「ここまでやってしまえば、もう後には引けんぞ。牟西をどうするつもりだ？」

『白奈の者』の構成員の一人である路江が、疲れたように目頭を揉む。

「玉座から引きずり下ろす気か？」

「……そのつもりだ」

円規は低く口にした。

「引きずりおろしてどうする。またこの国に虚ろの玉座を作る気か？」

「また新たに王の候補者を出して、『神託の儀』をやればいい」

「それで三度（みたび）羽が落ちなければどうする？」

畳みかけるように問われて、円規は口をつぐんだ。そんなものはやってみなければわからない。

「では逆に訊くが、路江さんたちは牟西を認められるのか？　初勅を出した時にはあんなに怒ってただろ？　神をないがしろにする気かと言ってたじゃねぇか。その後、あいつが神に選ばれてないっていう話が出た時には、今すぐ王を選び直せと息巻いていたくせに」

円規に詰め寄られて、路江は苦い顔で目を逸らした。

どいつもこいつも。

千芭族には腑抜けしかいなくなった。

円規を中心に、『白奈の者』が結成されて八年。はじめこそ勢いも情熱もあったが、ここ二、三年の間に、一人また一人と櫛の歯が欠けるように仲間はいなくなり、今では最盛期の三分の一にも満たない。

丹内仙女（にないせんにょ）の神託を大事にせよと言っているだけなのに、どうしてこうも話が通じなくなってしまったのか。

「魯紗が死んだときのことを忘れたのか!? あんなに悲しんで、あんなに惜しんで、偉大な王を亡くしたって皆泣いてたのに、なんでその足元にも及ばない男を王だと崇めないといけねぇんだ！」

この国の玉座には、民に向かって堂々と胸を張れる者が座るべきだ。

そうでなければ、魯紗に申し訳が立たない。

「……玉座から降りることを、牟西が了承しなかったらどうする」

諦めるような息をひとつ吐いて、路江が円規に尋ねた。

「自分で言ったんだろ、路江さん。もう後には引けねぇんだよ」

そう言って円規は部屋を出た。

もうすぐ陽が沈む。そうすれば夏のような暑さだった昼間が嘘のように、秋の気配が濃厚になるだろう。

西の天蓋には、太陽に置いて行かれた薄い月が、所在なく佇んでいた。

父が薬草を採りに行くのは、決まって早朝だった。

まだ夜が帳を降ろしている、朝とのほんのわずかな境目。

東の空端が、朝露を纏う玉果よりも鮮やかな浅紫に染まり、その中に日金とも月金ともつかない色の星が滲んでいく時刻だ。初めてそれに同行した時、牟西はその大胆で密やかな空の染まり具合に、ただ呆けたように見とれていたことを覚えている。

　牟西の父は、町でも評判の薬師だった。ともすれば水の神である側面だけを強く捉えられがちな丹内仙女（にないせんにょ）を、薬の神として深く信仰し、この地方に伝わる薬は、すべて仙女によってもたらされたものだという言い伝えを信じていた。だからこそ、薬の原料となる草や葉、樹木の皮を採りに行くときも、必ず仙女に祈りを捧げる。薬が効いて、誰かの命を救った時も、私ではなく丹内仙女に礼をと、笑って言う人だった。『百丸（ひゃくがん）』作りが上手く、傷に効く軟膏作りも得意な人だったので、父が生きていれば、この顔の傷ももう少し目立たなくなったのかもしれない。

「きっとお父さん以上の薬師はいないね」

　幼い牟西が無邪気に言うと、父はいつもありがとうと言って笑ってくれたが、早朝に薬草を採りに行ったあの日だけは、違う言葉を口にした。

「さあ、それはどうかな？」

　いつもの頼りになる父の顔ではなく、まるでこれから宝の在処を告白する少年のような顔で、父はある場所に目を向けた。

「このあたりの薬師には秘密の言い伝えがあるんだよ」

　父は、少し声を潜めて口にする。

「『外の薬師は仙女の二番弟子』」

「にばんでし？」

「そう。丹内仙女の一番弟子は、あそこにいる」

父の視線を追いかけた牟西は、まだ夜闇の中に天空までそそり立つ巨大な御柱を目に留めた。ここから黒鹿に乗っても、闇戸へ辿り着くには一日以上かかるというのに、あまりに巨大すぎて、むしろ近くにあるようにすら思えてくる。

「杜人の薬の技術は、とても素晴らしいものだと聞いたことがある。残念ながら、私はまだこの目で見たことはないけれど、闇戸の中で暮らす彼らには、きっと私たちの知らない知恵があるのだろうね」

決して近づくなと教えられた御柱を、牟西は改めて見上げた。杜人は蛮族。愚かで、狂暴で、決して関わってはならないというのは、この辺りでは当たり前の教えだった。だからこそ、父がそんなことを言うのが牟西には不思議でならなかった。

「いつか一番弟子に、教えを請える日が来るといいんだけれど」

そう言う父の横顔を、昇り始めた朝日が染め上げていた。

目が覚めた時には、すでに窓の格子越しに星明りが差し込んでいた。

頭に鈍い痛みがあるが、それとは別に、息苦しさと熱っぽさがあった。手が動かないのは、後ろ手に縛られているからだ。同様に足も縛られており、粗末な蓆の上に寝かされていた。周囲には積み上げた藁や、鹿に与えるための餌の束、その他に桶や木箱などがある。おそらく納屋のようなところだろう。耳を澄ませてみても、秋を招く虫の音が聞こえるだけで、話し声などは聞こえない。人家からは離れた場所なのだろうか。

　牟西は壁に寄りかかるようにしながら、なんとか体を起こした。頭を殴られた以外に傷はなく、縄さえ解けば何とかなりそうだった。今回視察に同行した者は、役人や豪人を合わせて三十名ほどだったと思うが、その中に『白奈の者』への内通者がいたのだろう。そうでなければ、示し合わせたように牟西だけ孤立させられないはずだ。

「……しかしまさか、こんな手段に出るとはな……」

　藍撞には禁軍を一部隊連れて行ってもいいと言われたが、たかだか国内の町に行くのにそこまで大袈裟にはできないと、断ってしまったのが仇になった。そもそも、王の行幸にしては供の数が極端に少ないのだ。それはできる限り大仰にしたくないという牟西の意向からだったが、相手にはそれを利用されてしまった。

「私を玉座から引きずりおろしたところで、何になるんだ……」

　壁に背を預け、牟西は闇に沈む天井を仰ぐ。自分が王の座を辞することで民の暮らしが豊かになるなら、いくらでもそうしよう。しかしそんなことはあり得ない。王がいなくなれば、また国政は不安定になるだけだ。ただ、円規の想いもわからなくはない。誰より魯紗を慕い、魯紗王を尊敬していたのは彼なのだから。

牟西はひとつ息をついて、縛られている手首を動かした。縛った者が遠慮したのか、それとも不慣れだったのか、少々縄が緩い。そして縄自体も使い古されたものなので、耐久性はさほどないと思われた。牟西は少しずつ手首を動かして縄を緩め、一刻かからないうちに縄から手を抜くことに成功した。皮膚が剝けて血が滲んでいたが、今は些末事だ。続いて足の縄も解き、格子の窓から外を窺う。おそらく扉の方には見張りがいるだろう。出られるとすればここからになる。牢とは違い、もともと人を閉じ込めておくための場所ではないので、壊そうと思えば方法はあった。

牟西は格子に使われている木材を摑み、音を立てないよう慎重に上下に揺さぶった。するとと軽い衝撃のあとで、格子があっけなく外れる。周弖の町は、貧しいわけではないが裕福でもない。たかだか納屋に、金のかかる頑強な作りなど求めはしないのだ。

四本の格子をすべて外した牟西は、そこから外に出た。草むらに降り立つと、上機嫌に鳴いていた虫が驚いて、羽音を立てながら飛んでいく。王がいなくなって、探している連中もいるはずだ。そこと上手く合流できればいいが、今は誰が味方で誰が敵かもわからない。一人で動いた方が、危険は少ないのかもしれなかった。

「……行くか」

つぶやいて、牟西は周囲を窺いながら走り出した。まずは円規たちに見つからないうちに、この町を出ることだ。黒鹿を探している時間も惜しい。その間に見つかってしまう可能性もある。朝に隣町に着くことができれば、そこで一頭くらいは調達できるだろう。

民家の壁越しに、追っ手が来ないかどうかを確認して、牟西は服の襟を合わせ直した。陽が落ちて冷えるのは想定内だが、どうもそれ以上に寒気がする。息も切れるのが早く、体は重い。熱があがっているのかもしれなかった。

「どうか、もってくれ……」

萎えそうな脚を叩いて、牟西は再び走り出した。

民家の間に身を潜ませながら、どうにか西へ抜ける道に出たが、にわかに背後が騒がしくなって、牟西は道沿いの林の中に身を隠して振り返る。松明の灯が揺れ動き、人が慌ただしく行き来しているのが見えた。おそらく、牟西がいなくなったことが発覚したのだろう。せめて夜明けまでもつかと思ったが、予想以上に展開が早い。

牟西は、樹の幹に背を預けたまま息を整えた。

王都に戻るためには、何としても逃げ延びなければならない。

寒気のする体を起こして、林の中をできる限り走って西に向かう。落ち葉や地面の窪みに何度も足を取られて転び、草をかき分ける手を何カ所か切ったが、今はその痛みより走る意志の方が勝っていた。

少し距離を稼いでは、身を隠して追っ手が来ないかを確認することを繰り返し、牟西は木々の間を移動する。しかし次第に目がかすみ、足が痙攣してうまく動かなくなってきた。寒いと感じているのに、頭だけは熱がこもるような不快感がある。そのうちよろめいた拍子に、木の枝を摑み損ねて斜面の方へ滑り落ちた。幸いそれほど高さはなかったので大きな怪我はなかったが、体調の悪さがここにきて一気に覆いかぶさってくる。

——もういいか。

仰向けに倒れたまま、牟西はぼんやりと思った。

八年の間にやるべきことはやれたと思う。

そんなにも望まれていないなら、玉座を降りた方が民のためになるのか。

所詮神に選ばれていないなら、この国では王を名乗ることを許されない。

そんなことはわかっていたはずだったのに。

わかっていて選んだはずだったのに。

重なり合う木々の枝葉の隙間から、零れ落ちそうな星空が見える。父を亡くして以降、女手ひとつで自分を育ててくれた母も、牟西が王になるのを見届け、六年前に病でこの世を去った。彼女は牟西が神に選ばれた王だという嘘を信じたまま亡くなった。母を見送ったあの日も、月金色の光は変わらずそこにあった。死んだ者は丹内仙女の元へ行ったのだと言われるよりも、あの光のひとつになったと言われる方が、いくらか納得できる気がした。

少しだけ目を閉じて、牟西は深く呼吸する。

暗闇の中から伸びてくるいくつもの手が、もっともらしい理由をつけて牟西をその場に留めようとした。

もう疲れた。

怪我をしている。

熱も出ている。

一人では所詮、追いつかれるのも時間の問題だ。

――しかし。

しかしと、虚空に反論して目を開ける。

皮が剝け、切り傷に血は滲み、汚れた自分の掌を星明りにかざした。

まだこの手が届くなら、守らねばならないと、もう一人の自分が言う。

それが父との約束だ。

「――見つけたぞ、牟西」

暗闇の中で、獣のような声がした。

地面に手をつき、どうにか体を起こした牟西は、その先に剣を構える円規（えんき）の姿を見つけた。よくここがわかったなと、素直に感心する。できるだけ人の通る道は避け、偶然とはいえ斜面すら滑り落ちたのに。

「円規さん！」

彼の後を追って、続々と『白奈（はくな）の者』の仲間が到着する。松明や灯火器に照らされて、林の一角がにわかに明るくなった。

「たった一人で逃げられるとでも――」

「円規」

抜き身の剣を握る円規の言葉を遮って、牟西は尋ねる。

「お前が望む王とは、どんな王だ？」

円規が戸惑うように眉をひそめた。

「どんな王であれば、お前は認める？」

続けざまに問われて、円規は言葉を探しているようだった。

「……当然、神に選ばれた王だ」

「神に選ばれてさえいれば、どんな王でもいいと？　私欲を貪り、無辜の民を殺すような暴君ですら認めると？」

「そのような者を、神がお選びになるはずがない！　現に魯紗は――」

「そうだ。秋魯紗は、丈魯紗は偉大な王だった。しかし私を引きずり下ろした後の王が、魯紗ほどの手腕を持つかどうかは誰にもわからぬ。それでも神に選ばれてさえいれば、納得できるのか。もしもその王に死ねと命じられたら、お前は神の意思だと受け入れて従えるのか？」

牟西は荒い息の合間に、振り絞るように声にする。

「円規……、もう魯紗はいない」

見開いた円規の瞳に、灯火器の明かりが揺らめく。

「魯紗の代わりもいるはずがない。実の娘だって、魯紗にはなれない」

それは憧れか心酔か。

牟西だから憎かったわけではない。誰が王になったところで、たとえ神に選ばれていたところで、円規は必ず異を唱えただろう。

彼が求める王とは、魯紗以外にあり得ないのだから。

「……黙れ」

剣を握る手に力を込めて、円規がゆっくりと牟西との距離を詰める。

「神を裏切って玉座についたお前に何がわかる……。多くから望まれて、お前しかおらぬと期待されて、神にすら請われて王になった魯紗を惜しんで何が悪い」

「惜しむことが悪いと言っているのではない。ただ他者に魯紗を重ねるなと言っている」

「黙れ！」

力任せに振り下ろされた円規の剣が、すんでのところで避けた牟西の耳をかすめた。土を抉った剣は、再び振り上げられる。

「偉大な王を、誰もが認める偉大な王を、今や皆が忘れていく！　あれほどの才と手腕を持つ王の跡を、どうしてお前のような者が継げる⁉　どうしてお前が同じ『丈（じょう）』の姓を名乗れる⁉」

悲しみと怒りに彩られた双眼が、牟西を捉えていた。

「この国に病を流行らせたのはお前の罪だ！　仙女からの罰だ！　それを認めて平伏し、

命乞いをしろ！」

鈍く光る剣の切っ先を、牟西は見上げる。

なぜだか恒佑の顔が脳裏をよぎった。

父が守った命のその先を、この目で見届けられぬことが心残りだった。

しかし瞬きの間もなく、そこにもうひとつの刃が割り込む。

「――他国の信仰に口を出す気はないが」

目の前で、派手な髑髏柄の上衣が松明の灯りに照らされて翻った。

虹のように光る螺鈿の鞘に入ったままの剣で、円規の剣を難なく受け止めて彼は問う。

「お前は神に何を望んでいる？」

ひとつに結った髪に交じる、彼の真っ直ぐな感情を示すような緋色。

「祈れば川は暴れないか？　祈れば死んだ者は生き返るか？　祈れば……民が飢えぬ国が勝手に出来上がるか？」

「だ、誰だ貴様！」

そう叫ぶ円規の腹に、彼は強烈な蹴りを食らわせる。その衝撃で円規が剣を手放し、腹を押さえて倒れ込んだ。彼の仲間が駆け寄ろうとしたが、男に怯んで前に出られない。

「今この国に蔓延る病が本当に神の罰だとすれば、なぜ神は八年も黙っていたんだ。随分気が長い神だな」

吐き捨てるように口にする彼の後ろ姿を改めて眺め、それが暁瑞の町で会った若い男だと、牟西はようやく気付いた。

「牟西王を玉座から引きずりおろしてどうする？　ここで殺してどうする？　自らが王になると手を挙げられなかった時点で、お前には責める権利などないことにどうして気付かない？」

牟西は息を呑んだ。

後ろ姿だというのに、この間会った時とは比べ物にならないほどの存在感がある。目を惹き付けられて逸らせなくなるほどの、何か強烈な覇気のようなもの。

「王になる覚悟を知らぬ者が、王殺しで満たせるものはなんだ？」

見据えられた『白奈の者』たちが、にわかに震え出すのがわかった。

まるで恐ろしい化け物か、人知の及ばぬものに出会ってしまったかのように。

「牟西王」

呼ばれて、牟西はぎこちなく背筋を伸ばした。

彼が名を呼んだというただそれだけで、なぜだかその場に平伏したくなるほどの歓喜が湧き上がる。

「俺には父との思い出がほとんどない。あなたのように、父から受け継いだ志もない。そんな俺からすれば、あなたの心は丈水山の湧水の如く清らかすぎて寒気がする」

こちらには目を向けないまま、彼は淡々と続ける。

「――しかしそれを貫くために、神にすら抗う覚悟は何より称えられるべきものだ」

半身振り返った彼と目が合う。

その瞳の色に、牟西の心臓が爆ぜるように鳴った。

「丈国には、あなたが必要だ」

あの日父と見た朝焼けが、日金の星を宿してそこにある。

「――細！　こっちだ！」

彼の呼びかけに、暗闇の中から一頭の黒鹿が躍り出た。その動きに合わせるように黒鹿の背から地面へ飛び降りた女性が、すぐに牟西へ駆け寄る。

「お前は……魯紗の……」

見覚えのある顔を、牟西は愕然と見つめ返した。最後に会った時よりも体つきは年相応にふっくらし、その瞳には強い意志が見える。

「行きましょう。王都までお送りします」

魯紗の娘に肩を貸してもらい、牟西は立ち上がる。

「待て！　牟西！」

叫ぶ円規に、彼女がどこか悲しげに目を向けた。

「円規さん、もうやめてください」

「お前……栄那か⁉」

牟西と同様、その顔を目にして円規や『白奈の者』にも動揺が広がる。

「母の代わりなんて誰にもできません。代わりをする必要もありません。私は母の複製品になることばかり考え、それを求められていたけど、丈国に必要な王は、二代目の魯紗じゃないんです！」

それだけをきっぱりと言い置いて、栄那は牟西を黒鹿へと連れて行く。

「ま、待て、栄那！」

追いかけようとした円規の視線を塞ぐように、剣を持った彼が立ちはだかる。

「質問の答えをまだ聞いていない」

円規の他は、もはや戦う意思のある者も、牟西を追おうとする者も皆無だった。

ただ茫然とその場に立ち尽くし、ある者は膝を突き、恍惚の中でむせび泣いた。

本当にいたのだと、誰かが叫んで叩頭する。しかもその神は、行方不明になっていた、偉大な初代王魯紗の娘を連れてきたのだ。

暁の双眼で、なお彼は訊く。

「お前の信じる神とはなんだ？」

牟西と細を乗せた黒鹿が、短く嘶いて走り出した。

六、

「『種毒』というんです。刺青を入れた時に、体に悪さをする『種』が体内に入ってしまって、そのせいで発熱や痙攣が起きる。通常であれば、病人の血液などを介さないと感染らないんですが、今の丈国では紅蟎虫が病を媒介し、発症を早めている可能性があります」

周弖の町から、ほぼ休憩もなく黒鹿を走らせる間に、細は今丈国を襲っている病についての説明をした。

「……その話、信ずる証拠はあるのか」

尋ねる牟西の声は、黒鹿の足音にかき消されてしまいそうなほど掠れている。

「……ご提示できる証拠はありません。ただ、私は王都を出てから、杜人たちと一緒に闇戸で暮らしています」

舌を嚙まないように注意しながら、細は少しでも黒鹿が走りやすくなるよう体を低くする。

「『種』というのは、杜人たちが名付けた生き物です。目に見えるものもあれば、目に見えないくらい小さいものもある。それが、私たちに干渉しているんです。……でも、残念ながら特効薬はありません。杜人は種毒にかからないので、薬自体がないんです」

ほんの少しの嘘を混ぜて、細は口にする。血薬のことを伝えてしまえば、事態をより混乱させてしまう可能性があった。

「祭の時に、私の友人が王都で紅蟎虫を見かけています。もしかしたら王宮にも入り込んでいるかもしれません」

牟西は何も言わなかった。熱で朦朧としているのか、それとも何か思うところがあるのかはわからない。いきなり杜人や『種』の話をされて、受け入れがたいのは当然だろう。細はそれ以上後ろに座る彼のことを考えることをやめ、ただ黒鹿を走らせることに集中した。

丈国王都である回嶺の町は、細が想像していたよりも遥かにひどい有様だった。町の門をくぐる前から、道端には倒れている者と死体が混在し、その間に蹲り、泣きもせず笑いもせず一点を見つめているだけの幼い子どもの姿もあった。

普段なら活気に溢れている町の中は、不気味なほど静まり返っており、民家の陰には、動かなくなった我が子を抱いて力なく座り込んでいる者の姿もある。逆に店舗が集まっている一角では、食料や薬を求める人々が徒党となり、扉や壁を壊して店舗内に侵入し、商品を根こそぎ奪っていく光景もあった。我先にと破壊し、目を剝いて罵り合い、店の棚板まで持ち去っていくその景色の中に、もはや秩序など見当たりはしない。

王宮の正門前まで黒鹿を乗りつけ、細はそこで牟西を降ろした。

「礼を言う。この借りは必ず返そう」

道中、わずかな休憩の間に牟西の切り傷や擦り傷は手当てし、種毒による発熱もあったため、気安めにしかならないとわかってはいたが、持参していた『麻六』を飲ませた。そのおかげか、周弖にいた頃より足取りが少ししっかりしたように感じる。しかしこの状態で指揮を執ることは、あまりに無謀だ。

少しでもいいから休んで欲しい、と声をかけようとして、細は言い淀んだ。

彼をここまで運んだのは、休ませるためではない。それを、誰よりも牟西がわかっているはずだった。

「……これを、お渡ししておきます」

考え直した細は、鹿を降り、『麻六』の入っている小袋を差し出した。

「ただの滋養薬ですが、ないよりはましかと」

細の差し出した小袋を見つめていた牟西は、一旦それを受け取り、自分の掌に中身を出した。小指の先ほどの黒い丸薬が、数粒転がり出る。

「……杜人の薬か」

「作り方はほとんど『百丸』と同じです。変なものは入っていません」

ややむきになって口にした細にちらりと視線を向け、牟西はためらう素振りもなくその場で一粒を飲んだ。そして小袋を、再び細の手に戻す。

「これで充分だ。あとは他の者に使え」

「でも……」

「杜人の薬だから拒否しているわけではない。それを飲んでから、少し痙攣がましになったように感じた。必要としている者が他にもいるだろう」

牟西は額の汗を拭い、襟元を直して踵を返し、今度は振り向くことなく王宮の門へ向かっていく。

細は、返された小袋を握りしめ、駆け付けた近衛兵に先導されて王宮内に入っていく牟西の後ろ姿を見送った。

改めて町の中を見てまわった細は、回嶺の町の西側にある、白の化粧石を敷き詰めた『白水敷』と呼ばれている広場の前で足を止めた。町で行われる祭や行事の際には、主な会場になる場所だ。しかし今はそこが、種毒で命を落とした者の安置所になっていた。蓆を敷いた上に横たえられた遺体は、優に三十を超えている。刺青を入れたばかりと思われる若者の姿もあるが、それより多く目についたのが、白髪が目立つ老人の遺体で、二十代前後の遺体は少ない印象だ。おそらく死体から感染することを恐れて、一カ所に集めようとしたのだろう。折からの暑さのせいもあって、一部では腐敗が始まり、蠅がたかっている。丈国で死者は土葬されることが主だが、おそらく罹患者が多すぎるせいで、墓穴の掘り手がいないのだろう。我が子と思しき遺体に縋って泣いている母親を、細はいたたまれない想いで眺めた。

決別した母国だが、そこに住む人々のすべてが憎かったわけではない。失われなくていい命まで、散ってしまえとは思わなかった。

「……栄那？」

その場に立ち尽くしていた細は、聞こえてきた声に一拍遅れて振り向いた。その先で呆然とこちらを見つめていたのは、記憶の中の姿より幾分齢を重ねた幼馴染だった。

「安南……」

数年ぶりに、細はその名を口にする。

何日も着替えていないのか、身に着けた垂領服はくたびれ、結った髪もほつれてしまっている。闇戸から周弖の町を経て、王都まで走り通した細よりも顔色は悪く、やつれた首筋が痛々しかった。

「……なんで、なんで戻って来たの？」

安南は眉根を寄せ、細の肩を摑んで詰め寄る。

「今頃どうして……！　すぐに町から出て行って！　今、ここにいたって――……」

強い語気は長くは続かず、安南は瞳を潤ませる。

「ここにいたって……死ぬだけなんだから……」

吐き出した絶望を縁取るように、涙がこぼれた。細の肩を摑んでいた安南の手から力が抜け、腕を滑る。虚空へ離れそうになるその手を、細は思わず握った。筋張った幼馴染の手は、冷たかった。

「……最初は夫が熱を出したの。ただの風邪だろうって気にしてなかったけど、熱がどんどん高くなって、そのうち痙攣も始まって……。いろんな薬草や、薬を飲ませたけど、どれも効かなかった。店も閉まって、行商人も来なくて、食べさせるものもない……。そのうちに、息子も二人とも熱を出したわ。私だって、時間の問題……」

安南は堰を切ったように嗚咽して、その場にしゃがみ込んだ。それに合わせて、細も膝をつく。

「安南、私少しだけど食料を持ってきてる。滋養にいい薬も。協力するから、あきらめないで」

そう口にしながら、細は言いようのない罪悪感が胸に生まれるのを感じた。

種毒の恐ろしさは身をもって知っている。

杜人の血薬以外で、この病に太刀打ちできる方法などないのだ。

それをわかっていながら、あきらめるなと言うことに一体何の意味があるのか。

細は泣き崩れた安南の背をさすって宥め、どうにか落ち着きを取り戻した彼女を家まで送るために付き添った。

家々が建ち並ぶ道に、暇を持て余して話に花を咲かせる年寄りの姿はなく、連れだって走っていく子どもの姿もない。代わりにすれ違ったのは、丹内仙女の旗を掲げ、大声で女神を称える祈水詞を唱えながら練り歩く二十人ほどの集団だった。皆一様に顔色は悪く、汗をかきながら、気力を振り絞るようにして、女神に祈りを捧げている。

「すべては神に選ばれずして王になった牟西の罪である！」

「我々民は牟西の罪を被る哀れな御子である！」

「丹内仙女様、どうかお救いくださいませ！」

「お救いくださいませ！」

「どうか」

「どうか。どうか」

彼らは祈りを捧げることで許してもらおうとしている。牟西の犯した罪が波及しただけで、自分たちには何の咎もないのだと釈明するように。

彼がどんな思いで、白い羽根を自らの身に載せたのかなど、考えることもなく。

安南の家に辿り着いた細は、まず寝室の窓を開けて空気を入れ換え、安南にも手伝ってもらいながら、湯につけた手巾を固く絞って夫や子どもたちの体を丁寧に拭いた。その際に注意深く観察すると、三人とも足の甲や足首に、紅螨虫に噛まれたであろう傷があった。夫の症状が特に重く、顎が強張って口が開きっぱなしになっており、左手は固く拳を握ったまま開くことができなくなっている。高熱で意識は朦朧としており、細が来たことすらも認識できていないだろう。安南の夫とはこれが初対面だが、もしかしたら一言も言葉を交わさないまま別れることになるかもしれないと、彼の症状を見ながら細は密かに思った。

厨の棚は見事に空になっていて、野菜はおろか麦の一粒もない。小瓶に入った塩と油、それに干した芋の茎が数本転がっているだけだ。

細は、子どもの汗を拭ってやる安南を見つめる。今はまだ発症していないが、彼女もいつ熱を出してもおかしくはない。

「安南、これ滋養の薬。気安めだけど、三粒ずつ皆に飲ませて。それからこれ、麭頭（ぼうとう）。こっちの干し肉と一緒に菜汁に入れて、柔らかくして食べさせてあげて」

細は闇戸（くらと）から持参した食料と『麻六』をすべて安南に渡した。

「私、他にも何か食べられるものがないか、その辺りを見回ってくる」

茸でも草比良でもなんでもいい。とにかく今は栄養を与えなければ弱るだけだ。食料品店はすでに破壊され、目ぼしい物は全て奪われてしまっている。細は町のはずれまで黒鹿で走り、林や茂みの中で食べられそうな山菜などを探した。闇戸で培った目利きが、こんなところでも発揮される。道中何があってもいいように、釣り針と糸も持参していたので、川では何匹か魚を釣った。竿を使わない釣りのやり方を教えてくれたのは、幹郷（もとさと）だ。弾性の強い木の枝を利用して、針のついた糸を遠くに飛ばすのには勘所（かんどころ）がいる。糸を手繰る際には、手を切らないように角鹿の革を鞣した手袋が必要だ。

牟西が玉座についた年数分、細は闇戸の中で杜人（とじん）に馴染んだ。安南や牟西とは違う考え方も、方法もあるはずだ。

「……考えろ」

作業を続けながら、細は自分に言い聞かせるように口にする。

どうすればこの国を救うことができるだろうか。

四刻ほどかけて食料と薪を集めた細は、黒鹿に乗って再び安南の家に戻った。食べられるものはいくらか集まったが、それでも家族四人で食べれば三日も持たないだろう。自分が定期的に食料を届けるのはかまわないが、本当にそれが最善の策なのだろうか。それに虫が病を媒介することを考えると、種毒の治療と同時に、町中に殺虫薬や虫除けが大量に必要になる。治ってもまた紅蝻虫に嚙まれてしまえば、同じことの繰り返しだ。

「安南?」

厨を覗くと、安南は卓の上に半身を伏せて転寝していた。竈には、細の言いつけ通り菜汁を作ったらしい鍋が空になってある。久しぶりに家族に食べさせることができて、ほっとしたのかもしれない。

細は、椅子にかかっていた彼女の上衣を肩にかけてやる。おそらく安南自身は、ひとくちも口にしていないのではないだろうか。あとで何か彼女が食べるものを作ってやらないと、などと考えて、ふと視線をあげた先。

「……おかあさん?」

厨の入口に子どもが姿を見せていた。兄の方だ。まだ顔は赤く、倦怠感があるのは一目瞭然だったが、それでも自分の足でしっかりと立っている。

「里弥……」

息子の声で目を覚ました安南が、驚いたように立ち上がった。

「どうしたの、寝てないとだめでしょう？」

「喉が渇いた」

「お水を持って行くから、寝台に戻って」

「わかった」

「安南、私がついていくから」

細は安南と目を合わせ、彼女が水を用意している間に、兄に付き添って寝室へと向かった。そして彼の足取りが随分しっかりしていることに、驚きを覚える。ほんの四刻前までは、寝台で苦しそうに息をしているだけだったのに。

寝台の扉を開けると、弟の方も目を覚ましており、見知らぬ細の姿を目に留めて不思議そうな顔をした。

「目が覚めた？　大丈夫、私はお母さんのお友達よ」

そう声をかけながら額に触れて熱を確かめ、密かに息を詰める。

「どうしたの？」

水差しと器を持ってきた安南が、自分でも息子の額に触れた。そして驚いたように細を振り返る。

「下がってる……？」

念のために兄の方も確認すると、明らかに先ほどより熱が和らいでいる。

「栄那（えいな）、見て！」

夫を確認しに行った安南が、焦るように呼んだ。

先ほどまで顎の痙攣で開いていた口は自然に閉じており、拳を握っていた左手も緩やかに開いている。

「どうして……。もしかしてあの薬？」

安南が信じられない様子で細に目を向ける。

「わからない……。だってあれは、『麻六』はただの滋養薬で……」

「でも、明らかに良くなってる。『百丸』だって、他の薬だって効かなかったのに！」

その言葉に、細は眉根を寄せた。

「『百丸』が効かなかったの？」

『麻六』と『百丸』の作り方や材料は、ほぼ共通している。種類が違う薬草を使っていても、効能は同じといった場合が多い。つまり、ほとんど同じものだと言っても過言ではない。

「そうよ。先月買ったばかりのものがあったから飲ませてみたけど、何も変化はなくて……」

「先月、買ったばかり……」

自分が持参した『麻六』と、安南が手に入れた『百丸』の何が違うのか。そもそも『百丸』は、丈国の民にとって古くから慣れ親しんだ薬のひとつだ。今でこそ少々時代遅れの薬にはなっているが、今でも年寄りに愛用する者は多い。熱が出て頼った者もいるだろう。しかしそれが効かなかったからこそ、このような事態になっている。

考えろ、と、細の中のもう一人の自分が言う。

これは神の気まぐれなどではない。必ずどこかに相違点がある。

細は、三実(みつさね)に習った『麻六』の作製手順を、脳裏に展開する。材料となる薬草の種類、それぞれの煎じ方。何度も何度も、三実と一緒に辿ったやり方だ。『百丸』と作り方はほぼ同じだとすると、違うのは材料か。闇戸(くらと)の『麻六』と、丈国の『百丸』の何が違うのか――。

「……蛇紋草(じゃもんそう)だ」

その答えに辿り着いて、細は顔をあげた。

「確か蛇紋草は、今の『百丸』には使われていないよね？　水害で群生地が流されて……」

細の問いに、安南が頷く。

「今は代わりに、同じ薬効のある高来蕪(こうらいかぶ)が使われてるって聞いた……。ほんの少し取れる蛇紋草は、神事に使うからそっちに回されてて……」

「だから安南が未だに感染(かか)ってないんだ」

体内の清めとして、毎日蛇紋草を含んだ草湯を飲む羽人(はねうど)や神官には、何らかの薬効が働いているのかもしれない。

「でも……どうすればいいの……？」

眠ったままの夫に目を落とし、安南(あんな)は呻くようにつぶやいた。

「国中の民を救えるほどの蛇紋草は、もう……」

ようやく見えたと思った光も、容赦なく潰えていく。

けれどきっと、これが最後の望みだ。

「……私に考えがある」

細(ささめ)は拳を握った。

上手くいくかはわからない。反対されることも覚悟の上だ。けれどまずは、話をしてみなければ始まらない。

「必ず戻ってくるから、待ってて」

闇戸(くらと)にはあるのだ。

蛇紋草の広大な群生地が――。

「蛇紋草を採らせてもらえないでしょうか」
王都からすぐさま闇戸へ引き返した細は、日樹(ひつき)たちへの説明もそこそこに、休息もとらないまま、三実(みつさね)の家で開かれていた領長会議に乗り込んだ。
「『麻六』と『百丸』、材料も作り方もほとんど同じなのに、種毒に効いたのは『麻六』

だけです。今の丈国では蛇紋草が十分に採れなくなって、『百丸』は他の草を原料に使うようになりました。種毒に効くのは、蛇紋草です」

　部屋の入口で平伏し、細は続ける。

「血薬ほどの効果はありませんが、それでもきっと……命を繋ぎとめることはできる」

　許しを得られるかどうかは、賭けだった。できるだけ外との交流を望んでいるとはいえ、闇戸を出た途端に杜人がひどい扱いを受けることは確かだ。自分たちを罵り、蔑む人間たちのために、わざわざ貴重な薬草を分けてやるというのは、腹立たしく思う者もいるに違いない。

「蛇紋草さえあれば、丈国で薬が作れます。それ以上、闇戸に迷惑はかけません!」

　細の懇願に、集まっていた面々は、各々の反応を窺うように顔を見合わせた。

「蛇紋草が種毒にねぇ……。そんな話は聞いたこたあねぇが……」

「杜人は滅多に種毒にかかりませんから、試すこともありませんでしたね」

「『麻六』も『百丸』も滋養薬じゃなかったのか?」

「実は気付いていなかっただけで、外の人間にとっては滋養薬以外の効能もあったってことだろ」

　それぞれが好き勝手に口にする中で、弐の杜の集落の長が、迷いながら口を開く。

「……蛇紋草なら、闇戸に群生地はいくつかある。少しくらい分けてやるのは、かまわないとは思うが……」

そう言いながら、彼は上座に座る三実の様子をちらりと見やる。種術師の頭でもある三実の意見は、どの長よりも重いものだ。

「しかし、もしも出どころがばれて、今後もっと寄こせなどと言われたらどうするおつもりですか?」

壱の柱の領長が、冷静に尋ねた。まだ若いが、その聡明さから長を任された彼女は、ともすれば楽観的になりがちなこの場を引き締める役目も持っている。

「闇戸への侵入は病んだ木草が防ぐとはいえ、杜人が蛇紋草を独り占めしているなどと噂を流されれば、こちらへのあたりが今以上に強くなりかねません」

部屋の角では、飛揚が口を挟むことなく腕を組んだまま会議の行方を見守っている。さすがの彼女も、闇戸のことには口を出せない。

「そもそも細、本当に蛇紋草が効くのか? 『麻六』が効いたのはたまたまってことは? 採取して丈国に持って行ったとして、もし効かなかったらどうするんだ。細が責められることになりはしないか?」

参の柱の領長である有佐が、心配そうに尋ねた。彼は細の身の上も知っているので、こちらの心情も理解してくれているだろう。しかしそれでも、外の国に協力するということは、彼らの中で警戒心を生む。斯城国に杜人が店を出したのは、それだけ飛揚や琉劔に信用があったということだ。

「……蛇紋草をどこから手に入れたかは明かさないつもりです。もしも効かなかったとしても、私が責められるだけならかまいません」

蛇紋草が種毒を和らげることはあっても、重くすることはない。確かに裏付けは足りないかもしれないが、今は一刻を争う。可能性があるのなら、試さない手はなかった。

領長たちがどうするべきかと頭を悩ませている中、無言で座っていた三実が不意に立ち上がった。会話が途切れ、その場の全員が口をつぐんで三実へ目を向ける。三実は部屋の真ん中を突っ切って、入口に端座する細の前までくると、視線を合わせるようにしゃがみ込んだ。

「細」

「……はい」

細は、しっかりと三実の目を見返しながら返事をする。

「八年前に捨てた故郷でも、助けたいんか」

逃げてきた細を、栄那（えいな）を、拾ってくれたのは三実だ。ここにいたいと懇願した当時のことを、彼女が一番よく知っている。

「……私は、神に選ばれなかった王のなりそこないです。母の残り香に縋って、神に選ばれようとした愚か者です。冷静に判断できなかった自分が一番悪いのに、周りのせいにして逃げてきたんです」

膝の上に置いた手を、無意識に握りしめる。

「闇戸に置いてもらって、丹内仙女（にないせんにょ）から隠してもらって、今までずっと故郷と向き合おうとしませんでした。……でも、あの国は、母の忘れ形見でもあるんです」

丈国初代王、丈魯紗。

彼女がいなければ、丈国という国は生まれていなかった。

「神に選ばれなくても、王になれなくても、今だけは逃げたくありません。母の創った国を救いたいんです。三実さんたちに命を繋ぎとめてもらった、この手で」

神に祈るよりほかに、今の自分に何ができるか。

それを考えろと教えてくれたのは、ここに生きる杜の民だ。

「……ええんじゃねえかぁ？　蛇紋草は伸びが早いしのぅ。若芽を避けて、太芽だけ摘んだら、『麻六』作りにも影響は最小限で済むじゃろ？」

今まで沈黙を守っていた幹郷が、のんびりと口を開いた。

「心配せんでも、どうにかなるわいな」

その一言で、場の空気がわずかに緩んだ。

「……細がそこまで言うなら、いいんじゃないか？」

周囲を気にしつつ、有佐が口にする。

「闇戸の蛇紋草だと言わないなら……」

「まあ種毒だとわかっていて、何もしないのも後味が悪いわな」

領長たちがぼそぼそと言葉を交わし合う中で、三実が細から目を逸らさないまま尋ねる。

「蛇紋草を刈り取って、一人で丈国まで運ぶ気か？」

「そのつもりです」

「出来ると思うとんか」

「これ以上迷惑はかけないと言いましたから」

「迷惑じゃと？」

三実が片眉を撥ね上げる。そして立ち上がり、細の後ろにある入口の布をめくりあげると、大声で尋ねた。

「迷惑じゃと思うとる奴はおるんか？」

三実越しにその光景を目にして、細は思わず胸を押さえた。

領長会議を盗み聞きしていたのか、日樹（ひつき）や季市（きいち）をはじめ、彼らの家族や親戚、友人一同、それに慈空（じくう）や根衣（ねい）までが、すでに鎌や籠を用意して準備万端といった面持ちで勢ぞろいしている。

「いたらこんなにやる気満々で待ってないよね」

籠を背負った日樹が律儀に答える。

「まだ会議終わんねぇのかよ、早くしろよ」

季市が手持ち無沙汰に、鎌の柄で肩を叩く。

「細」

集まっている杜人（とじん）たちの間を縫うようにして、周弖（しゅうてい）で別れたきりだった琉劔（りゅうけん）が姿を見せた。

「琉劔(りゅうけん)！　よかった、無事に戻ってたのね」

「ああ。今、斯城(しき)に卸すはずだった『麻六』を、全部こっちに回してもらった。五百粒ある」

「五百……」

『麻六』は日に三度、一回三粒の服用が必要だ。完治まで飲み続けるとしたら、最低でも三日分は欲しい。それを満たそうとすれば、五百粒あったとしても、渡せるのは二十人にも及ばない。重症者に優先して回したとしても、全員に行きわたる量ではないだろう。

「足りないのはわかってる。でもないよりはましだ。細(ささめ)はこれを持って先に丈国(じょうこく)へ戻れ。蛇紋草刈りは日樹(ひつき)たちに任せろ。闇戸(くらと)の移動は羽衣を使えた方が格段に速い」

「でも……！」

その時、不意に一人の年配の女性が細に歩み寄った。口は真一文字に結ばれて、眉間には皺が寄っている。彼女のこの不機嫌な表情は、細が何度も見てきたものだ。

「真弦(まつる)さん……」

佃(でん)の娘だった。

佃本人は二年前に眠るように息を引き取り、闇戸中に惜しまれながら葬儀を終えた。真弦が細を受け入れられないこともあり、それ以来は没交渉になっていた。

「……これ、今ある虫除けの香、全部」

彼女は一抱えもある包みを、押し付けるように細に手渡す。そして早口に告げた。

「丈国にも八角草があるはずよ。紅蟎虫はその匂いが嫌いだから、束にして部屋の床に置くこと。それから紅蟎虫が潜んでいそうな場所には、鹿の血を垂らした藁を置いて。誘引されて出てくるから、群がったところを焼くの。紅蟎虫は乾燥が苦手だから、部屋の中で火を焚くのもいいわ」

渡された香を抱えて、細は呆然と真弦を見つめた。

真弦は居心地が悪そうに目を逸らして、眉間の皺を緩めないまま口にする。

「私は未だにあんたを認められないけど……、父を探してもらったお礼を、まだしてなかったから」

それだけ言うと、真弦は踵を返してその場を立ち去った。

「ありがとうございます！」

彼女の背中に、細は叫ぶ。

羽衣を持たない飛べない杜人として、ここで暮らした日々が脳裏を流れていく。

泣いたこともあった。未熟すぎて失敗したこともあった。

けれど自分が信じて歩いてきた道のりは、決して間違ってはいなかった。

あの日生きることをあきらめなかった果ての景色が、今ここにある。

「さてと、じゃあ俺たちは蛇紋草刈りに行くか」

季市(きいち)の号令で、杜人(とじん)たちが一斉に羽衣を起動させて飛び立っていく。

「みんな……よろしくお願いします！」

頭を下げた細(ささめ)に、水臭いことを言うなよと誰かが言って、皆が笑った。

四章　選ばれし王

一、

牟西が帰還した王宮は、混乱の極みにあった。

王の不在中に名代を任された太政司の藍撞が倒れ、以降俯瞰的な統制を取れる者がおらず、国府の各部はそれぞれ独自の判断で動いていたようだ。何しろ王と周弖へ同行した宰相は未だ帰らず、五名の参議も罹患して倒れた。最初は感染者や死者の数を把握しようとしていた民部も、数が多すぎて匙を投げたらしい。民部の役人自体も半数は寝込んでいる状態なので、単純に手が回らないせいもあるのだろう。

それに加え、食べ物と薬をくれと王宮に押し寄せる民を、本来王族を守るための近衛兵や豪人が押しとどめ、小競り合いになることも珍しくはない。そしてその兵たちの詰所や役人の寮でも病は猛威を振るい、もはや所属も役職も関係なく、動けるものが手を貸す状態が続いている。

「備蓄を解放して民に分け与えろ。麦でも芋でも何でもいい。とにかく食い物がなければ治るものも治らぬ。足らなければ余裕のある近隣の州からかき集めろ。おそらく一番の惨状が王都だ」

表宮である『水丈宮』の正門から王宮に入った牟西は、突然の王の帰還に慌てて駆けつけた大左司と大右司に言いつけた。この二人は藍擅の部下にあたり、ふたつに分けた国府をそれぞれまとめる役割を担っている。本来であれば王から直々に命を言い付けられる身分ではないが、今はもうそんなことにかまっている場合ではない。

「それから急いで八角草を刈り集めて、各家に届けろ。病を媒介しているのは紅蟎虫の可能性がある。見つけ次第駆除するように伝えろ！　私は薬庫へ行く。まずは効かなかった薬と、少しでも効果の見られた薬を洗い出す」

牟西は頭の中が随分明瞭になっているのを感じた。酷かった右足の痙攣も、気にならないほどに収まっている。王宮に戻ってきて惨状を目の当たりにし、気を張っているからだろうか。それとも、栄那との別れ際に口にした杜人の薬のおかげか。

「し、しかし、王宮の薬師がすでに倒れておりまして、今は助手しか――」

「かまわん。薬のことなら私がわかる。お前たちは食料と八角草のことに手を尽くせ」

牟西の気迫に押されるようにして、大左司と大右司が慌てて走っていく。彼らもおそらく、ここ数日は碌に眠っていないだろう。満足に食事も摂っていないはずだ。それでも今は動ける人材は貴重だ。もう少しだけ辛抱してもらいたい。

水丈宮を突っ切り、回廊を跨いで庭を抜ける途中で、牟西は小さな池の縁にある低木の根元が、赤く染まっていることに気付いた。近づいて目を凝らすと、何十匹もの紅蟎虫が蠢いている。中には、血を吸って体が丸々と膨らんでいるものもいた。

「……なるほど。やはり栄那の言う通りなのかもしれん」

水辺に生息する紅蟎虫は、普段王宮では見かけない。やはり種毒と紅蟎虫の異常発生が重なった結果が、現状なのだろう。

最短距離で薬庫に辿り着いた牟西は、その引き戸を開けた。中にいた小柄な若い男が弾かれたように振り返り、突然やって来た男が主上だと気付いて、座っていた椅子を蹴飛ばしながら倒れ込むように平伏する。恒佑とそう年の変わらない、少年と呼んでもいい年頃だ。おそらく彼が薬師の助手だろう。卓の上には使いかけのすり鉢や薬研が並び、生薬を包む紙が散乱している。薬師が倒れた後、彼一人でここを担っていたのだろうか。

「平伏はいい。面をあげろ。君が薬師の助手か？」

牟西の問いに、彼は恐る恐る顔を上げる。

「……は、はい。薬師は、父は病に倒れ、今は私が――」

「聞いている。この病に少しでも効く薬を洗い出したい。処方した薬の種類をすべて教えてくれ」

そう言いながら、牟西は壁一面に並んだ薬棚を見上げる。拳大ほどの小さな引き出しのついた棚の中には、貴重な薬草や草比良などが保管されている。干した魚の肝や、香鹿の香嚢から取れる香料などもあったはずだ。

——残念ながら特効薬はありません。

鹿上で聞いた栄那の言葉が、耳の奥で蘇る。

杜人は種毒にかからないので、薬自体がないんです。

それは今の牟西の気力を萎えさせ、膝をつかせるのに充分な通告だ。『種』を発見した杜人ですら、種毒の薬を持ち合わせていないというなら、彼らより圧倒的に『種』についての知識が劣る自分たちは、どうすればいいのか。

「……今あるもので、凌いでいくほかあるまい……」

薬棚を睨みつけるようにして、牟西は喉の奥で唸った。

薬師をやめて役人になり、ついには王となり八年が過ぎたが、まだ薬の知識は色あせていない。発汗作用があり、体の熱や腫れを取る黄輪草。体の痙攣には万蔵木の樹皮を煮詰めたものがいい。その他に体力の低下への滋養としては、高来蕪を。すでに薬師が試していないとは思えないが、もう一度このあたりから試していくしかない。紅蟎虫の駆除を進めつつ、病人の命を救う方法を考えなければ。

「お、恐れながら、薬の一覧はこちらです」

緊張のためか、それとも彼も体調がすぐれないのか、青ざめた顔で助手はいくつかの木簡を頭上に掲げて差し出した。そのひとつひとつに、どの薬をどのくらいの量与えたかと、一日経過した症状が詳細に書き連ねてあった。

「罹患者は大勢おりますが、近衛兵や豪人などは比較的回復する傾向が見られます。それよりもお年を召された方や、元々お体の弱い方などの症状が重く……」

牟西が受け取った木簡を指しながら、彼は訥々と説明する。

「今のところ、黄輪草が一番効いてはいるようですが、根治には至っておりません……」

「これは全て君が書き留めたのか？」

すべての木簡に目を通しながら、牟西は尋ねる。この混乱の中で、よくもきちんと記録していたものだ。

「父が……師が、必ずこうしろと……。それを守っていただけです」

そう言う彼の顔が、いつかの幼い自分と重なる。

「……そうか。よくやってくれた」

「そ、そんな。もったいなきお言葉……！」

予想もしなかった王からの労いの言葉に、彼は、慌てて再度平伏した。

「名は何と言う？」

「支鉾と申します」

彼は平伏したまま、くぐもった声で答える。

「よし、では支鉾、少し手伝ってくれるか」

顔を上げて、少年は意味を測りかねるように首をかしげる。

「薬庫の備蓄にある黄輪草を、すべて出してくれ」

黄輪草は、民家の庭で育てられていることが珍しくないほど、民には慣れ親しんだ薬草だ。専用の畑も多くあり、陰干しにすれば長期間の保存が利く。おそらく今回の病を発症した際、多くの者が使用しているはずだ。しかし煎じることさえままならない者や、手持ちが尽きた者もいるだろう。解熱は根本的な治療ではないが、少なくとも発熱による体力の消耗を防ぐことはできる。

「主上、本当におやりになるのですか……？」

王宮の厨房から運んできた大鍋と、近所の民家から借りてきたいくつもの鍋を並べて、支鉾が不安げに牟西を見上げる。

「何も主上自らがおやりにならなくとも……」

支鉾に薬庫から黄輪草を出させている間、動けそうな役人を何人か選んで連れてきた牟西は、集まった鍋の数だけ火を起こすように告げた。

「黄輪草の薬湯は火加減が大事だ。勘所（かんどころ）を摑（つか）むまでは私が見る。悪いが諸事はここまで伝えに来てくれ」

そう言われた大左司は一瞬渋い顔をしたが、それを呑み込むように御意と告げた。

「ではここを臨時の本部とします。食料の配布状況と、他州の様子などは逐一報告に参りますので」

「頼んだ」

小刀で黄輪草を刻みながら、牟西は汗を拭う。一時引いていた熱が、また上がってきたようだ。痙攣がひどくなる前に、この仕事を支鉾に引き継いでおきたい。

「出来上がった薬湯を配れる人員を確保してくれ。動ける者には椀を持って並ぶよう伝えろ」

牟西の指示に、戸惑って立ち尽くしていた若い役人たちが、慌てて駆け出していく。誰もが経験のない事態だ。どうしていいかわからないのは皆同じだろう。牟西は父に習った作り方を思い出しながら、水を入れた鍋の中に黄輪草を投入していく。水が沸騰する前、まだ細かな泡が立つ頃に入れねば、薬効がよく溶け出さない。沸騰すれば灰汁が出るので、それを丁寧に取り除くことも必要だ。

鍋の中で踊るように舞う黄輪草を見ながら、牟西は霞む目をこすった。右足がまた意思に反して痙攣を起こしている。それを悟られないようにして、牟西は匙を握る手に力を込めた。

「主上、ここは私が」

支鉾がそう声をかけて、持ち場を替わろうとする。曲がりなりにも薬師の助手である彼には、牟西が発症していることなどすでに見抜かれているだろう。

「こちらの鍋は私が見よう。支鉾はそちらの――」

牟西がそう言いかけたとき、額に鋭い痛みが走った。

「お前のせいだ！」

足元に転がった石礫を見て、それが自分に投げつけられたのだと、牟西はようやく理解した。

「お前が、女神さまに背いたせいで俺たちは病に侵されたんだ……！」

丹内仙女の旗を掲げ、どこからか引きちぎってきた幡を体に巻き付けた二十名ほどが、いつの間にかこちらを射るように睨みつけて立っていた。

「主上に何をするんです！」

支鉾が牟西を庇うように前に出た。

「皆を救うために薬湯を作ってくださっているのが見えないのですか⁉」

「それが何だ！　そいつが神を裏切って玉座についたからこんなことが起こってるんだ！　すべての原因は牟西にある！」

病で弱った心と体に、投げつけられた石礫は思いのほか牟西を動揺させた。

やはり自分のせいなのかと、取り返しのつかないことをしたのかと、今更波のように襲ってくる感情に息が詰まる。

「……病が神のせいであれば、私たち薬師は何のために存在しているんですか？」

やがてぽつりと、支鉾が口にした。

「何のために薬師は、人を治すための薬を作るんですか？　それは神の意思に背くこととどう違うんですか⁉」

少年の責めるような問いに、大人たちはすぐに答える言葉を持たなかった。

「病が誰のせいかなんて知りません。それでも僕は、命を救う薬師でありたいです」

その場にいた誰もが、気圧(けお)されるように彼を見ていた。翻(ひるがえ)る丹内仙女(にないせんにょ)の旗すら、彼の前では急に色褪せたようだった。

牟西(むさい)は、目が覚めた思いで支鉾(しむ)を見つめた。

どんな神の前であっても、その意志はきっと揺るがないのだろう。

「くださぃ」

か細い声が耳に届いて、牟西は意識を引き戻す。

見れば、自分のすぐ足元に、まだ五歳にもならないほどの小さな女の子が、欠けた椀を持って立っていた。自身も熱があるのか、丸みのある柔らかそうな頬(ほお)を真っ赤にし、潤んだ双眼でこちらを見上げている。

「ください。おかあちゃんにのませるから、おくすりください」

牟西の視界が砕け、温い滴となって頬に流れた。

「……ああ、飲ませてやれ」

出来上がったばかりの薬湯を、椀に注いでやる。

「こぼさないように気をつけるんだぞ」

「……あのう、俺もうちの子に飲ませたいんだが……」

やり取りを見ていた若い男が、丹内仙女の旗を持つ集団をやや気まずそうに見ながら進み出る。それに続くようにして、椀を持った人々がこぞって鍋の前に並んだ。

牟西は、頰を拭って呼びかける。

「支鉾、そちらの鍋を任せたぞ」

「はい！」

丹内仙女の旗を持った集団が、当てつけのように祈水詞(きすいことば)を唱え始めたが、やがてそれは鍋の前に並ぶ人数が増えるにつれて、風にかき消されるように聞こえなくなった。

琉劔(りゅうけん)から譲ってもらった五百粒の『麻六(あさろく)』と、真弦(まつる)から渡された虫除けを持って、王都回嶺(かいれい)を再び訪れた細(ささめ)は、王宮前の通りに長い行列ができていることに気付いた。先日は秩序の欠片も見当たらず、民は好き勝手に略奪を繰り返していたように見えたが、一体どうしたというのか。

興味を引かれて行列の行きつく先を見に行った細は、そこでいかにも寄せ集めといった風情の、大きさも形も揃っていない鍋が、いくつも火にかけられているのを目にした。漂ってくるのは、覚えのある清涼感のある香りだ。

「……黄輪草？」

解熱の効果がある黄輪草は、闇戸でもよく使われる薬草の一種であり、飛揚の熱を下げたのもこれだ。白く小さな花をつけ、見た目は他の草と変わらない緑色をしているが、煮出すと黄色い色素が出てくるのが名前の由来になっていると聞いた。それが数多の鍋の中で煮出されている。鍋の番をしているのは小柄な少年で、あちこちの鍋の前を飛び回りながら、煮出し過ぎないように見張り、頃合いになった鍋を、端材を積み上げた簡易の卓の上に置く。それを長身の男が、行列に並ぶ人が持参した椀に注いでやるのだ。

「熱いので気をつけろ。ゆっくり持っていけ」

そう言いながら煮汁を注ぐ男に目を向けて、細は驚きに息を呑んだ。下男がやっていてもおかしくないその作業を担っているのは、間違いなく牟西だ。当然民も気付いており、恭しく椀を掲げる者もいれば、何度も頭を下げながらその場を去る者もいる。

「王が……自ら薬湯を……」

呆然とつぶやいて、細は思い出した。確か牟西は、丈国創立以前は薬師だったのだ。父の跡を継いだのだと聞いた覚えがあった。

ならば話は早い。

そう思って細が牟西に話しかけようと近づくと、彼の方でも細を見つけ、珍しく少し慌てた様子で駆け寄って来た。

「栄那、よかった。頼みたいことがある」

飢えた旅人のように、牟西は急(せ)いて口を開く。改めて近くで見た彼は、顔色は土のようで目は淀み、全身に汗をかいて、右足が小刻みに痙攣している。ここへ送り届けた四日前と症状は変わっていないか、むしろ悪化しているだろう。ほとんど気力で立っていると言っても過言ではない。

「『麻六』を分けてもらうことはできないだろうか。いろいろ試したんだが、あれが一番効く」

もうそこに行きついたかと、細は瞠目した。ここ四日の間に、片っ端から薬草やら生薬やらを試したに違いない。

「私の方でも、『麻六』が効くと判断してお持ちしました。正確には、種毒に効く薬効があると思われるのは、『麻六』に使われている蛇紋草(じゃもんそう)です」

「蛇紋草……」

牟西が、呻くように口にする。

「はい。昔は、『百丸(ひゃくがん)』にも使われていました。でも今は……」

「……最大の群生地は、四年前の水害で流された。以降は、同じ滋養作用のある高来蕪に置き換わったと……」

「ええ。蛇紋草にはあって、高来蕪にはなかった。それが種毒を中和する働きです。悪さをしている『種』そのものを弱らせるのか、『種』を排出する力を強めるのかはわかりませんが、現に蛇紋草を含む薬湯を毎日飲んでいる安南(あんな)は、今のところ病にかかっていません」

唖然とした牟西(むさい)が、やがてその場に崩れ落ちるように膝を突いた。弛緩した体を支えきれずに、地面に両手を突く。

「大丈夫ですか!?」

細(ささめ)はすぐに小分けにしていた『麻六』を取り出し、牟西の前に差し出した。とにかく王に元気になってもらわなければ、彼をわざわざここへ連れ帰って来た意味もなくなってしまう。

「いや……私など最後でいい……」

細の手をやんわりと突き返して、牟西は声を振り絞る。

「『麻六』は、どれくらいある……?」

「今あるのは五百粒。でもこのあと、私の仲間が蛇紋草を持って駆けつけてくれる手筈になっています。そうなれば、黄輪草と同じように薬湯として出せます」

「蛇紋草を? 一体どこから……」

思わず細に目を向けた牟西が、その意味に気付いて唇を緩めた。

「……そうか……仲間か……」

つぶやく牟西の肩を支えて、細はゆっくりと彼を立ち上がらせる。もうすでに足に力が入っておらず、かなり熱があることがわかった。

「牟西さん、まずはあなたが薬を――」

「さっきも言っただろう。私など最後でいい」

先ほどまでとは違う、どこか穏やかにすら見える顔で王は告げる。

「重症者と、子どもへ先に使え。新しい命を、この国を担っていく命を、これ以上散らせてはならない」

二、

恒佑が王都へ辿り着いた時、そこは自分が知っている町ではなくなっていた。何度も買い物をしたことのある馴染みの食料品店は、扉が原形を留めないほど無残に壊され、店内の商品は根こそぎ奪われていた。通りのあちこちには、生きているのか死んでいるのかわからない人々が倒れ込み、筋張った腕を晒して、祈るように空を見上げて座り込む者もいる。いつもなら賑わいのある通りも、今は丹内仙女を称える祈水詞が微かに聞こえて来るだけだ。

恒佑は、懐に収めた小袋を確認するように触る。父には捨てろと言われた杜人の薬だが、どうしてもその気になれなくてこっそりと取っておいた。杜人の薬はよく効くのだと、以前牟西に言われたことを覚えていたのだ。

二、三日で治る墨熱ならばいいが、もしそうでなかったら？　あの杜人が言うように、侮ってはいけない病だったとしたら？　そしてちょうどその頃、同じように熱を出していた近所の少年が亡くなったという知らせが入り、恒佑は決断した。

父に見つからないように薬草を煎じ、もらった丸薬と一緒に妹に飲ませた。効き目は抜群で、今まで何を飲ませても下がらなかった熱が引き、手足の痙攣もおさまった。

「ほらみろ、やっぱり墨熱だったんじゃないか」

食事を摂れるようになった娘に安堵しつつも、父親はそう言ってあの杜人を当て擦った。彼の薬を使ったことも知らずに。

恒佑は杜人の言葉通り、近所で同じ症状が出ている者に「行商人に売ってもらった斯城の薬」だと偽って丸薬を分け与え、やはり効果があることを確認すると、万が一を考えて母の分を取り分け、残りの薬を持って王都へ戻ることにした。

胸騒ぎがあったのだ。

もしもあの杜人が言うように、刺青から感染する病なのだとしたら、新成人と触れ合った牟西も感染しているのではないかと。

「牟西様……」

荒い息のまま、恒佑は王宮を目指した。

牟西が視察に行った周弖の町にも立ち寄ったが、すでに王は王宮へ戻ったと告げられた。そこで王都には行かない方がいいと止められたが、それを振り切ってやってきたのだ。

道中、碌な睡眠もとっていなかったので、ここにきて疲労がのしかかる。踏み出す一歩が重く、いつまでたっても呼吸が整わない。きっと今はこの丸薬以外、あの病に勝てる手段はないはずだ。牟西の命は何が何でも救わねばならない。彼から父を奪ったのだから、それと引き換えに自分はここにいるのだから、絶対にこの丸薬を届けねばならなかった。

「もう少し……あと少しだ……」

すでに目の前に王宮は見えている。何度も通った道筋であるというのに、今はそれがとてつもなく遠い距離に思えた。

額から垂れて来る汗を拭おうとして、恒佑は右手を上げる。その手が小刻みに震えていることに気付いて足を止めた。その途端、両足も痙攣をはじめて立っていられなくなる。

熱が出ている、とこの時初めて自覚した。

妹と同じ病だと気付いて、恐怖に似たものが足元から這い上がる。

しかし今、持っている丸薬を飲んでしまうわけにはいかない。

これは何としても、牟西に届けるのだ。

誰かに救いを求めようとした声は、すでに音にならなかった。

力なく地面に膝を突いた恒佑は、そのまま意識を手放し、土の上にゆっくりと倒れ込んだ。

どこかで嗅いだことのある匂いがする。

青臭くて、少し苦みのある独特の匂い。間近で吸いこんでしまうと、喉と鼻の間の辺りにずっと膜のように残って、ふとした拍子に口の中に苦みが広がってしまうあの匂いだ。

「大丈夫、少しずつでいいからゆっくり飲んで」

その声に促されるようにして、恒佑（こうゆう）は口を開けた。匙一杯分の薬湯が、口の中へ注がれる。苦さと爽やかさの同居する不思議な味が口いっぱいに広がり、そのおかげで少し目が覚める思いがした。

「……蛇紋草の味だ」

つぶやいた声は掠れていたが、なんとか音にはなった。

「御名答。薬草詳しいの？」

そう言って、こちらの顔を覗き込む男には見覚えがあった。柔らかな木肌を写したような茶色の髪に、同じ色の瞳。笑うと気持ちよく上がる口角。

「あんた……」

あの杜人（とじん）だ、と気づきはしたが、今の恒佑にはどうすることもできなかった。何しろ背を支えて抱き起してもらわねば、座ってさえいられない状態だ。

「ごめんね、触（さわ）られたくないだろうけど、今はちょっとだけ我慢して。あと、俺のことは黙っててもらえると助かる」

そう言って、日樹(ひつき)はもうひと匙、恒佑に薬湯を飲ませた。

苦さをやり過ごしながら周囲に目をやると、どうやら王宮前の広い通り一面に蓆(むしろ)を敷き、そこに恒佑のように動けなくなった者を集めているようだった。発症していない者や軽症の者が、薬湯の入った椀を持ってそれぞれに飲ませている。

「通りに倒れてたんだよ。そんな状態でどこに行こうとしてたの?」

問われて、恒佑は懐の小袋を確かめた。

「……王宮に。牟西(むさい)様に丸薬を、渡したくて……」

「『麻六』を?」

「妹はこれで随分よくなった……。だから……」

恒佑の訴えに、日樹は驚いたように目を瞠っていたが、やがて彼の差し出す小袋を、彼の手ごと包むように握った。

「大丈夫。丈(じょう)王はもう薬を飲んだよ。今、王が蛇紋草の薬湯作りを命じて、大釜で煮出しが始まってる。今君が飲んだのもそうだよ。この病には、蛇紋草が効くってわかったんだ。本来であれば、君たちの慣れ親しんだ『百丸』が効いた可能性がある」

「『百丸』が……? なんであんな……時代遅れの薬……」

日樹は、薬湯をもう一杯匙で掬う。

「皆、今の暮らしをもっと良くしたくて、いろんな人が効率のいい農作物の栽培方法や、家畜の交配のことや、治水のことを考えてる。他の国から新しい技術や知識が入ってきて、その度に今までのやり方と変わることってあると思うんだ」

恒佑は薬湯を口に含みながら、そう話す日樹を見上げる。

「でも、古くから伝わっているものすべてを塗り替えることが、正しいってわけじゃないんだよ、たぶんね。先人が残した知恵って、案外馬鹿にできないから。『百丸』に蛇紋草が使われていたことにきっと意味があったように」

日樹は、薬湯の入った椀に目を落とす。

「杜人の作る『麻六』と、君たちの作る『百丸』は、材料も作り方もとてもよく似てるんだよ」

恒佑には、『百丸』の詳しい作り方はよくわからない。

知っていることといえば、『百丸』は丹内仙女が人に伝えた薬だという伝説があることくらいだ。

「新しいものも古いものも、杜人も外の人も、一緒に生きられたらいいんだよね、きっと……」

匙で与えられる薬湯が、恒佑の腹の中にわずかな温もりを生んだ。

闇戸での蛇紋草刈りには、結局参の柱の集落に住む杜人のほとんどが参加した。元よ

り連携が取れているので、いくつかある群生地に人数を割り振り、あっという間に必要な分量を刈り集めると、それを琉劔と日樹、それに慈空が荷鹿車で丈国へと運んだ。王都回嶺ではすでに細が重症者へ『麻六』を配布しており、加えて牟西が黄輪草の薬湯と、八角草の配布を始めていたので、一時期よりも随分状況が持ち直しているようだ。そこへ蛇紋草の煮出しも始まり、ようやく混乱が落ち着きつつあった。細からの提言で、紅蟎虫を誘引する罠の設置も始まっている。

琉劔は細と共に、蛇紋草の薬湯が入った鍋を持って民家をまわった。家族全員で発症してしまい、薬湯を受け取りに来られない者もいるからだ。日樹たちとも示し合わせて、訪問した家の玄関には印をつけていく。ついでに、発症している人数も書き加えた。

「主上からの薬湯よ。これできっとよくなるわ」

ひとりひとりに根気よく薬湯を飲ませながら、細はそう声をかけていく。琉劔は彼女が作業をしやすいように、鍋の薬湯を人数分の椀へと注ぐ。そして家の床に、虫除けの香を設置した。体の中に入った『種』の強さと、本人の元々の体力次第では、いくら蛇紋草の薬湯を飲ませても手遅れになってしまうこともある。特に年寄りは、発症から息を引き取るまでの日数が短い。それでも、治癒の可能性がある薬は一筋の希望の光だった。

「琉劔がこんなこと手伝ってくれるなんて、ちょっと意外だったわ」

家々をまわる間に、細が感慨深げにそんなことを言った。

「王様がこんな地道な作業、嫌がるかと思った」

「丈王が自ら炊き出しをやってたんだ。俺がこれくらいやってもいいだろ」

大国の王が鍋を持って歩いていると知れば、根衣あたりが卒倒しそうだが、祝子時代には禁制品が当然のように手に入る地下街をうろついていたことを思えば、随分健全だと言える。

「それに王であろうがなかろうが、友人に手を貸すのは当たり前だ」

日樹をはじめ、友人の大切さは身に染みてよくわかっている。琉劔にとって細に協力することは、自然な流れだった。

「あ、あの……」

琉劔たちが鍋を持って移動する間、椀を持った一人の若い女性が遠慮気味に声をかけてきた。十代後半といったところだろうか。着古した袍に、履きつぶして変形した靴を履き、四歳くらいの子どもの手を引いていた。彼女の子どもというより、年の離れた妹か弟、または甥姪かもしれない。

「薬湯ですか？　どうぞ」

細の手招きに、ほっとした様子で近づいてきて、椀を差し出す。

「……よかった。面倒を見ないといけないから、あまり家を空けられなくて」

彼女は、手を繋いだ子どもに目を落とす。

「あなたの子？」

「いえ、姉の……。姉も、その旦那さんも、寝込んでしまって……。うちは両親がいなくて、姉が母代わりだったから」

琉劔は、薬湯を注いでやりながら細と目を合わす。ならば彼女の家に直接行ってやる方がいいのではないか。

琉劔の心中を読むように、細が改めて少女と目を合わせる。

「ねぇ、あなたの家どこかな？　あとで薬湯持って行って――」

「あの」

細の言葉を遮るようにして、彼女はどこか緊張した面持ちで口を開く。

「主上は……、主上も……病に侵されたと聞きました。もう薬湯はお飲みになりましたか？」

意外な問いだった。

少なくともこの王都で、この年齢の少女から投げかけられるとは思ってもみなかった質問だ。

「あなた……主上の知り合い？」

細が尋ねると、少女は首を横に振る。

「違います。……でも」

少女は、姉の子の小さな手を確かめるように握り直す。

「うちは貧乏だから、主上が決めてくれた芋や麦の配給がなかったら、この子は養子に出さなきゃいけなかったかもしれないの」

無邪気な瞳が、不思議そうに叔母を見上げている。

「本当はずっと主上にお礼が言いたかった。でもあの噂のせいで……、主上を称えたら女神を侮辱することになるって言われて、ずっとできなかった」

琉劔（りゅうけん）はこのときようやく、この国に巣食う神と王の相克をこの目で見た気がした。本来であれば敬い、慈しみあえるはずの存在が、ここでは民を巻き込み、自らの重みで沼地にはまっていくような様相を呈している。

その神は何のためか。

その王は誰のためか。

誰もが疑問に感じながら、口にすることさえ許されなかった晴れない靄（もや）だ。

「……大丈夫、主上はちゃんと薬を飲んだわ。今は回復するためにお休みになってる」

少女を安心させるようにその肩に手を置いて、細（ささめ）が告げる。もはや立っていられなくなった牟西（むさい）にほぼ強制的に『麻六』を飲ませ、横になれる場所まで運んだのは他でもない彼女だと琉劔は聞いている。

「……本当？」

「うん、本当。だからその薬湯も、遠慮せずにお姉さんたちに飲ませてあげてね。あとで虫除けの香か、八角草も持って行ってあげる」

細の言葉に、少女はようやく笑みを見せて頷くと、家の場所を告げ、姉の子の手を引いて帰っていった。

「……実は、こういう話を私が直接聞いたの、これで八人目。間接的に聞いたのを入れたら、二十人は超えるかも」

少女を見送りつつ、細がぽつりと口にする。

「最初は、牟西さんを強制的に寝かしつけた直後、薬湯をもらいに来た人に『主上はどうされたんですか？』って訊かれたの。発症してたのは、誰の目から見てもあきらかだったし。薬を飲んで寝てますって言ったら、すごくほっとしてたわ。不作の年に税を減らしてくれたことを、すごく感謝してるんだって。そのあといろんな人から、同じようなことを何度も聞いた」

下水が整ったので妙な病がはやらなくなった。

うちの土地でも育つ作物の種を取り寄せてくれた。

新設した堤のおかげで畑が流されずに済んだ。

学問所の制度が整って子どもが勉強できるようになった。

細は指折り数えながら、言い挙げる。

「薬湯を配りに行った時も、お年寄りが、私の分はいいから主上にあげてくれって言うの。今あの人がいなくなったら困るんだからって」

「そうか……」

琉劔は、背後に見えている王宮を振り返る。

とっくに民は選んでいたのだ。

羽根を落とさなかった女神の代わりに、自分たちの王を。

「琉劔、細！」

王宮前の通りで、ちょうど空になった鍋を抱えて日樹と慈空が手を振る。

「こっちは全部まわれたよ。そっちは？」

「こっちも動けないところには全部行けたはずだ」

「発症してない人も手分けしてまわってくれてるから、この区画はもう大丈夫だと思うよ。八角草も行き渡ってるみたい。……ただ」

ふと細が表情を曇らせる。

「問題は食べ物かな。いくら蛇紋草の薬湯が効いても、体力がないとなかなか回復しないから……」

「そうだね。王宮の備蓄も全部出したって話だし。他州から取り寄せようにも、あっちだってそれほど余裕はないはずだから……」

日樹が腕を組んでぼやいた。すでに現状、木の皮や草の根など食べられるものならば何でもかき集めている状態だ。

「斯城や闇戸から調達しようにも……日数がかかりすぎますよね」

慈空がため息まじりにつぶやく。

「そうだな、今日明日の食べ物となると、悠長なことは言っていられない。多少法外な手でも、目を瞑(つむ)るほかないだろう」

琉劔はできるだけさらりと口にした。

「法外な手って？」

耳ざとい日樹に訊かれて、琉劔はわざとらしく腕を組む。

「事葉(ことのは)を飛ばしたら、意外と近くにいたんでな。仕方がないだろう、一刻を争う事態だ」

斯城王自ら、しかも他国へ勝手に彼らを招き入れるのは気が引けたが、背に腹は替えられない。丈国(じょうこく)に病が蔓延しているとわかった時から、食糧不足に陥ることは予想できていた。だからこそ一番早い手を打っておいたのだ。

悪びれない琉劔へ、日樹が何か言おうとした瞬間、王宮の方から人々の歓声とも悲鳴ともつかない声が聞こえてくる。

「——来たか」

短くつぶやいて、琉劔は走り出した。

王宮の前に辿り着くと、町の中心部の道を突っ切って、巨大な生き物が地響きを起こしながら隊列の先頭を歩いて来るのが見えた。

ゆらりと揺れる長い尾と、陽光を鈍く照り返す分厚い甲羅。

「い……不知魚(いさな)だ！」

琉劔の後を追ってきた慈空が叫んだ。

庶民の家よりも余程大きな巨体の不知魚二頭を先頭に、赤鹿やら黒鹿やらの家畜まで引き連れ、堂々たる態度でやってくる様は、まるでどこぞの王族が訪れたかのような威厳すらあった。初めて見る巨大な生き物を、丈国の人々はただ呆気にとられて見上げている。

「丈王と話はつけたわよ。炊き出しは任されたわ！」

琉劔たちの姿を見つけ、甲羅の上から嬉々とした志麻の声が降ってくる。その手には、事葉でやり取りしたらしい伝紙が握られていた。

「……今更だけど琉劔さあ、闇戸を出るとき牟西王を王都に帰すだけで、それ以上手を貸す気はないって言ってなかった？」

日樹に絡みつくような視線を向けられて、琉劔は気まずく咳払いをする。

「牟西王に手を貸したんじゃない。あくまでも俺は、友人として細に手を貸したんだ」

「そ、それより日樹さん、今志麻さんが、丈王と話をつけたって言いましたよ……？　丈王ってまだ病床にいるはずでは……」

慈空が不知魚を見上げたまま声を潜める。

「どうやって話つけたんですかね……？」

「無理矢理署名させたんじゃない？」

「部下を脅したとか？」

「ちょっと、聞こえてるわよそこの二人!!」

雷のような声を落として、志麻が甲羅を滑り降りて来る。

「志麻さん、炊き出し代いくら吹っ掛けたの？」

「日樹あんたね、私のことどんな極悪人だと思ってるわけ？　これでも丈国の現状に心を痛めてるのよ！」

「志麻」

すでに彼女の部下たちが着々と巨大な鍋や肉や野菜を降ろしているのを横目で見ながら、琉劔は呼びかける。

「食料は斯城からも運ばせている。そのうち順に届くだろう。病人用に、栄養はあっても消化のいいものを頼む。それから、荷の中に蛇紋草と八角草はないか？　あるなら全部買い上げたい」

「あら太っ腹ね、斯城王様。承知したわ」

薬湯を作る竈の脇に、今度は粥を作るための竈が設置される。巨大な不知魚の登場に腰を抜かしていた町の人々も、どうやら自分たちのために来てくれたのだと知って、手を貸しにやってくる。

「これでどうにかなるんじゃないか？」

琉劔は細を振り返る。

彼女の母が創り、彼女が存続を願った国だ。

「……ありがとう。みんな、本当にありがとう！」

細は涙の滲む目を拭って、自らも炊き出しを手伝うために輪の中へ加わった。

黄輪草で熱は下がったとはいえ、念のために三実の家で安静を求められていた飛揚は、細が領長会議に乱入したころにはすっかり回復しており、むしろ暇を持て余していた。おかげで蛇紋草刈りには喜んで参加したが、さすがにそれを持って丈国へ行くことは許されず、琉劔には先に青州へ戻っていろと言われてしまった。しかし丈国の結末を見届けないまま闇戸を去るのは、なんだか気持ちが悪い。細のことも労ってやりたかった。何しろ飛揚にとっては、数少ない友人の一人だ。

「なんだ、それで腐ってんのか」

根衣が青州に戻る手配を着々と進める中、ふらりと参の集落に現れた美貌の男は、持参した茶器でいつも通り茶を淹れた。不知魚人が好んで飲む花の香りがするお茶を飛揚が好まないため、代わりに茶葉と炒った麦を使った茶が選ばれた。

「腐ってるわけじゃない。ちょっと納得がいかなかっただけだ。でも君の土産のおかげで随分持ち直したよ。さすがは不知魚人お頭の息子だ」

細い枝を幾本も使って丁寧に編み込まれた虫籠を持って、飛揚は緩む口元を隠しもせずに笑う。

虫籠の中には、西方の国で採集された糞虫が収まっていた。色は赤味のある茶色で、彼らが住む土地の土の色に合わせた保護色ではないか、ということだった。

「なんで糞虫なんか集めてんだよ。この前会ったときは、緑光虫ばっか集めてたくせに。相っ変わらずよくわかんねぇ趣味だな」

丈国に向かった志麻とは途中で行動を別にし、お得意様へ依頼の品を届けに来た瑞雲は、にやつく飛揚を不気味そうに眺めた。今回はこの糞虫の他に、杜人から頼まれていた革を縫うための針や硝子の器、それに香辛料なども持参している。

「知らないのか瑞雲、虫を薬にしている土地は珍しくないぞ」

淹れてもらった茶を冷ます間に、飛揚は得意げに説明する。

「糞虫の腸にも、浄毒もしくは治癒を促進させる何らかの効果がある可能性がある。呼猿が傷口に塗っているのを見たんだ。細とはそれを共同研究しようと約束した。今は糞虫の種類によって効果が違うのかどうかを試しているところだ」

飛揚は改めて虫籠の糞虫に目を向けた。遠方まで自由に出かけることのできない飛揚にとって、あらゆる土地を渡り歩く不知魚人はこれ以上ないほど頼りになる。

「昔は、杜人にも虫を使った治療法があったようだ。でも今はその術が忘れられてしまって、植物を使った方法しか伝わってない。それに加えて、『種』から薬を作る技術もあったそうだ。『種覗き』はそのために使われていたという話がある」

「へぇ、そりゃ初耳だ」

興味があるのかないのかわからない面持ちで、瑞雲は茶を啜る。炒った麦の香ばしい香りが漂った。

「虫を使った薬に関しては、南方に黒焼きという方法があるらしい。虫を炭になるまで蒸し焼きにするんだ。ここ数日暇だったんで捕まえた糞虫で作ってみたんだが、飲んでみないか？」

飛揚は、大きな葉に包んで懐に入れておいた、黒焦げの糞虫を差し出す。それを一瞥して、瑞雲が露骨に顔をしかめた。

「さらっと差し出せば俺が飲むって言うとでも思ってんのか」

「ちょっとだけ！　脚だけでも！　姿が嫌なら粉末にするから！」

「効能が確定してるならともかく、なんで実験台にならなきゃいけねぇんだ！　そういうのは琉劔でやれ！」

瑞雲に黒焦げの糞虫を突き返され、飛揚は不満げに口を尖らせる。

「琉劔で実験をしたら弘文に叱られる。小さい頃に実証済みだ」

「あんた甥っ子に何やったんだ……」

「日樹は杜人だし、いろんな耐性がついてて効能がはっきりわからない。慈空でもいいが、彼は見るからに虚弱なんで、反応が大きく出すぎるかもしれない」

「俺ならいいのかよ」

「君は丈夫そうだし、適任だと思う」

飛揚は曇りのない瞳で頷いた。

万が一彼に何かあっても、志麻にいくらか握らせればどうにかしてくれそうだ、と、飛揚はわりと本気で思っている。あくまでも思っているだけだが。

「勝手に適任だとか言われてもな」

瑞雲が、均整の取れた唇を歪めて息を吐く。時折料理を絶望的な味付けにする彼でも、糞虫の黒焼きはそれほど抵抗があるということだ。

「それで、実験台にできない甥っ子はまた他国のことに首突っ込んでんのかよ」

陽に透けると月金色に見える彼の髪が、肩の上で流れる。

「あいつ、なんだかんだ言ってお人好しだろ」

「いいじゃないか。そういう感覚を麻痺させるよりずっと」

糞虫の黒焼きを渋々懐に入れ直した飛揚は、ようやく冷めた茶に口をつけた。

「君こそよくスメラ探しに付き合ってるな。暇なのか？」

「暇と言えば暇だが、暇じゃないと言えば暇じゃない」

瑞雲はやや遠くを見ながら口にする。

「でも別に、嫌々付き合ってるわけでもないぜ」

目線ひとつ動かすだけで、人々に甘い溜息を吐かせてしまう彼について、実のところ飛揚はあまり多くを知らない。不知魚人の出身であること、傭兵や時に刺客として誰かに雇われる身であること。それ以外は、遠くの蜃気楼のようにつかみどころがない男だ。

「スメラ……、本当にいると思うかい？」

杜人に伝わる伝説は耳にしている。慈空の持つ『弓の心臓』が、世界のはじまりにあったと言われる『矛』の欠片ではないかという話も聞いた。しかし未だ壮大な絵巻物の中から、スメラは指先ひとつ出しはしない。

「さあな。ま、杜人に伝わる話が馬鹿にできないのは、姐さんが一番よく知ってんだろ」

「それはそうなんだがね……」

飛揚は自分の膝に頬杖を突く。琉劔が王位を継ぐと決まったとき、彼の出した条件が『スメラを探しに行くこと』だった。だからこそ飛揚たちは、彼が国を空けて旅に出ることを容認している。

「……神という存在を憎んでるのか、憎み切れないのか、それともなお信じたいのか……。我が主上は難しい人だな」

ぼやいて、飛揚は冷めたお茶を飲み干した。

三、

温い水の中からゆっくりと浮上するように目を開け、最初に視界に映ったのは見慣れた天蓋だった。日金色の房がついたそこから垂れ下がり、寝台を覆う白い布は、人影が透けるほど薄いものを三枚重ねている。その襞をぼんやりと眺めながら、牟西はどうして自分がここにいるのかを考えた。いつも通り就寝して朝を迎えたのだろうか。いや、それともここへ運ばれたのだったか。ここ数日の記憶は曖昧で、掬い上げようとした途端に、さらさらと砂のように零れ落ちてしまう。

「牟西さん」

身じろぎした牟西に気付き、天蓋の布を除けて顔を出したのは栄那（えいな）だった。

「――町は、皆はどうなった」

咄嗟に身を起こそうとした牟西を、栄那が押しとどめる。

「急に起き上がったらだめです。やっと熱が下がったところなんですよ」

「……杜人の薬を使ったのか？　私は最後でいいと言ったはずだ」

そう言いながら、牟西は体のだるさが明らかに軽減していることに気付いた。足の痙攣もおさまり、熱っぽさもなく、徐々に頭の中がはっきりとしていく。

「まずはお水を飲んでください。たくさん汗をかいたので、喉が渇いてるはずです」

栄那は牟西の上半身だけを起こし、背に綿入れをあてがって、水の入った器を差し出した。牟西は釈然としないままそれを受け取り、口をつける。すると体に染み入るように水が喉奥へと吸い込まれていき、以降は無心で飲み干した。

「闇戸（くらと）から蛇紋草が届いて、その薬湯を町中に配って回りました。同時に虫除けの香も、八角草と併せて配っています。不知魚人（いさなびと）の炊き出しも始まって、どうにか持ち直しつつあるところです。藍撞（らんどう）さんも御無事ですよ」

「……そうか」

牟西は、胸の奥から安堵の息を吐いた。何よりも聞きたかった報告だ。

「大変だったんですよ、薬湯を配るの」

空になった器を受け取り、栄那は微笑む。

「自分より先に主上へ、って言う人が多くて」

一瞬、何を言われたのかわからずに、牟西は瞬きした。

「皆口にできなかっただけで、主上に感謝していることが今回のことでよくわかりました。言いたくても言えなかっただけなんです。主上を称えれば、女神を冒瀆することになってしまわないか不安で」

そう語る栄那の顔を、牟西は改めて見上げる。

「自分に何が足りなかったのか、今ならはっきりわかります。あの時たとえ自分が王に選ばれていたとしても、あなたほどの働きなんてきっとできなかった。誰かに言われるままに頷くだけで、私には国の未来なんてきっと視えなかったし、……神に背いてまで、王になる勇気もなかった」

もう一度『神託の儀』に出るのかと訊いてきたあの頃より一本芯の通った顔は、陽に焼けて健康的で、表情は柔らかい。

「……しかしそれを、勇気と称えるのは、間違っている」

牟西は自嘲気味に吐き出した。

「私が神に選ばれてさえいれば、民に余計な心労をかけずともすんだ。王を取るか神を取るかなど、悩ませずにすんだのだ。それは、私の失態だ」

すべての問題は、結局そこに行きつくのだ。もしもの話をすればきりがないが、自分が神に選ばれていれば、もっと違う未来があったのだろう。

「神に選ばれた王が、完璧なわけではありません。今は偉人のように称えられている私の母だって、八年も玉座に座れば、その間に民の意を汲めないことだって、周囲とぶつかることだって、疫病が流行ることだってあったと思います」

毅然とした揺るがない瞳で、栄那は口にした。

「……不思議なものだな」

栄那の双眼を見つめ返しながら、牟西はぽつりとつぶやいた。

「八年前に見た『魯紗の娘』とは、まるで別人のようだ」

彼女が暮らしている闇戸は、蛮族の住む死の森だと認識されている。そんな土地で彼女が暮らしているということが、にわかには信じられなかった。杜人と行動を共にし、彼らを仲間だと呼ぶ今の彼女に、不幸の影は見当たらない。

「これでもいろいろあったんですよ」

栄那はおどけるように肩をすくめて笑う。

「今の私には、杜人の血が入っていますから」

さらりとした告白に、牟西は思わず目を瞠った。

「……どういうことだ？」

「杜人の血って、薬になるんです。私はそれで命を救われました。はじめこそ拒否感ばかりが募りましたけど、今は本当に感謝しています」

栄那は自身の胸に手を当てて、その下に流れる赤い血を想うように微笑む。

「杜人の血がこの身に流れていることは、今の私の誇りです」

それだけの言葉で、彼女がこの八年間どんな暮らしをし、杜人とどんな関係を築いてきたのかが、手に取るようにわかった。

「そうか……。君は、自分の居場所を見つけたのか……」

円規たちの後ろで、母の影にとらわれていた娘はもういない。

「牟西さんだって、そうじゃないですか」

そう言う彼女の眼差しは、暗がりを知っているからこそなお明るい。

「自分の失態だなんて言わないでください。たとえ神に選ばれなくても、民はあなたを選んだんですよ」

鞴で煽られた小さな炎が、鮮烈な輝きで牟西の胸の裡に湧き上がる。

「この国の王は、あなたです」

歌うような鳴き声を響かせながら、窓の外を白奈鳥が飛んでいった。

「円規」

呼びかける声に、円規は目を開けた。

まんまと牟西を取り逃がしてから、すでに十日が過ぎていた。

あの後、『白奈の者』の仲間や、国府側の内通者であった役人と共に、駆けつけた近衛兵に捕らえられ、昨日ようやく王都の牢舎へと移されたところだった。

「……王がこんなところに何の用だ」

両手を鎖でつながれたまま、円規は格子越しに声の主を睨めあげた。

「大人しくくたばっていればよかったものを」

「残念ながら生きながらえた。丹内仙女の一番弟子のおかげだ」

牟西は従者が差し出した椅子を断って、格子のすぐ傍まで歩み寄る。以前見かけた時よりも少し痩せたようだったが、どこか穏やかな目をしているようにも見えた。

謎の病に襲われた王都の混乱ぶりは、円規の耳にも届いていた。本来であれば軽症で済むはずの墨熱が、何らかの原因で重症化し、それを洪水によって住処を追われた紅蠣虫が媒介したと聞いている。薬の配布には、発症していた牟西王自らが手腕を振るったと。

「不知魚人まで呼び込んで、それで民に恩を売ったつもりか？」

不思議議な目の色をした男と遭遇して以降、『白奈の者』たちは、すっかり戦意を喪失してしまっている。あれは神の化身だったと口々に言って、間違っていたのは自分たちの方だと涙をこぼすのだ。おかげで円規の孤独はより一層深まった。もはやこの世のどこにも、自分と志を同じにする者はいないだろう。

「王が民のために手を尽くすことは、陽が昇って沈むことと同じ道理だ。恩などと思ったことはない」

挑発に乗る素振りも見せない牟西を、円規は腹立たしく凝視する。

「円規、臥せっている間に私も考えた。このまま玉座にあり続けていいのかどうか。その末にやはり、今降りるべきではないという結論に至った。私ではない新しい王が立ったところで、お前に潰されるのは目に見えている」

苦笑して、牟西は続けた。

「過去と比べればきりがない。魯紗王と競わせれば終わりは見えぬ。……円規、お前はいつまで魯紗の影を追い続けるつもりだ？」

繋がれた鎖を鳴らして、円規は噛みつくように身を乗り出す。

「お前に何がわかる⁉」

「わかるんだよ。私には少しだけ」

威嚇するような円規の動きにも怯まず、牟西はわずかに口元に笑みを刻む。

「私にも偉大な存在がいた。できれば失いたくはなかった」

彼の指が触れる、顔の傷跡。

「しかし、人は生まれた瞬間から死に向かって歩く生き物だ。人だけではない。この世の命あるものすべてがそうだ。そしてそれに伴い、世の中はどんどん移り変わっていく。物も、技術も、景観も、人も。お前がどんなに望んでも、昔のままではいられないし、お前の意に染まぬ変化もあるだろう。今後目に付くそのひとつひとつに、『気に入らぬ』『理解できぬ』と文句を並べ立てるのは、堰き止められて淀んでいく水とどう違う?」

こちらを見つめる牟西の眼差しには、見下す彩も驕りもなかった。

「お前は、皆が魯紗のことを忘れていくことを不安に思っているのかもしれないが、この後何度王が代替わりしても、この国の礎に魯紗という人間がいたことは変わらない。新たな王が魯紗の存在をかき消すわけでも、今なお魯紗を慕うお前を否定するわけでもないのだ」

——お前は神に何を望んでいる?

美しい夜明けの瞳を持つ男に訊かれた問いが、円規の脳裏に蘇った。

問われなくともわかっていた。

今更突きつけられなくとも自覚はあった。

円規は神など信じていないのだ。むしろ神に問いただしたいほど腹を立てている。

稀代の王になるはずだった魯紗を、なぜ救わなかったのかと。

神が祝福し、神が選んだ丈国の王を、なぜ殺したのかと。

誰にもぶつけることができない慟哭の矛先は、魯紗のあとに玉座へついた牟西に突き立った。

それが理不尽な怒りであることくらい、とっくの昔に気付いていていた。

「丈国があり続ける限り、偉大なる初代王の名前は語り継がれる」

牟西が、円規と目線を合わせるように膝を折った。

「そしてお前が、語り継いでいけ」

もう魯紗はいない。

そのことが、急に円規の胸に迫った。

大樹が水を吸うように、とても自然に体の中へ溶けた。

「……俺を生かすのか？　謀反は重罪だぞ。冷王らしくないじゃないか」

皮肉を紡ぐ唇が震える。

そして目の前の男が、なぜ王になることを選んだのかというそもそもの答えを、知らないことに気付いた。

「確かに重罪だ。然るべき罰は受けてもらうことになる。しかしお前がこの国の民である限り、私にとっては守らねばならない民の一人だ」

――もしかしたら。

もしかしたら彼にもあったのか。

王になってまで語り継いでいかねばならない、何かが。

「語り継ぐ、か……」

つぶやいて、円規は瞑目する。

再び瞼(まぶた)を持ち上げると、長年張り付いて剝(は)がれなかった視界の紗幕を取り払うように、涙が零れ落ちた。

終章

闇戸から届けられた蛇紋草は、民の手から手を経て他州へも届けられ、薬湯が配られ始めてから三日後には、重症者の数は目に見えて減少した。また紅螨虫の駆除が進んだこともあり、新たな感染者もわずかとなった。丈王も回復し、少しずつ執務をこなし始めたと聞いて、琉劔たちは丈国を引き上げ、闇戸へ戻った。

志麻が率いる不知魚人は、仕入れた食料や日用品を売り払い、再び行商の旅に出るという。闇戸には一足先に兄貴が行っているはずだと言われた通り、散々飛揚に付き合わされた瑞雲が、ぐったりして琉劔たちを出迎えた。

「それで、その初代丈王の娘が、出店の責任者になるって話か？」

飛揚を斯城国へ送り返したあと、琉劔は成り行き上ついてきた瑞雲も連れて、行きそびれた丈水山の御堂を目指して再び丈国を訪ねた。

「上手くいけば、斯城国以来の出店だよ。まあ最初は店舗を持たずに、王宮の薬庫で扱う分だけを卸すことにはなるけど。まさか丈王から、薬の取引ができないかって持ちかけられるとはね」

日樹が得意げに胸を張る。聞けば牟西は、王になる以前は薬師として働いていたらしく、杜人の薬についても噂は聞いていたそうだ。加えて蛇紋草のこともあり、対立するよりは手を取り合う方がいいと決断したらしい。もちろんすぐに受け入れられる者ばかりではないので、少しずつ様子を見ながらになるだろう。

「細さんなら、その橋渡し役に相応しいですよね」

慈空までなぜか嬉しそうに言うのを、琉劔は呆れ気味に眺める。

今回の件で、杜人たちの中にもいろいろな話し合いがもたれたようだ。すでに斯城国や不知魚人に卸している丸薬以外に、血薬の作り方も外に出すことを考えた方がいいのでは、と。廃れさせないためには、継承していくことが大事だと三実が言うのを聞いて、琉劔は改めてその意味を考えていた。スメラの伝説も闇戸で継承されなければ、いつか時の流れの中に埋もれて忘れられたのだろう。

「で、結局川違えはどうなったんだよ?」

報告を聞くだけで、現場にいられなかったことをつまらなそうにしている瑞雲が、ついでのように尋ねる。

「仙川周辺に住む民から、改めて川違えへの強い要望が出たんで、『白奈の者』も口を出せなくなったらしい」

細から伝え聞いたところによれば、丈王を周弖の町に監禁したことが明るみに出て、『白奈の者』と通じていた役人と、首謀者の円規は然るべき罰を受けることになるという。そして『種毒』の混乱の中、自ら病に侵されながらも、倒れるまで民のために薬湯を作り続けた牟西の姿勢は、多くの役人の心を動かした。これまで以上に、川違えは前向きに進められるだろう。

「だがまずは国の立て直しが先だ。川違えはその後になるだろうな」

「それまで洪水が起こらなきゃいいがなぁ」

瑞雲の言葉に、琉劔はふと丈水山を仰ぐ。

水の女神は、果たしてその民の願いを聞き届けるのだろうかと。

「ねえ、牟西さんて、結局琉劔が斯城王だって知らないままなんだよね?」

日樹に問われて、琉劔は真意が読めないまま頷いた。

「細がしゃべってなきゃ、そうだな」

ただ聖眼を使ってしまったので、牟西が斯城の祝子の噂を知っていれば勘づいている可能性もある。

「じゃあいつか顔合わせるときが楽しみだね。絶対吃驚すると思うよ」

「まさかあちらも、ぼったくり宿に引っかかりそうになっていたのが斯城王だとは思っていらっしゃらないでしょうね」

慈空（じくう）が悪気なくしみじみと言って、琉劔はようやくそのことに思い至った。

「慈空、なんだその面白そうな話」

瑞雲が興味深げに目を輝かせる。

「瑞雲さあ、元不知魚人（いさなびと）として、一回ちゃんと琉劔に貨幣の価値叩き込んでくれないかな？」

盛り上がる三人に渋い顔をして、琉劔は目を逸らした。飛揚（ひよう）があの王を気に入っているので、酒類の取引だのなんだのと理由をつけて、斯城に招待することは充分に考えられる。再会の日は案外すぐに来るのかもしれないが、どうにかして謁見（えっけん）はやり過ごしたい。

以前と同じ道順を辿り、琉劔たちは黒鹿を下りて徒歩で丈水山の登山道へと入った。涸沢（からさわ）を行く登山者はまばらで、静かな山の斜面に、信徒が身に着けた獣除けの鈴の音だけが響く。病狂（やみぐるい）の木草（きくさ）を警戒して、慈空は沢の脇を通らず、どうにか琉劔たちのあとをついてきた。

休みながら涸沢を七合目付近まで登ると、途中で御堂に続く横道が現れる。ここまで来ると背の高い木は無くなり、草や低木が辺りを覆っていた。昔は作物の出来を占っていたと言われる、空池（そらいけ）という小さな池を左手に見ながら進み、陽の光を写し取ったような、鮮やかな橙色の花が群生する辺りを突っ切ると、山肌の斜面にぽっかりと口を開けた洞窟が見えてきた。入口には反りのある二重の屋根がついた白木の門が作られており、『水天丹内仙女』と書かれた額が掲げられていた。

「ここが御堂?」

さほど疲れも見せずに、日樹が飴色に変化した額を見上げる。

「ここじゃなかったら……困ります……」

すでに体力の限界を迎えている慈空が、手ごろな岩にもたれかかりながら呻いた。

「中、入れるんだろ?」

瑞雲が身をかがめて洞窟の奥を覗き込む。門に扉はなく、入口の両側に屋根を支える柱だけがある状態だ。

「奥に祭壇があるな」

琉劔は座り込んでいる慈空を呼んで、洞窟の中へと踏み込んだ。

「行くぞ慈空」

入口付近の天井は低く、琉劔が屈まなければ入れないが、中に入ると思ったより広い空間が広がっていた。天井は倍以上高くなり、ひやりとした空気が体を包む。ちょうど中央付近に祭壇があり、それを囲むように四つの灯火器が置かれている。祭壇の卓には月金糸の織り込まれた布がかかっていて、そこに丹内仙女を模した像や、酒や塩、それに芋や穀類などの供物があった。

卓の上から視線を滑らせ、周囲を眺めていた琉劔は、最奥の壁にある窪みに気付いた。

近寄ってみると、岩肌を彫って作ったと思われる場所に木製の高杯が置かれ、敷かれた綿入れに沈むようにして掌に載るほどの白い石がある。高杯が置かれた窪みには、神域を示す護符のついた縄が張られており、その石が祭壇よりも余程重要視されていることがわかった。

「日樹」

琉劔が振り返って呼びかけると、すぐに気付いた日樹が隣に並ぶ。

「この石、もしかして……」

「うん、間違いないと思うよ」

日樹は護符縄の隙間から手を伸ばし、その石をそっと持ち上げた。

「『種の石』、だね。……でも、もう死んでる。『種』は表面化してない」

「俺が持ってるやつと同じってことか」

二人の会話を聞いていた慈空が、興味を引かれて駆け寄ってくる。

「丹内仙女と何か関係があるんですかね？」

「どうだろうな。そもそも『種の石』は、杜人が祀ってるものだ。俺の石も、闇戸の近くで拾った」

琉劔は、日樹から石を受け取る。見た目といい、手にした質感といい、自分が持っているものや、慈空が持っている『弓の心臓』と瓜二つだ。

「杜人が祀っている石が、丹内仙女にとっても重要なもの、ということなんでしょうか

「……？」

独り言のようにつぶやく慈空の隣で、日樹が腕を組む。

「でも、杜人が『種の石』を崇めるのって、『種』の存在を知ってるからであって、外の人にとっては、ただの石に過ぎないような気がするんだけど……」

「おい、こっちに由緒書いてあるぞ」

壁の方を見回していた瑞雲が、三人を手招きする。暗くてよくわからなかったが、入口から向かって右手の壁に、丹内仙女がどういう女神であるかを記した由緒書きがあった。何度か重ね書きをしているのか、濃い顔料の下に薄く掠れた顔料がはみ出している。

「遥か昔、夜空の満ち欠けする星のひとつからこの山に降りたった丹内仙女は、この洞窟を住まいとし、麓の人々に治水と薬学を伝えた。高杯に祀られた白い石は、丹内仙女の持ち物だったと伝わっている」

読み上げた瑞雲が、腑に落ちない顔で日樹に目を向ける。

「『種の石』って矛の欠片なんだろ？　丹内仙女も持ってたってことか？」

「聞いたことないなぁ」

「意外と丹内仙女も拾っただけだったりしてな」

二人の会話を聞きながら、琉劔も由緒書きに目を走らせる。丹内仙女が水の女神だという由縁は、治水を教えたというところが発端だったのかと、妙に納得する。しかし、治水と薬学を伝えたというやたら具体的で現実的な記述に対し、夜空の満ち欠けする星のひとつからこの山に降り立った、という辺りが妙に曖昧だ。スメラにも同じような言い伝えがあるが、これは一体どういう比喩表現なのだろう。

「あ、あの、こっちの壁にもなんかうっすらと……」

反対側の壁を調べていた慈空が、三人を呼ぶ。瑞雲が卓の近くにあった灯火器のひとつを移動させて、壁を照らした。随分薄くなって見えづらいが、目を凝らすと文字のようなものと、翼を広げた巨大な鳥の絵があるのがわかった。傍に描かれている人間らしき絵と比較すると、その背に乗れてしまいそうなほど大きい。

「えらくでかい鳥だな。白奈鳥か？　それにこっちの文字は見たことがないが……」

「古代弓可留文字と似てる形もありますが、違いますね。私にも読めません。……ただ」

「気になることがあるのか？」

琉劔の問いに、慈空は壁を凝視したまま頷いた。

「これなんですけど……」

慈空は鳥の傍に描かれている、人間のような絵を指さした。頭髪の一部や目鼻口などは随分薄れて消えているところもあるが、きちんと手足も描かれている。全員直立不動なのは、描き手の技量の問題なのかもしれない。そしてその中に、足元まである長い上衣を着て、首から四角い何かをぶら下げている者がいる。

「これ……『香霧』かもしれません」

「香霧って、『種の夢』に出てくるっていう、あれ？」

「そうです」

日樹の問いに、慈空が頷く。

「でも『種の夢』で見るものって、スメラが導く『新世界』って言われてるよ。つまり未来のはずなんだけど――」

日樹も改めて壁画へ目を向けた。

この壁画がいつここに描かれたのかはわからないが、少なくとも今日よりも過去だということは確実だ。

「ええ、私も辻褄が合わないなとは思うんですが……」

慈空は戸惑うように言って、続ける。

「以前見た『種の夢』では、『香霧』を吸っている人が出てきました。その人の名前も、はっきりした顔も私にはわかりませんが、ひとつだけ思い出したことが……」

慈空はふと言葉を切って、思案するように首をかしげる。

「いや、思い出すというか、夢の中では、私は『知っている』ことになっていて……。何と言えばいいんでしょうか。夢の中の自分と現実の自分が一致していない感じなので、うまく言えないんですけど……」

言葉を選びつつ、慈空は琉劔を見上げる。

「『香霧』を吸うその人は、琉劔さんと同じ瞳の色をしているんです」

「俺と同じ……？」

琉劔は眉を顰める。

「蒼なら別に珍しくも──」

「あ、いいえ蒼ではなくて」

慈空は、あの瞳を思い出しながら告げる。

「夜明けの空に日金色の星が散る、聖眼の彩です」

本書は書き下ろしです

本文デザイン　木村弥世
口絵　ｐ４・５イラスト　岩佐ユウスケ
ｐ7「神と王の世界」　木村弥世

文春文庫

本書の無断複写は著作権法上での例外を除き禁じられています。
また、私的使用以外のいかなる電子的複製行為も一切認められておりません。

神と王（かみとおう）
謀りの玉座（たばかりのぎょくざ）

定価はカバーに表示してあります

2022年11月10日　第1刷

著　者　浅葉なつ（あさばなつ）
発行者　大沼貴之
発行所　株式会社 文藝春秋

東京都千代田区紀尾井町 3-23　〒102-8008
TEL 03・3265・1211㈹
文藝春秋ホームページ　http://www.bunshun.co.jp

落丁、乱丁本は、お手数ですが小社製作部宛お送り下さい。送料小社負担でお取替致します。

印刷製本・凸版印刷

Printed in Japan
ISBN978-4-16-791956-6

（　）内は解説者。品切の節はご容赦下さい。

夜の署長
安東能明
新米刑事の野上は、日本一のマンモス警察署・新宿署に配属される。そこには〝夜の署長〟の異名を持つベテラン刑事・下妻がいた。警察小説のニューヒーロー登場。（村上貴史）
あ-74-1

夜の署長2　密売者
安東能明
夜間犯罪発生率日本一の新宿署で〝夜の署長〟の異名を取り、高い捜査能力を持つベテラン刑事・下妻。新人の沙月は新宿で起きる四つの事件で指揮下に入り、やがて彼の凄みを知る。
あ-74-2

Ｊｉｍｍｙ
明石家さんま　原作
一九八〇年代の大阪。幼い頃から失敗ばかりの大西秀明は、高校卒業後なんば花月の舞台進行見習いに。人気絶頂の明石家さんまに出会い、孤独や劣等感を抱きながら芸人として成長していく。
あ-75-1

どうかこの声が、あなたに届きますように
浅葉なつ
地下アイドル時代、心身に傷を負った20歳の奈々子がラジオアシスタントに。「伝説の十秒回」と呼ばれる神回を経て成長する彼女と、切実な日々を生きるリスナーの交流を描く感動作。
あ-77-1

神と王　亡国の書
浅葉なつ
弓可留国が滅亡した日、王太子から宝珠「弓の心臓」を託された慈空。片刃の剣を持つ風天、謎の生物を飼う日樹らと交わり、命がけで敵国へ――新たな神話ファンタジーの誕生！
あ-77-2

希望が死んだ夜に
天祢　涼
14歳の少女が同級生殺害容疑で緊急逮捕された。少女は犯行を認めたが動機を全く語らない。彼女は何を隠しているのか？捜査を進めると意外な真実が明らかになり……。（細谷正充）
あ-78-1

科学オタがマイナスイオンの部署に異動しました
朱野帰子
電器メーカーに勤める科学マニアの賢児は、非科学的商品を「廃止すべき」と言い、鼻つまみ者扱いに。自分の信念を曲げられずに戦う全ての働く人に贈る、お仕事小説。（塩田春香）
あ-79-1

秋吉理香子
サイレンス
深雪は婚約者の俊亜貴と故郷の島を訪れるが、彼には秘密があった。結婚をして普通の幸せを手に入れたい深雪の運命が狂い始める。一気読み必至のサスペンス小説。（澤村伊智）
あ-80-1

朝井まかて
銀の猫
嫁ぎ先を離縁され「介抱人」として稼ぐお咲。年寄りたちに人生を教わる一方で、妾奉公を繰り返し身勝手に生きてきた、自分の母親を許せない。江戸の介護を描く傑作長編。（秋山香乃）
あ-81-1

彩瀬まる
くちなし
別れた男の片腕と暮らす女。運命で結ばれた恋人同士に見える花。幻想的な世界がリアルに浮かび上がる繊細で鮮烈な短篇集。直木賞候補作・第五回高校生直木賞受賞作。（千早　茜）
あ-82-1

石田衣良
池袋ウエストゲートパーク
刺す少年、消える少女、潰し合うギャング団……命がけのストリートを軽やかに疾走する若者たちの現在を、クールに鮮烈に描いた人気シリーズ第一弾。表題作など全四篇収録。（池上冬樹）
い-47-1

石田衣良
池袋ウエストゲートパーク ザ レジェンド
時代を鮮やかに切り取る名シリーズの初期から近作まで、読者投票で人気を集めたレジェンド級エピソード八篇を厳選した〈傑作選〉。マコトとタカシの魅力が全開の、爽快ミステリー！
い-47-36

池井戸　潤
オレたちバブル入行組
支店長命令で融資を実行した会社が倒産。社長は雲隠れ。上司は責任回避。四面楚歌のオレには債権回収あるのみ……。半沢直樹が活躍する痛快エンタテインメント第1弾！（村上貴史）
い-64-2

池井戸　潤
かばん屋の相続
「妻の元カレ」「手形の行方」「芥のごとく」他。銀行に勤める男たちが、長いサラリーマン人生の中で出会う、さまざまな困難と悲哀。六つの短篇で綴る、文春文庫オリジナル作品。（村上貴史）
い-64-5

（　）内は解説者。品切の節はご容赦下さい。

有川 浩
三匹のおっさん
還暦くらいでジジイの箱に蹴りこまれてたまるか！　武闘派2名と頭脳派1名のかつての悪ガキが自警団を結成、ご近所に潜む悪を斬る！　痛快活劇シリーズ始動！（児玉　清・中江有里）
あ-60-1

青山文平
遠縁の女
追い立てられるように国元を出、五年の武者修行から国に戻った男が直面した驚愕の現実と、幼馴染の女の仕掛けてきた罠。直木賞受賞作に続く、男女が織り成す鮮やかな武家の世界。
あ-64-4

青山文平
跳ぶ男
弱小藩お抱えの十五歳の能役者が、藩主の身代わりとして江戸城に送り込まれる。命がけで舞う少年の壮絶な決意とは。謎と美が満ちる唯一無二の武家小説。（川出正樹）
あ-64-5

阿部智里
烏に単は似合わない（からす／ひとえ）
八咫烏の一族が支配する世界「山内」。世継ぎの后選びを巡る有力貴族の姫君たちの争いに絡み様々な事件が……。史上最年少松本清張賞受賞作となった和製ファンタジー。（東　えりか）
あ-65-1

阿部智里
烏は主を選ばない（からす／あるじ）
優秀な兄宮を退け日嗣の御子の座に就いた若宮に仕えることになった雪哉。だが周囲は敵だらけ、若宮の命を狙う輩も次々に現れる。彼らは朝廷権力闘争に勝てるのか？（大矢博子）
あ-65-2

朝井リョウ
武道館
【正しい選択】なんて、この世にない。「武道館ライブ」という合言葉のもとに活動する少女たちが最終的に〝自分の頭で〟選んだ道とは――。大きな夢に向かう姿を描く。（つんく♂）
あ-68-2

朝井リョウ
ままならないから私とあなた
平凡だが心優しい雪子の友人、薫は天才少女と呼ばれる。成長に従い、二人の価値観は次第に離れていき、決定的な対立が訪れるが……。一章分加筆の表題作ほか一篇収録。（小出祐介）
あ-68-3

（　）内は解説者。品切の節はご容赦下さい。

石持浅海　殺し屋、やってます。

《650万円でその殺しを承ります》――コンサルティング会社を経営する富澤允。しかし彼には、殺し屋という裏の顔があった……。殺し屋が日常の謎を推理する異色の短編集。（細谷正充）　い-89-2

石持浅海　殺し屋、続けてます。

ひとりにつき650万円で始末してくれるビジネスライクな殺し屋、富澤允。そんな彼に、なんと商売敵が現れて――殺し屋が日常の謎を推理する異色のシリーズ第2弾。（吉田大助）　い-89-3

伊東　潤　悪左府の女

冷徹な頭脳ゆえ「悪左府」と呼ばれた藤原頼長が、琵琶の名手に密命を下し、天皇に仕える女官として送り込む。保元の乱へと転がり始める時代をダイナミックに描く！（内藤麻里子）　い-100-4

伊東　潤　修羅の都

この鎌倉に「武士の世」を創る！　頼朝と政子はともに手を携え、目的のため弟義経、叔父、息子、娘を犠牲にしながらも邁進していく。その修羅の果てに二人が見たものは……。（本郷和人）　い-100-5

伊吹有喜　ミッドナイト・バス

故郷に戻り、深夜バスの運転手として二人の子供を育ててきた利一。ある夜、乗客に十六年前に別れた妻の姿が。乗客たちの人間模様を絡めながら家族の再出発を描く感動長篇。（吉田伸子）　い-102-1

岩井俊二　リップヴァンウィンクルの花嫁

「この世界はさ、本当は幸せだらけなんだよ」秘密を抱えながらも愛情を抱きあう女性二人の関係を描き、黒木華、Ｃｏｃｃｏ共演で映画化された、岩井美学が凝縮された渾身の一作。　い-103-1

岩井俊二　ラストレター

「君にまだずっと恋してるって言ったら信じますか？」裕里は亡き姉・未咲のふりをして初恋相手の鏡史郎と文通する――不朽の名作『ラヴレター』につらなる、映画原作小説。（西崎　憲）　い-103-2

いとうみく
車夫
家庭の事情で高校を中退し浅草で人力車夫として働く吉瀬走。大人の世界に足を踏み入れた少年と、同僚や客らとの交流を瑞々しく描く。期待の新鋭、初の文庫化作品。（あさのあつこ）
い-105-1

いとうみく
車夫2　幸せのかっぱ
高校を中退し浅草で人力車をひく吉瀬走。陸上部時代の同級生が会いに来たり、ストーカーにあったりの日々の中、行方不明だった母親が体調を崩したという手紙が届く。（中江有里）
い-105-2

伊与原　新
ブルーネス
地震研究所を辞めた準平は、学界の異端児・武智に「津波のリアルタイム監視」計画に誘われる。個性が強すぎて組織に馴染めないはぐれ研究者たちの無謀な挑戦が始まる！（巽　好幸）
い-106-1

伊岡　瞬
祈り
東京に馴染めない楓太は、公園で信じられない光景を目にする。炊き出しを食べる中年男が箸を滑らせた瞬間――。都会の孤独な二人の人生が交差する時、心震える奇跡が。（杉江松恋）
い-107-1

伊岡　瞬
赤い砂
男が電車に飛び込んだ。検分した鑑識係など3名も相次いで自殺する。刑事の永瀬が事件の真相を追う中、大手製薬会社に脅迫状が届いた。デビュー前に書かれていた、驚異の予言的小説。
い-107-2

歌野晶午
葉桜の季節に君を想うということ
元私立探偵・成瀬将虎は、同じフィットネスクラブに通う愛子から霊感商法の調査を依頼された。その意外な顚末とは？　あらゆる賞を総なめにした現代ミステリーの最高傑作。
う-20-1

歌野晶午
ずっとあなたが好きでした
バイト先の女子高生との淡い恋、美少女の転校生へのときめき、人生の夕暮れ時の穏やかな想い……。サプライズ・ミステリーの名手が綴る恋愛小説集は、一筋縄でいくはずがない!?（大矢博子）
う-20-3

（　）内は解説者。品切の節はご容赦下さい。

上田早夕里
薫香のカナピウム
生態系が一変した未来の地球、その熱帯雨林で少女は暮らす。ある日現われた〈巡りの者〉と、森に与えられた試練。立ち向かうことを決めた彼女たちの姿を瑞々しく描く。（池澤春菜）
う-35-1

冲方　丁
十二人の死にたい子どもたち
安楽死をするために集まった十二人の少年少女。全員一致で決を採り実行に移されるはずのところへ、謎の十三人目の死体が!?　彼らは推理と議論を重ねて実行を目指すが。（吉田伸子）
う-36-1

冲方　丁
剣樹抄
父を殺され天涯孤独の了助は、若き水戸光國と出会う。異能の子どもたちを集めた幕府の隠密組織に加わり、江戸に火を放つ闇の組織を追う！　傑作時代エンターテインメント。（佐野元彦）
う-36-2

大沢在昌
魔女の笑窪
闇のコンサルタントとして裏社会を生きる女・水原。男を一瞬で見抜くその能力は、誰にも言えない壮絶な経験から得た代償だった。美しいヒロインが、迫りくる過去と戦う。（青木千恵）
お-32-7

大沢在昌
極悪専用
やんちゃが少し過ぎた俺は、闇のフィクサーである祖父（じい）ちゃんの差し金でマンションの管理人見習いに。だがそこは悪人専用住居だった！　ノワール×コメディの怪作。（薩田博之）
お-32-9

奥田英朗
イン・ザ・プール
プール依存症、陰茎強直症、妄想癖など、様々な病気で悩む患者が病院を訪れるも、精神科医・伊良部の暴走治療ぶりに呆れるばかり。こいつは名医か、ヤブ医者か？　シリーズ第一作。
お-38-1

奥田英朗
空中ブランコ
跳べなくなったサーカスの空中ブランコ乗り、尖端恐怖症で刃物が怖いやくざ……。おかしな症状に悩める人々を、トンデモ精神科医・伊良部一郎が救います！　爆笑必至の直木賞受賞作。
お-38-2

奥田英朗
町長選挙
都下の離れ小島に赴任することになった、トンデモ精神科医の伊良部。住民の勢力を二分する町長選挙の真っ最中で、巻き込まれた伊良部は何とひきこもりに！　絶好調シリーズ第三弾。
お-38-3

恩田　陸
まひるの月を追いかけて
異母兄の恋人から兄の失踪を告げられた私は、彼女と共に兄を捜す旅に出る。次々と明らかになる事実は、真実なのか——。恩田ワールド全開のミステリー・ロードノベル。　（佐野史郎）
お-42-1

恩田　陸
夜の底は柔らかな幻（上下）
国家権力の及ばぬ〈途鎖国〉。特殊能力を持つ在色者たちがこの地の山深く集う時、創造と破壊、歓喜と惨劇の幕が切って落とされる！　恩田ワールド全開のスペクタクル巨編。　（大森　望）
お-42-4

荻原　浩
幸せになる百通りの方法
自己啓発書を読み漁って空回る青年、オレオレ詐欺の片棒担ぎ、リストラを言い出せないベンチマン……今を懸命に生きる人々を描いたユーモラス＆ビターな七つの短篇。　（温水ゆかり）
お-56-3

荻原　浩
ギブ・ミー・ア・チャンス
漫才芸人を夢見てネタ作りと相方探しに励むフリーターを描く表題作ほか、何者かになろうと挑み続ける、不器用で諦めの悪い八人の短篇集。著者入魂の「あと描き」（イラスト）収録。
お-56-4

大崎　梢
プリティが多すぎる
文芸志望なのに少女ファッション誌に配属された南吉くんこと新見佳孝・26歳。くせ者揃いのスタッフや10代のモデル達のプロ精神に触れながら変わってゆくお仕事成長物語。　（大矢博子）
お-58-2

大崎　梢
スクープのたまご
週刊誌編集部に異動になった信田日向子24歳。「絶対無理！」怯える気持ちを押し隠し、未解決の殺人事件にアイドルのスキャンダル写真等、日本の最前線をかけめぐる！　（大矢博子）
お-58-3

文春文庫　最新刊

猫を棄てる 父親について語るとき　村上春樹　絵・高妍
父の記憶・体験をたどり、自らのルーツを初めて綴る

十字架のカルテ　知念実希人
容疑者の心の闇に迫る精神鑑定医。自らにも十字架が…

満月珈琲店の星詠み ～メタモルフォーゼの調べ～　望月麻衣　画・桜田千尋
満月珈琲店の星遣いの猫たちの変容。冥王星に関わりが？

罪人の選択　貴志祐介
パンデミックであらわになる人間の愚かさを描く作品集

神と王 謀りの玉座　浅葉なつ
その国の命運は女神が握っている。神話ファンタジー第2弾

朝比奈凜之助捕物暦　千野隆司
南町奉行所同心・凜之助に与えられた殺しの探索とは？

空の声　堂場瞬一
当代一の人気アナウンサーが五輪中継のためヘルシンキに

江戸の夢びらき　松井今朝子
謎多き初代團十郎の生涯を元禄の狂乱とともに描き切る

葬式組曲　天祢涼
個性豊かな北条葬儀社は故人の〝謎〟を解明できるか

ボナペティ！ 秘密の恋とブイヤベース　徳永圭
経営不振に陥ったビストロ！　オーナーの佳恵も倒れ…

虹の谷のアン 第七巻　L・M・モンゴメリ　松本侑子訳
アン41歳と子どもたち、戦争前の最後の平和な日々

長生きは老化のもと　土屋賢二
諦念を学べ！　コロナ禍でも変わらない悠々自粛の日々

カッティング・エッジ 上下　ジェフリー・ディーヴァー　池田真紀子訳
NYの宝石店で3人が惨殺――ライムシリーズ第14弾！

本当の貧困の話をしよう 未来を変える方程式　石井光太
想像を絶する貧困のリアルと支援の方策。著者初講義本